PLAY ▶
REC •

REALITY
BOY

A.S. KING

REALITY BOY

NEM SEMPRE SOMOS AQUILO QUE PARECEMOS SER

Tradução: Camila Aguiar Penha

GUTENBERG

Copyright © 2013 A.S. King

Título original: *Reality Boy*

Este livro é uma obra de ficção. Nomes, personagens, lugares e incidentes são o produto da imaginação do autor ou são usados de maneira ficcional. Qualquer semelhança com eventos, locais ou pessoas reais, vivas ou mortas, é mera coincidência.

Todos os direitos reservados pela Editora Gutenberg. Nenhuma parte desta publicação poderá ser reproduzida, seja por meios mecânicos, eletrônicos, seja via cópia xerográfica, sem autorização prévia da Editora.

EDITORA RESPONSÁVEL
Flavia Lago

EDITORAS ASSISTENTES
Carol Christo
Nilce Xavier

PREPARAÇÃO DE TEXTO
Andresa Vidal Vilchenski
Carol Christo

REVISÃO
Carolina Lins

CAPA
Diogo Droschi
(Sobre imagem de Andrew Neel/Unsplash)

DIAGRAMAÇÃO
Diogo Droschi

Dados Internacionais de Catalogação na Publicação (CIP)
Câmara Brasileira do Livro, SP, Brasil

King, A.S.
  Reality Boy / A.S. King ; tradução Camila Aguiar. – 1. ed. – São Paulo : Gutenberg, 2020.

  Título original: Reality Boy
  ISBN 978-65-86553-24-6

  1. Ficção - Literatura infantojuvenil I. Título.

20-41786   CDD-028.5

Índices para catálogo sistemático:
  1. Ficção : Literatura infantojuvenil 028.5
  2. Ficção : Literatura juvenil 028.5

Cibele Maria Dias - Bibliotecária - CRB-8/9427

A **GUTENBERG** É UMA EDITORA DO **GRUPO AUTÊNTICA**

São Paulo
Av. Paulista, 2.073 . Conjunto Nacional, Horsa I
23º andar . Conj. 2310-2312 . Cerqueira César
01311-940 São Paulo . SP
Tel.: (55 11) 3034 4468

Belo Horizonte
Rua Carlos Turner, 420,
Silveira . 31140-520
Belo Horizonte . MG
Tel.: (55 31) 3465 4500

www.editoragutenberg.com.br

Para Topher

"EVERYBODY'S SO FULL OF SHIT"

[Todo mundo é cheio de merda]

Jane's Addiction

PARTE UM

EU SOU O REALITY BOY

SOU O GAROTO que você viu na TV.

Lembra do diabinho que cagou na mesa da cozinha quando os pais tomaram seu Game Boy? Lembra como a câmera habilmente escondeu as partes íntimas dele com o enfeite de mesa de margaridas e girassóis artificiais cheios de purpurina?

Era eu. Gerald. O caçula de três filhos. O único menino. Fora de controle.

Uma vez, fiz cocô no provador do shopping. Loja Sears, eu acho. Minha mãe estava tentando me fazer experimentar algumas calças e ela escolheu o tamanho errado.

– Agora fique quietinho aqui – disse ela. – Vou buscar o tamanho certo.

E como protesto por ter que esperar, ou por ter que experimentar calças, ou por ter uma mãe como ela, defequei ali mesmo, entre a cadeira de vime e o banquinho onde a bolsa da minha mãe estava.

E não, não teve desculpa. Eu não era mais um bebezinho. Tinha 5 anos. Estava enviando uma mensagem.

Vocês todos assistiram àquilo e ficaram sem ar, tamparam os olhos enquanto três *cameramen* capturavam por ângulos diferentes eu fazendo cocô na mesa de centro da sala de estar, ao lado da vela decorativa com aroma de cranberry. Dois caras seguravam microfones de vara e tentavam ficar sérios, mas não conseguiam. Um deles disse:

"Coloca pra fora, garoto!". Ele simplesmente não conseguia se segurar. Eu era pura diversão.

Certo?

E eu não era mesmo?

Gerald, o pestinha mimado. Gerald, o menino que dava chiliques homéricos que terminavam com buracos nas paredes de gesso, e que gritava tão alto que os vizinhos tinham que chamar a polícia. Gerald, a criança-problema que precisava do dedo mágico da Liga das Babás e de seus três passos para o sucesso.

Agora sou estudante do ensino médio, e todo mundo na minha sala já me viu, quando era criança, cagando em quarenta ângulos diferentes, em diversos lugares. Eles me chamam de O Cagão. Quando eu reclamava aos adultos presentes na minha vida, naquela época do ensino fundamental, eles diziam: "A fama tem seu lado ruim".

Fama? Eu tinha 5 anos!

Aos 5 anos, eu teria a capacidade de escrever uma carta aos produtores, implorando para que a Liga das Babás viesse me ajudar a parar de socar as paredes da pretensiosa mansão dos McMansion?

Não. Eu não tinha essa capacidade. Não escrevi aquela carta. Não queria que ela viesse.

Mas ela veio mesmo assim.

E eu fiquei ainda mais fora de controle.

1

É NOITE DO WWE, o *World Wrestling Entertainment*, ou *Smackdown Live* para qualquer um de vocês que não é caipira e nunca assistiu ao espetáculo de luta de peso-pesado antes. Eu sempre detestei, mas dá dinheiro ao Centro CEP.

O Centro CEP é o Centro de Convenções e Entretenimento de Penn, e é onde eu trabalho.

Sou aquele garoto apático atrás do balcão da lanchonete, que veste uma camiseta sebosa e pergunta a você se quer molho de tomate, queijo, pimenta ou jalapeños nos seus nachos. Sou o cara que repõe o gelo porque nenhum dos outros caixas preguiçosos está disposto a fazer isso. Sou o cara que tem que dizer *"Desculpe. Acabaram os pretzels"*.

Ouço os pais reclamarem dos preços de tudo. Ouço-os dizer, "Vocês não deveriam comer toda essa fritura", bem antes de pedirem *nuggets* de frango e batatas fritas. Percebo como eles se encolhem quando seus filhos pedem uma Pepsi grande e açucarada, que vem num copo comemorativo do WWE, para ajudar a comida a descer. Na WWE há frituras, copos com fotos de lutadores ou cerveja.

Tecnicamente, não tenho permissão para trabalhar nessa posição até completar 18 anos e fazer um curso sobre como servir álcool com responsabilidade. Tem uma prova e tudo mais – e um certificadozinho para colocar na carteira. Tenho quase 17 anos agora, e Beth, a gerente, me deixa trabalhar aqui porque gosta de mim e nós fizemos um acordo. Eu verifico o RG das pessoas e fico de olho em sinais de intoxicação: falar com voz alta, poucas inibições, olhos vitrificados, fala mole; daí, se tudo corre bem, chamo a Beth para ela tirar o chope. A não ser que esteja superlotado, daí ela pede para eu mesmo fazer isso.

– Ei, Cagão! – alguém gritou de trás da fila. – Dou vinte dólares se você fizer cocô pro pessoal!

É o Nichols. Ele só vem a esse balcão porque sabe que consigo bebida pra ele. E sempre traz Todd Kemp, que não fala muito e na maior parte do tempo parece envergonhado por andar com o Nichols, porque Nichols é um tremendo imbecil.

Aguardo as três famílias que estão na frente de Nichols e Todd, e quando eles chegam perto do balcão, mal sussurram o pedido e Todd entrega uma nota de dez. Dois chopes. Enquanto disfarço para tirar o chope, Nichols fica falando besteiras e coisas irritantes, então faço como meu terapeuta de controle de agressividade me ensinou a fazer: não ouço nada, respiro e conto até dez. Eu me concentro no som da multidão do WWE aplaudindo qualquer impostor que entra no ringue. Me concentro na espuma no topo do copo. Me concentro em como eu supostamente consigo ter amor próprio neste momento. *Só você pode permitir-se ficar com raiva.*

Mas não importa o número de sessões de terapia para controlar a agressividade, sei que, se eu tivesse uma arma, atiraria em Nichols pelas costas assim que ele saísse segurando a cerveja. Sei que isso é assassinato e sei o que significa. Significa que eu seria preso. E conforme fico mais velho, mais penso que talvez a prisão seja meu lugar. Na prisão há muitos caras irritados como eu. É como a central da raiva. Se juntássemos todas as prisões neste país e formássemos um estado, poderíamos chamá-lo de Estado da Fúria.

Poderíamos até criar uma sigla como a dos outros estados. EF. O CEP seria 00000.

Passo pano no balcão enquanto tem um curto intervalo de tempo na fome e na sede da multidão da WWE. Reponho as tampas dos copos. Conto quantos cachorros-quentes há na pequena estufa. Informo à Beth que acabaram todos os *pretzels*.

Quando me levanto, depois de contar os cachorros-quentes da estufa seguinte, a vejo andando pela multidão. Tasha, minha irmã mais velha.

Ela está com o namorado, Danny, que é um pé-rapado. Nós moramos num condomínio fechado de minimansões. O Danny mora em uma comunidade de trailers dos anos 1970. Não há nem ruas pavimentadas lá. Não estou exagerando. O lugar é como o gueto dos caipiras.

Não que eu me importe. Tasha é uma idiota e eu a odeio. Espero que ele a engravide acidentalmente, se casem e tenham cem bebezinhos pálidos, caipiras e amantes do WWE. Porém, eu não atiraria nela. Eu gosto demais de vê-la se dando mal para fazer isso. Observar nossa mãe acabando com ela todos os dias, com a ladainha de Tasha-largou-a-faculdade-e-está-namorando-um-Neanderthal, é tudo que tenho a meu favor no momento.

Possivelmente é a única coisa que me livra de ir para a prisão.

2

MORO A UNS 15 KM do Centro CEP, em uma cidade chamada Blue Marsh, que não é azul e nem é uma cidade de verdade. É só um monte de condomínios interligados com shoppings.

Chego em casa às 10 horas da noite e as luzes estão apagadas. Minha mãe já está dormindo, porque acorda muito cedo para fazer caminhada e inventar algum *smoothie* novo para o café da manhã. Meu pai provavelmente ainda está fumando charutos com seus amigos do ramo imobiliário e bebendo seja lá o que ricaços-babacas que enriqueceram por meio de ações bebem, falando sobre política e sobre como é difícil ser eles.

Conforme me aproximo do hall da cozinha, ouço o som familiar da Tasha trepando com o Danny, o caipira pobretão.

Se eu trouxesse uma garota para casa e fizesse isso com ela, com todo esse barulho, meus pais me colocariam para fora. Mas, quando Tasha faz isso, todos nós temos que fingir que não está acontecendo nada. Uma vez ela estava gemendo no porão enquanto minha mãe, Lisi e eu jantávamos. Isso foi ano passado, quando Lisi ainda morava em casa. Minha mãe não parava de falar para bloquear o som, como se num passe de mágica parássemos de ouvir o que estava acontecendo no porão.

Você viu que aquele tal Boscov está fazendo uma oferta de artigos de cama, mesa e banho neste fim de semana? Seria bom ter lençóis e toalhas novas, e acho que vou no sábado de manhã, porque a seleção de produtos é sempre melhor mais cedo, e eu realmente gostaria de algum item azul para combinar com o banheiro de cima. Da última vez acabei comprando aqueles lençóis vermelhos, por mais que eu gostasse deles, ainda pareciam muito ásperos, e eles normalmente têm alguns de flanela nesta época do ano, e acho que é importante ter lençóis de flanela, você não acha? Blá blá blá blá blá.

Dei umas sete colheradas do meu belo prato de rosbife e purê de batatas, e então não aguentei mais. Fui até a porta do porão, abri e gritei:

– Se você não parar de comer a minha irmã enquanto eu janto, vou descer aí e acabar com você! Tenha um pouco de respeito, porra! – E bati a porta.

Minha mãe parou de falar sobre toalhas e lençóis, e me lançou aquele olhar que ela lança para todos, desde que me entendo por gente, que dizia: *Tasha não consegue se segurar.* Dizia: *Nós não podemos controlar o que a Tasha faz.*

Ou, nas palavras da Lisi: "Tasha está fora de controle e, por algum motivo, nossa mãe acha que está tudo bem. Não sei o porquê, e também não me importo. Vou pra bem longe daqui assim que eu puder. No mesmo minuto".

E ela foi. Lisi foi para Glasgow, na Escócia, onde está estudando Literatura, Psicologia e Ciência Ambiental, tudo ao mesmo tempo, enquanto concilia um trabalho de garçonete e sustenta seu hábito, de anos, de fumar maconha. Não ligou desde que foi embora. Nem uma vez. Ela enviou um e-mail para minha mãe contando que chegou bem, mas ela nunca liga. Faz três meses.

De qualquer forma, minha mãe deveria ter dado um nome de cavalo para Tasha, como "Gatilho". Não só porque ela geme como uma égua quando trepa com o caipira, mas porque ela é meu gatilho número um.

É o termo que meu terapeuta de controle de agressividade usa para descrever por que eu fico bravo. É o vocabulário de autocontrole, a palavra aceitável que usamos para *merdas que me tiram do sério.* Isso se chama gatilho. Passei os últimos quatro anos identificando o meu. E é a Tasha.

Pelo menos naquela noite – aquela vez que comemos o rosbife e a Lisi ainda estava em casa – a Tasha e o Danny calaram a boca.

O que foi bom, porque falei muito sério. Conforme eu comia, ficava de olho na lareira da sala, e imaginava que tipo de dano um espeto de aço poderia causar em uma cabeça humana. Eu visualizava uma melancia explodindo.

Meu terapeuta diria: *Fique no presente, Gerald.* Mas é difícil quando nada acontece, nunca. Por 16 anos, 11 meses e 2 semanas, estou indo para o fundo do poço.

* * *

Meu pai chega em casa. Ele vai ouvir também, assim que sair do carro. Os sons do porão – os gemidos de Tasha, em especial – chegam primeiro na garagem. Ouço o barulho dos sapatos sociais dele andando nas pontas dos pés no chão de cimento, a porta se abre... e ele me vê parado no escuro como um maluco e estremece.

– Meu Deus, Ger! – ele diz. – Belo jeito de causar um ataque cardíaco no seu velho.

Vou para o hall de entrada da sala e acendo a luz principal.

– Desculpa. Acabei de chegar também. Fiquei distraído com o... sabe. O barulho.

Meu pai suspira.

– Queria que ela se mudasse daqui de novo – eu digo.

– Ela não tem nenhum lugar para morar.

– E daí? Quem sabe, se vocês botarem ela pra fora, ela arranja um trabalho e para de sugar vocês. – Eu não sei por que estou fazendo isso. Minha pressão arterial está subindo. – Ela tem 21 anos!

– Você sabe como sua mãe é – ele diz.

Você sabe como sua mãe é. Essa é a fala automática dele desde que Lisi se mudou.

Nós passamos para a sala, onde está mais tranquilo. Ele prepara uma bebida e pergunta se quero uma. Eu normalmente falo "não". Mas, nesta noite, respondo sim.

– Cairia bem. Tive uma noite puxada.

– Jogo de hóquei?

– Luta. Aquelas pessoas nunca param de comer – eu falo.

– Hum – ele diz.

– A Lisi vem passar o Natal em casa? – pergunto. Ele sacode a cabeça negativamente, então eu acrescento: – Ela não volta de jeito nenhum com a Tasha aqui em casa.

Ele me entrega um copo de *White Russian* e se joga no sofá. Ainda veste o mesmo terno de hoje de manhã. É sábado, e ele trabalhou por pelo menos doze horas antes de sair com o grupo de corretores. Ele dá um gole na bebida.

– Aquelas duas nunca se deram bem – ele fala.

O que é uma besteira. Tasha nunca se relacionou bem com ninguém. E é parcialmente culpa dele, então ele dá essas desculpas. *Você sabe como sua mãe é. Aquelas duas nunca se deram bem.*

– Já pensou o que você quer de aniversário? – ele pergunta.

– Na verdade, não.

Não é uma mentira. Eu realmente não estava pensando no meu aniversário, apesar de ser daqui duas semanas.

– Acho que você tem tempo – ele diz.

– Tenho.

Olhamos um para o outro por um momento, e ele consegue dar um sorrisinho.

– Então, quais são seus planos para o ano que vem? Vai me abandonar aqui, como a Lisi fez?

– Minhas opções são limitadas – eu digo.

Ele balança a cabeça.

– Sempre tem a cadeia. – Deixo passar alguns segundos antes de continuar. – Mas acho que o Roger descartou essa possibilidade.

Roger é o meu terapeuta de controle da agressividade.

A princípio, ele parece chocado, mas depois ri.

– Ufa. Por um segundo achei que você estava falando sério.

– Sobre o quê? Quem gostaria de ir pra prisão?

Logo depois, Danny, o pobretão, abre a porta do porão, anda nas pontas dos pés até a cozinha e pega um pacote de salgadinho do armário. Depois, vai até a geladeira e pega um litro inteiro de chá gelado. Meu pai e eu só percebemos que ele está completamente pelado quando a luz da geladeira ilumina o pau dele.

– Da próxima vez que você for nos assaltar, pode pelo menos estar vestido, rapaz – diz meu pai.

Danny desce as escadas correndo como um rato.

É isso o que temos. Temos ratos no nosso porão. Ratos-esponjas que roubam nossa comida e não nos oferecem merda nenhuma.

Ainda estou pensando sobre a última pergunta retórica que fiz ao meu pai. *Quem gostaria de ir pra prisão?* Eu pensei em enlouquecer de uma vez e ir para o hospício. Nós também temos um desses aqui, a apenas alguns quilômetros da rua de baixo. Mas o Roger disse que os hospícios não são realmente do jeito que eram antes. Nada de jogar basquete com o cacique de *Um Estranho no Ninho.*

– Então, pra onde, Ger? – meu pai pergunta, mexendo a bebida com o dedo indicador.

Não sei o que dizer. Na real, não quero fazer nada. Só quero uma oportunidade para começar de novo e ter uma vida de verdade. Uma vida que não ficou fodida desde o começo, nem foi divulgada na TV internacional como se fosse um show de horrores.

3

EPISÓDIO 1
CENA 1
TOMADA 3

SIM, EPISÓDIO UM. Já que eles produziram mais de um show do Cagão. Com todos aqueles pais problemáticos no país, eu era uma grande sensação, por isso eles queriam criar mais oportunidades para assistir ao pequeno Gerald se agachando e fazendo cocô nos lugares mais peculiares.

Eu quase podia ouvir os pais de crianças que fazem birras normais, aliviados, dizendo: *Pelo menos, o nosso filho não caga na mesa de jantar!*

Pura verdade. Pura verdade.

O que eles não sabiam era que me tornei o Cagão quando aquelas câmeras foram instaladas nas nossas paredes. Quando estranhos com microfones fizeram teste de som para terem certeza de que podiam capturar cada barulhinho que se fazia. Até que virei entretenimento. Antes disso, eu era apenas frustrado, uma criança confusa que podia ficar agressiva – na maioria das vezes, contra uma parede... e Tasha.

Se eu pudesse escolher o código de área da minha casa enquanto estava crescendo, seria IJ. Eu ficava furioso, sim. Lívido. Enraivecido. Em chamas. Mas só porque tudo era INJUSTO. Código de área IJ. CEP: ?????. (O CEP para IJ provavelmente muda a cada cinco segundos, então não faz sentido tentar dar um CEP.)

Não consigo me lembrar de nenhuma fase em que eu não queria socar tudo à minha volta, por frustração ignorada e confusão.

Nunca dei um soco na Lisi ou nos meus pais. Mas a Lisi e os meus pais nunca me imploraram para dar um soco neles. As paredes sim. A mobília sim. As portas sim. A Tasha sim.

Desde o momento em que vi a Babá, não levei a sério que ela era uma babá. Ela não parecia uma babá, nem agia como uma. Tinha cabelo de estrela de cinema – algo que você veria na pré-estreia de um filme de Hollywood. Era magra – magrela até. E se arrumava como se fosse para um casamento. Não sorria e não era carinhosa. Era como se ela estivesse... atuando.

Enviaram uma babá falsa.

Eu não tive certeza disso até ficar mais velho, mas era verdade. A Babá era, na realidade, Lainie Church, que na verdade era Elizabeth Harriet Smallpiece, de uma cidadezinha no sul da Inglaterra, que queria fazer sucesso em Hollywood desde seus 5 anos de idade. Seus primeiros trabalhos como atriz foram em comerciais, depois ela teve uma participação por um período em Iowa, como uma daquelas meteorologistas falsas que não conhecem nada sobre previsão do tempo, mas fingem que sabem. Ela tinha um sotaque de Iowa bem convincente também. Mas a Liga das Babás foi o papel que a lançou como atriz.

Em parceria com nossa babá falsa, tinha uma babá de verdade, menos apropriada para a tela. Ela não tinha permissão para interagir conosco, mas piscava para mim, às vezes, e dava instruções para a Babá falsa sobre como atuar como uma boa babá. Esse acordo me deixava louco. Me lembro de estar lá sentado e assistindo a elas combinando e pensando o que eu poderia fazer para realmente mostrar ao mundo como as coisas estavam erradas na minha vida.

Depois de a Babá falsa se encontrar com seu maquiador profissional por meia hora, ela vestia o figurino, incorporava a personagem, e ia para a sala, onde minha família esperava sentada. Ela batia palmas e olhava para nós três. Eu tinha 5 anos, Lisi tinha 7 e Tasha tinha quase 11.

Depois, ela olhava exclusivamente para mim enquanto conversava.

– Seus pais me chamaram porque sua família precisa da minha ajuda. – Ela parou e verificou seu próprio reflexo na tela da TV. – Sua mãe diz que vocês brigam o tempo todo, e isso não é um comportamento aceitável.

Para se ter uma boa ideia da Babá, você tem que dar a ela um sotaque inglês. Ela puxava os erres. *Compo-r-tamento*.

– Parece que vocês precisam dos três passos para o sucesso nesta casa. E vamos começar com uma disciplina mais tradicional. Você sabe o que isso quer dizer, Gerald?

O diretor me disse para balançar a cabeça negativamente, e eu fiz isso. Eu tentava não olhar direto para as câmeras, e foi por isso que levaram três tomadas para filmar a cena um. Como um menino de 5 anos consegue *não* olhar para uma câmera que está na frente do rosto dele?

– Isso significa que estamos para começar uma vida completamente nova – ela disse. – E essa será uma família inteiramente nova, fácil como em 1, 2, 3.

✳ ✳ ✳

A Babá aparecia apenas por um dia, e depois deixava a equipe de filmagem e os *cameramen* lá em casa para nos filmar sendo *endiabrados* uns com os outros. Daí, duas semanas depois, ela voltava e decidia, baseado nessa premissa, quem estava certo e quem estava errado, quem precisava de castigo *me-re-cido*, e quem precisava aprender mais sobre responsabilidade. Ela ensinou meu pai e minha mãe sobre o "cantinho da disciplina" e como fazer render o tempo na tela. Eles mesmos desenhavam quadros com linhas, colunas e adesivos. (As meninas ganhavam adesivos de gatos. Eu ganhava adesivos de cachorros.)

Na verdade, a Babá não ajudava a desenhar os quadros, porque suas unhas feitas na manicure eram muito delicadas, e desenhar quadros não foi especificado no contrato. "De qualquer maneira, não é minha função ser os pais dessas crianças", ela dizia para meus pais. "É de vocês."

O que a câmera não via era que tudo que nos tornava *endiabrados* acontecia por trás das paredes ou apenas sob o radar daqueles microfones. Então, a Babá (bom, na verdade, *as babás*) via apenas parte da situação, que era normalmente eu ou a Lisi correndo atrás da Tasha, tentando bater nela.

Ou eu me agachando na mesa de jantar naquele dia – o vídeo do YouTube mais assistido na época do show – depois que a Babá tomou meu Game Boy porque fiz birra. Aquele foi meu primeiro cocô, primeiro de muitos. Depois que passei o dia inteiro no meu quarto, ela perguntou:

– Você sabe que fazer cocô em qualquer outro lugar que não seja no banheiro é sujo, né?

Eu fiz que sim com a cabeça, mas a palavra sujeira apenas continuava como um eco nos meus pensamentos. Foi o que minha mãe me disse quando eu, acidentalmente, fiz cocô na banheira quando tinha 3 anos.

– Por que você fez isso? – perguntou minha mãe. – Por que ser tão sujo?

Eu era tão pequeno que nem me lembro de muita coisa, mas lembro que cinco minutos antes, a Tasha me disse que ia me ajudar a lavar o cabelo. O que ela não fez.

A Babá disse: "Toda vez que você fizer cocô fora do banheiro, limpe você mesmo e depois vá para o seu quarto e fique lá o dia todo. Isso parece justo?".

Eu chacoalhava os ombros.

Ela repetia: "Isso parece justo?".

Eu lhe pergunto: Imagine um menino de 5 anos cercado por câmeras. Imagine que ele mora no código postal IJ. Considere que era tão pequeno para dar a mínima, que começou a fazer cocô na mesa de jantar na frente das câmeras. Depois faça essa pergunta a ele. Ele não saberá como responder.

Então surtei.

Eu gritava tão alto e por tanto tempo, que achava que minha garganta estava sangrando quando eu parava. Então a Babá chegou perto de mim, se sentou e mexeu no meu cabelo. Foi o gesto mais próximo de uma babá que vi em duas semanas. Ela me perguntou por que eu estava tão irritado, mas riu quando lhe contei.

– Sua i-r-mã não está tentando matar você, Gerald. Não exagere.

4

UMA DAS PRIMEIRAS COISAS que eles me contaram na aula de controle da agressividade foi que eu deveria praticar exercícios constantemente. Pensei em treinar no equipamento do meu pai, no porão. Mas, depois, você-sabe-quem desistiu da universidade de babacas logo de cara e mudou-se de volta para casa, então guardamos a esteira, o equipamento de levantar peso e a mesa de pingue-pongue, e afastamos tudo para o canto da garagem.

Quando expliquei para o meu terapeuta que agora o espaço para levantar peso estava ocupado pelo meu gatilho número um, ele sugeriu que eu fosse para uma academia de verdade. No começo, meus pais me deixavam na academia algumas vezes por semana. Mas daí eu vi uma academia diferente dentro da academia real – a academia de boxe. Então decidi que deveria frequentar, porque, como você sabe, eu gostava de dar soco em qualquer merda. Quando contei para meu terapeuta que havia me inscrito numa academia de boxe, ele suspirou, mas, no fim, concordou. Com uma regra: Nada de lutar boxe de verdade. No sentido de, nada de bater em outras pessoas. Eu tinha 13 anos e meio de idade e já tinha socado pessoas o suficiente, então, por mim, tudo bem.

Os caras que treinam na academia são legais, eu acho, mas tem um cara em particular. Ele tem problema. Código postal EF por inteiro. Ele olha para mim, às vezes, e dá um sorriso provocador. Sei o que significa, porque eu fazia isso.

O nome dele é Jacko. Não tenho a menor ideia de qual é o nome verdadeiro dele. Ele é jamaicano, mas não de verdade, porque o sotaque dele é falso. Seus pais se mudaram para Blue Marsh quando ele tinha 3 anos, e agora ele é menino de classe média, que sonha em ser tão pobre quanto os pais dele foram, o que faria dele alguém tão interessante quanto eles são, para poder contar histórias sobre sua aldeia de pescadores e sobre como é viver em um barraco com teto de zinco ou algo do tipo. Aposto que é por isso que ele luta boxe. Porque ser alguém de classe média é chato demais.

De qualquer forma, não entendo por que todo mundo está tranquilo com o fato de eu frequentar uma academia de boxe. A ideia em si é bem irônica. Veja bem, se eu não podia acabar com você, tenho certeza absoluta de que posso fazer isso agora. E é nisso que penso a todo minuto enquanto estou na academia. Acabar com a raça de alguém.

A-C-A-B-A-R C-O-M A R-A-Ç-A D-E A-L-G-U-É-M

Parte de mim quer muito arrebentar aquele Jacko, não me importaria se eu fosse preso. Na cadeia, eu poderia socar mais e mais gente, até que alguém maior que eu me arrebentasse e me matasse. E é tudo o que qualquer pessoa espera de mim a essa altura, certo? Cadeia ou morte, eu acho. Cadeia ou morte.

Começo a bater no saco de areia. Bato até parar de sentir meus dedos. Às vezes eles ficam inchados por dias. Nesta manhã de domingo, eles acordaram rachados e com a pele exposta, e eu penso sobre o quanto eles ficarão lesionados quando eu estiver mais velho, e como vou precisar de doses de cortisona como meu tio-avô John, e não me importo. Pulo corda por uns quinze minutos e depois treino no saco *speed* – meu preferido, porque tem ritmo e me faz entrar num certo transe.

Eu gosto do transe. Ele me desplastifica. Por quinze minutos fico livre da camada de filme plástico na qual estive envolto por toda minha vida. Minha visão, olfato e audição ficam melhores. Eu consigo *sentir*. Às vezes, o saco *speed* me dá vontade de chorar de tão bom. Mas não choro. Só perco o ritmo e me plastifico de novo – da cabeça aos pés.

Antes de chegar ao estacionamento, entro no galpão que fica ao lado – um depósito abandonado onde antes havia uma empresa de entregas. Quando comecei a frequentar esse lugar, a empresa ainda operava aqui. Agora, tudo o que resta são as estruturas de prateleiras e os pequenos cubículos dos escritórios.

Está escuro.

Acelero em direção a uma das paredes do cubículo. É a única parede de gesso no prédio de tijolos vermelhos. Atravesso a parede com meu punho, mas não é o suficiente, então dou outro soco, mais abaixo, porque estou começando a ficar sem espaço na parede. Minha mão arde e minhas juntas sangram, mas a sensação é boa. Quando me afasto da parede, conto os buracos. Quarenta e dois.

✷ ✷ ✷

Quando chego em casa depois da aula de boxe-que-não-é-boxe, meu pai já se foi faz tempo, para seus plantões de domingo, e minha mãe acabou de tomar um banho após sua caminhada rotineira de duas horas no domingo de manhã, e está na cozinha, fazendo "x" tarefas de cozinha. Ela ama cozinhar. Se minha mãe fizesse tudo do jeito dela, ela viveria na cozinha e tudo seria feliz. E se alguma coisa não fosse feliz, ela faria alguma receita, e então *tornaria* isso feliz. Ou ela simplesmente faria mais caminhadas. Você escolhe.

Depois que tomo banho, eu me sento e ela coloca um prato de café da manhã na minha frente. Ovos mexidos, peru em tiras e um copo d'água. Minha mãe tem um novo centro de mesa decorativo que me fez lembrar da Babá. Eu devo ter cagado nessa mesa umas dez vezes, fácil. Talvez mais vezes.

– O treino foi bom? – minha mãe pergunta.

– Sim. Estou ficando cada vez mais rápido no saco *speed*. Eu amo aquilo.

– Que bom pra você – ela diz. No bom sentido.

– É.

– Fico contente que encontrou aquela academia – ela acrescenta.

– Nunca tinha reparado nela antes.

Minha mãe apoia o garfo na ponta do prato, engole um punhado de cápsulas estranhas – vitaminas e suplementos –, e come qualquer outra coisa que pessoas que fazem caminhada comem para não desaparecerem no ar atmosférico. Diria que, com 1,58 metro de altura, ela está pesando menos de 45 quilos, fácil.

– Hoje vou sair pra fazer compras antecipadas de Natal – ela diz. – Seu pai vai voltar por volta das 4 horas da tarde. Vemos você no jantar?

Quando estou para responder, o som rítmico começa no porão. *Ba-bang-ba-bum-ba-bang-ba-bum*. Minha mãe automaticamente se levanta, abre a torneira da pia no máximo, coloca a louça suja na máquina e a liga, mesmo não estando cheia.

– Não. Dois turnos hoje. Volto pra casa só depois do jogo de hóquei. Provavelmente tarde, 22 horas. Vou jantar por lá mesmo. – Olho no relógio. São 10h30. Tenho que estar no Centro CEP às 11 horas. – Merda. Melhor eu ir.

Há alguns anos, se eu dissesse 'merda' tão casualmente na frente da minha mãe, ela me repreenderia pela linguagem. Agora ela não diz nada. Não tenho certeza nem se me ouviu com a lava-louça ligada e o *ba-bang-ba-bum-ba-bang-ba-bum*.

– Pode deixar seu prato. Eu coloco pra lavar – ela diz. – Tenha um ótimo dia.

– Obrigado. Você também.

Não é uma graça? Não é um amor o que a Babá fez por nós? Há onze anos, minha mãe limpava minha sujeira daquela mesma mesa. Agora, ela se oferece para limpar o meu prato porque sabe que tenho que chegar ao trabalho na hora. Como somos educados e cuidadosos! Que comportamento apropriado.

5

TEM ESSA GAROTA.

Ela normalmente trabalha no caixa um, e eu prefiro assim, porque trabalho no caixa sete e ela fica longe de mim, e aí não preciso ficar nervoso ao passar por perto para chegar aos combos de refeições para crianças ou aos doces. Temos que nos espremer para chegar até o caixa cinco, porque tem só um metro e meio de distância entre o balcão e a mesa onde os cozinheiros colocam toda a comida que temos que servir.

De qualquer maneira, durante a matinê ela fica no caixa quatro porque o estande fica meio fechado, e tenho que passar por ela duas vezes para pegar coisas. Eu sei... é sobre esse tipo de coisa que vou pensar quando estiver na cadeia, um dia.

Ela começou a trabalhar aqui há apenas algumas semanas. Horários fixos como eu, mas nem sempre no meu estande. Ela desaparece muitas vezes, e a vejo nos intervalos na área de fumantes, escrevendo em um caderninho que carrega no bolso. Às vezes olha para mim. Já me pegou olhando para ela duas vezes, mas eu já olhei para ela muito mais vezes que isso, porque vejo algo nela. O jeito como escreve naquele caderninho. Ela é linda – mas não daquele jeito de quem se preocupa com a aparência. Ela é o oposto. Não está nem aí, o que a torna ainda mais bonita. Se eu fosse um cara normal, a convidaria para sair, eu acho.

Mas Roger, meu terapeuta de controle de agressividade, me disse que namoro e controle de agressividade não combinam. Ele disse que meninas nos causam raiva. Elas sempre querem *saber* muita coisa. *Relacionamentos fazem você pensar que merece coisas, Gerald. Merecer leva a ressentimentos. Meninas acham que você deve fazer coisas por elas também. As regras não são claras. Você está indo tão bem.*

A matinê no CEP é um grupo de canto para crianças. Desde a hora em que abrimos e as crianças chegam, as únicas coisas que realmente vendemos são *pretzels*, água mineral e alguns caramelos. É lento. A maioria dos pais aparecem bem-vestidos, e eles fazem seus filhos dizerem "obrigado". Um exemplo:

– Como é que fala para o mocinho? – eles perguntam.

– Obrigado – diz a criança quando devolvo a ela um dólar de troco.

– Você pode fazer melhor que isso, Jordan – diz a mãe.

– Obrigado – diz ele, nada diferente do que antes.

Entrego a ele o *pretzel*, e ele me mostra um sorriso amarelo porque acha que sou um adulto burro que não consegue um emprego melhor que concessões no Centro CEP. Odeio pais assim. Tão preocupados com aparências. Tenho vontade de falar para eles como são sortudos por terem um filho que não caga no sofá preferido deles. Ou na BMW deles.

Depois da correria da pré-apresentação, tenho tempo de espiar a arena. Há quatro caras fantasiados – um de caubói, outro de engenheiro civil, um de homem de negócios e outro de chef de cozinha – que tocam músicas usando os mesmos acordes repetidamente. O chef toca a bateria com utensílios de cozinha. O caubói às vezes sai do ritmo e engrena numa música country sozinho enquanto os outros componentes da banda reviram os olhos. Daí ele monta no violão dele e sai galopando pelo palco. As crianças não se cansam de assistir a essa cena. Os gritos agudos estouram meus tímpanos.

– Que doideira – diz a garota do caixa um. – Como alguém pode achar isso engraçado?

– Pois é, né? – eu digo e saio andando em seguida, porque ela é irresistível, e eu estou na missão de resistir a ela.

Abasteço a geladeira com água mineral e soda diet. Vou ao banheiro para fazer xixi e lavo minhas mãos, exatamente como é esperado que um funcionário faça. Quando saio, ela não está em lugar algum. Deve estar escrevendo sobre mim no caderninho dela. Sobre como tentou falar com o Cagão, mas ele saiu correndo.

6

– GERALD?

É Beth, minha gerente. Eu olho para ela.

– Gerald, você está parado aí, olhando para o nada, faz cinco minutos.

Olho o relógio. Vejo pais bem-vestidos levando as crianças entusiasmadas para o estande de souvenir para comprar fantasias de caubói/terno/chef de cozinha, pipas, copos e camisetas. Fechamos o portão, para então fecharmos os caixas e nos prepararmos para o pessoal do hóquei. Já fechei o meu caixa. Não me lembro de fazer isso, mas está feito. Percebo que Beth parece preocupada. Pelo menos tanto quanto Beth consegue aparentar preocupação, de qualquer forma. Ela é tão relaxada que é quase na horizontal. Mesmo assim, parece preocupada.

– Desculpa – eu digo.

– Pode sair pra um intervalo se quiser – ela diz. – Você está aqui desde que abrimos. Já almoçou? – Eu queria que Beth fosse minha mãe. Ela com certeza não ia deixar a Tasha morar no porão com seus namorados-ratos que passam a noite. – Eu tenho frango e batatas fritas de sobra se você quiser – ela acrescenta, e aponta para a bandeja rasa de aço inoxidável abaixo da lâmpada de aquecimento cheia de frituras que nunca foram vendidas.

Conforme estico minha mão, a menina do caixa um estica a dela também, e nossos pulsos encostam um no outro. Eu olho para ela e dou um sorriso. Ela sorri de volta e afasta a mão para me dar licença. Eu faço o mesmo. Beth interfere e serve *nuggets* e fritas em um saquinho de papel para cada um de nós, e agradecemos a ela. Depois dou a volta em direção ao caixa sete para comer, e a garota vai para onde todo mundo está almoçando, próximo às pias, depois do caixa um.

Volto para meu "outro dia". Aquele em que eu estava vivendo dentro da minha cabeça quando Beth me deu um estalo para acordar. Meu lugar-sem-gatilhos. Inventei isso quando era pequeno, graças à Babá. Eu chamo de Dia B. É o dia extra que ganho numa semana que ninguém sabe a respeito. Vivo esse dia em pequenas partes daqueles outros dias normais, como segunda, terça ou quarta-feira, etc... Enquanto pessoas normais que têm sete dias em sua semana podem achar que estou viajando ou "em outro planeta", como o idiota do meu professor do 4º ano dizia, eu realmente vivo um dia a mais que todos vocês. Um dia bom.

Todo Dia B é um dia bom.

Deixe-me repetir. Todo Dia B é bom.

A abreviação postal É DB. Para Dia B. Ou Dia Bom. Ou como queira chamar, contanto que seja tão bom que todo o mal vai embora. O CEP é ☺ ☺ ☺ ☺ ☺.

E se eu tiro um dia DB durante qualquer outra EF 00000, ou semana UF??? Assim minha vida será mais longa que a de todo mundo. São 52 dias extras por ano, no total.

Deixe-me explicar melhor.

Um adolescente de 16 anos (quase 16 anos) vive em torno de 6.191 dias. Eu, Gerald "O Cagão" Faust, já vivi 6.815. São 624 dias a mais do que qualquer outro adolescente de quase 17 anos. Tecnicamente, se contarmos pelos dias, tenho quase 19.

7

EPISÓDIO 1

CENA 12

TOMADA 2

– GERALD, VOCÊ NÃO pode continuar viajando no seu próprio mundo desse jeito – dizia a Babá. – Você precisa ficar aqui e ouvir o que estou dizendo, comp-r-eende?

Eu faço que sim com a cabeça porque o diretor me disse para fazer isso. Mas eu ainda estava no Dia B, tomando sorvete de morango e caminhando por uma rua feliz, numa vizinhança urbana, onde nada do que nenhuma das crianças fizesse poderia me fazer querer bater nelas.

A Babá deve ter notado, porque me agarrou pelos braços, ficou cara a cara comigo e disse:

– Gerald! Você é necessário aqui. Ou você ouve ou passa tempo no cantinho da disciplina.

– Vou ficar com o cantinho da disciplina, por favor – eu respondi. Depois levantei e andei até a cadeira, sentei, e voltei para meu Dia B e minha casquinha de sorvete.

Uma das crianças queria que eu fizesse parte do time de *kickball* dela. Outra criança queria que eu andasse de bicicleta com ela, e não ligava que eu ainda usava rodinhas. Terminei meu sorvete e imaginei que seria uma boa ideia tomar mais um. E então Lisi estava lá e me deu um sorvete de baunilha com granulado colorido. Ela tomou um de chocolate com granulado de chocolate. Nós andamos por várias ruas até chegar em casa.

Minha mãe estava lá, ela nos abraçou quando chegamos e disse para terminarmos o sorvete na cozinha. Quando eu e Lisi nos sentamos à mesa, ela perguntou como foi nosso dia e nós contamos como foi incrível. Quando terminamos de falar, ela disse que tinha uma surpresa e nos levou ao hall, onde mostrou as novas fotos da escola, emolduradas e penduradas na parede. A Lisi parecia uma estrela de cinema. Eu parecia a criança de 5 anos mais fofa do mundo. Havia uma outra foto – do meu pai e da minha mãe naquela pose meio abraçados, a cabeça dela se curvava de leve na altura do queixo dele. Eles pareciam tão apaixonados e felizes. Afastei-me e olhei aquelas três fotos e chorei lágrimas de felicidade. Isso definia um Dia B. Lágrimas de felicidade. Sorvete. Minha mãe não me ignorando nem ignorando a Lisi por estar ocupada se preocupando demais com a Tasha. Isso não poderia acontecer em um Dia B, porque em um Dia B a Tasha não existe. O que significava que ela não enfiava sacos de plástico na cabeça da Lisi nem me chamava de *gaytardo*. Ela não podia fazer essas coisas, porque ela não estava lá de jeito nenhum. Como a Babá diria: "Simples como 1, 2, 3".

– Você ouviu aquilo? – a Babá perguntou.

– O quê? – eu perguntei.

– O despertador. Ele disparou faz três minutos. Você estava longe com as fadinhas por todo esse tempo. Sorrindo.

Eu conferi, para ter certeza de que ainda não tinha um sorriso na cara.

– Desculpa – eu disse.

– Gerald, eu e você estamos tentando trabalhar problemas de comportamento muito sérios, e não posso fazer isso sem a sua ajuda.

– Sim. – Close em mim, fazendo que sim com a cabeça. Podia ver as lentes das câmeras focando bem na minha cara.

A câmera boom passou para a esquerda conforme a Babá me abraçou. Era um abraço falso, como se estivéssemos encenando num palco. A costela dela me espetou.

– Eu posso ajudar você, mas não posso fazer isso por você. Compr-eende? – O diretor acenou com a cabeça, então eu acenei também. – Que bom. Agora, vai para o seu quarto e prepare-se para o janta-r. Seu prato preferido hoje à noite! Espaguete com almôndegas.

***

Trinta minutos depois, eu estava descendo as escadas correndo atrás da Tasha com um sabre de luz de plástico. Quando a alcancei, bati nela tão forte com o sabre que ele quebrou. A ponta quebrada do plástico ficou afiada e arranhou um pouco o braço dela. Não saiu sangue nem nada, mas, quando minha mãe viu, reagiu como se eu fosse o assassino do machado, abraçou a Tasha e gritou comigo. Eu desci correndo o hall e as escadas, e estava pronto para sair correndo pela porta de entrada, quando senti a pegada firme e esquelética da Babá.

Ela me arrastou até o quadro de comportamento na cozinha. Todos os meus adesivos daquele dia foram retirados e substituídos por pontos pretos, e a Babá me falou que eu ia para a cama sem espaguete com almôndegas. A Tasha parou ali e assistiu. Ela fingia que estava chorando, um daqueles gemidos que me levavam a ficar violento.

– Viu o que você fez? – disse a Babá. – Apenas alguns minutos até comer seu p-r-ato preferido e você estraga tudo sendo malvado com a sua i-r-mã! Gerald, eu não te enten-do.

Quando as câmeras focaram em mim chorando, a Babá olhou para o seu próprio reflexo da porta do fogão para ajeitar o cabelo e a maquiagem. Ela estava com um batom rosa, tipo madrepérola.

– Corta! – o diretor gritou. Depois de falar com os outros caras da direção e com a Babá de verdade, ele chamou a Babá. Depois veio até nós três, minha mãe, Tasha e eu.

– Olha, nossa equipe não pegou aquela briga com o sabre de luz. Eu mandei o Tim comprar um novo e, se tudo bem por vocês, gostaríamos de refazer a cena, assim a teremos gravada em filme.

Minha mãe olhou para o cara como se ele fosse louco.

– Você quer que minha filha seja agredida de novo para o seu programa? – ela perguntou.

– Nós só queremos que eles reencenem o acontecido, se você não se importar. O Tim vai voltar em um minuto. Tem uma loja grande de brinquedos próxima daqui. Enquanto isso, vou explicar ao Gerald e à Tasha exatamente o que quero que eles façam. Nada de bater de verdade.

A Babá de verdade também não gostou disso. Ela cruzou os braços e disse algo para a Babá de mentira, mas a Babá de mentira só deu de ombros.

Minha mãe forçou algumas lágrimas de volta e levou sua preciosa Tasha ao diretor. Eu fui por vontade própria, porque esta talvez fosse minha oportunidade para, de fato, matar a Tasha de uma vez por todas. Na frente das câmeras.

O diretor nos dispensou até o Tim voltar com um sabre novo. Eu fui direto para o *closet* da minha mãe, sentei em posição de cócoras sobre suas sapatilhas e soltei um cocô quentinho dentro de cada sapato.

* * *

A briga reencenada foi mais chata que a de verdade, porque a Tasha simplesmente ficou lá sentada chorando, e não gritou nem me deu um soco como fez antes. Além disso, meu sabre de luz não quebrou, então eu não podia tentar arremessar a ponta afiada dentro do olho ou do cérebro dela. Depois disso, o *cameraman* voltou para o andar de baixo porque nós gravaríamos uma cena a dois, comigo e com a Babá antes que ela me mandasse para a cama sem jantar.

Mas, então, ouvi um grito vindo do quarto dos meus pais. A equipe de filmagem correu para dentro do *closet*, para ver o escândalo conforme se desdobrava. Eles começaram por um ângulo mais distante, para pegar o incrível *closet* de mamãe, com sua impressionante coleção de sapatos – desde os mais formais de salto alto até a coleção de tênis de caminhada – e então eles deram zoom nos sapatos, até que, as únicas coisas enquadradas eram o par de sapatilhas e meus cocôs.

Enquanto Tasha e mamãe enlouqueciam diante da câmera, eu escapei de volta para a cozinha. Peguei uma barrinha crocante de chocolate e voltei para o Dia B, para comprar mais um sorvete. No Dia B, tem sorvete em todos os lugares. Não tem ninguém lá para invadir o seu quarto e te dar uma joelhada no estômago, ou para fazer você perseguir a pessoa com um sabre. Ninguém está sendo afogado.

8

– CAGÃO!

É o Nichols. Ele passa pelo nosso estande e mostra o dedo do meio bem alto para que eu enxergue sobre as cabeças das pessoas que esperam na fila. Depois do nosso curto intervalo para comer frango e batatas fritas da matinê do Centro CEP, é hora de ficarmos prontos para o jogo de hóquei das 5 horas, e há 70 pessoas esperando na nossa frente.

O jogo de hóquei começa, e a hora se perde entre Pepsis, chopes de cinco dólares, *pretzels*, batatas fritas, cachorros-quentes e *nachos*. O tempo todo, estou tomando sorvete no Dia B porque posso viver dois dias de uma vez. Essa é outra vantagem. Essa é outra vantagem que tenho sobre os demais seres humanos.

Quando Nichols volta, ele ainda está mostrando o dedo do meio para mim enquanto se aproxima do caixa.

– Ei, Cagão Mestre. Cadê o meu chope? – Ele joga uma nota de cinco dólares.

Eu o encaro. Imagino como seria fácil para mim puxá-lo por cima do balcão, arrastá-lo atrás da chapa quente e pressionar o rosto dele nos rolos giratórios de salsichas. Como seria divertido enfiar a cabeça dele na fritadeira.

– Cara, você me escutou? – ele grita, muito alto. Consigo sentir a atenção da Beth, do outro lado do caixa, e sei que Nichols não vai conseguir seu chope de jeito nenhum.

– Ouvi você. Desculpe. O chope está confiscado – eu digo.

– Eu a vi tirando há um minuto! – Ele aponta para a garota do caixa seis. Minha mão se aproxima um pouco dele, e ele vê. Sua expressão muda. Não consigo dizer se é medo ou raiva, mas de repente o meu batimento cardíaco acelera e estou pronto para atacar. Tudo fica silencioso na minha cabeça.

– Algum problema? – pergunta Beth.

Nichols sorri.

– Não. Nenhum problema. Estava só pedindo pra esse cara pegar uma cerveja pra mim – diz ele, de um jeito ainda mais babaca do que já era.

– Posso ver seu RG? – Beth pergunta.

É bom ver o Nichols sair apressado como um inseto assustado.

– Você conhece ele? – Beth pergunta.

Digo que não, e ela percebe que estou mentindo, mas ela tem que ir ao caixa dois para verificar a nota de cem dólares com a caneta mágica. Observo Beth sair e me pego olhando para a garota do caixa um trabalhando. Até o jeito como ela trabalha é lindo.

Encaro o próximo freguês.

– Posso ajudar?

– Você pode pegar um *pretzel* pra mim?

– Claro – eu digo. – São quatro dólares.

O garoto se atrapalha com um punhado de moedas e me entrega dezesseis delas.

Nichols aparece ao lado do meu caixa, agora com Todd.

– Ô, Cagão. Que tal trazer aquele chope agora?

– Com licença. Nós estamos esperando faz cinco minutos – a mulher na minha frente diz a ele. Ela veste o uniforme completo de fãs de hóquei, com a camisa deste ano, um par de jeans e coturnos.

– É, bom, eu esperei também, e agora estou de volta – diz o Nichols, se aproximando do meu rosto, bem em cima do balcão.

Eu me inclino sobre ele, tão perto que consigo sentir sua respiração. Você não consegue ser valentão com um valentão, eu sou o Cagão.

Sinto meu braço direito ficar tenso. Meus dedos começam a formigar. Minha adrenalina já está em outro planeta. E está alcançando meu punho, que está pronto para detonar em três... dois... um...

A mulher do hóquei o agarra pelo colarinho e diz:

– Bostinha. – E o empurra para a parte de trás da fila. Então ela volta e sorri para mim.

– Obrigado – eu falo. Alongo meu punho direito para voltar a senti-lo. Minhas entranhas ficam embaralhadas com a adrenalina.

– Sem problemas – ela responde. – Eles têm que aprender a não tirar sarro de fãs de hóquei. Nós não aturamos merda de ninguém.

Isso me dá vontade de ser um fã de hóquei. Eu ia adorar não aturar merda.

Ela pede um monte de coisas e, enquanto espera pelas *buffalo wings*, dá espaço para a próxima pessoa fazer o pedido. Enquanto encho o refil de bebida daquela pessoa, as *buffalo wings* aparecem na travessa quente e eu volto e as retiro. Depois, conforme as entrego para a moça do hóquei, Nichols aparece por detrás da multidão.

– Espero que ele tenha cagado nessa comida pra você, sua vaca! É o que o Cagão faz de melhor!

Ela olha para mim, e percebo que me reconhece. Evito o olhar, mas ela não vai embora. Quando olho de volta, ela está com essa expressão no olhar. Não acho palavras para descrever.

Entrego uma soda para o cliente que está na minha frente e ignoro a mulher, apesar de ela ainda me olhar. Enquanto preparo *nachos* para o freguês seguinte, um dos filhos dela se aproxima e pergunta:

– Mãe, você não vem? – E ela sai com a criança.

* * *

Durante o primeiro tempo, conseguimos limpar o balcão e reabastecer as estações de molhos. Como sou forte, sempre levo os potes maiores de ketchup e mostarda para o estande e os encho. Além de tudo, isso me tira dos outros seis caixas, que têm tendência a querer falar e conhecer seus colegas de trabalho. A maior parte do tempo, eles falam sobre programas de TV.

E eu não assisto TV. Nunca.

Conforme encho o segundo pote de ketchup, a moça de antes, a fã de hóquei, com os coturnos, se aproxima de mim e coloca a mão no meu ombro.

– Você é o Gerald, não é?

Eu paro e olho para ela. Consigo sentir meu rosto queimando e balanço a cabeça, concordando. Os olhos dela começam a lacrimejar.

– É você?

Eu balanço a cabeça de novo.

Ela aperta meu braço e diz:

– Sinto muito pelo que aquelas pessoas fizeram com você.

Fico paralisado. Faz mais de dez anos desde que o programa foi ao ar pela primeira vez, e eu tentei fazer com que isso fosse parte da infância de outra pessoa, e deixar no passado, como o Roger diz. Tentei esquecer a Liga das Babás, parei de assistir à TV e escrevi cartas de mentira para ela, contando como eu realmente me sentia. Já fiz tudo isso. Nada me fez esquecer o que aconteceu. Mas essa moça do hóquei é algo completamente novo. Ela só diz isso e eu não consigo me mexer. Não consigo falar.

– Você está bem? – ela pergunta. – Sei que não é da minha conta, mas não pude deixar de perguntar.

A única coisa que consigo fazer é balançar a cabeça.

– Sempre quis encontrar você e te dar um abraço apertado. Pobre garoto – diz ela.

Eu balanço a cabeça de novo. Tento voltar ao ketchup, mas não consigo enxergar nada através das lágrimas nos meus olhos. Tudo está embaçado.

– Você se importa se eu te abraçar? – ela pergunta.

Balanço a cabeça, fazendo que não.

E, quando ela me abraça, algo muito estranho acontece. Antes que eu perceba o que está acontecendo, começo a chorar. Tipo, a chorar *mesmo*. É como se alguém estivesse abrindo uma torneira. Estou de frente aos potes de ketchup, de forma que ninguém no estande cinco consegue ver a cena. E, quanto mais eu choro, mais ela me abraça e mais carinhosa fica. Quanto mais eu choro, mais percebo o que está acontecendo.

Estou sendo abraçado. Em dez anos, já fui reconhecido, examinado, analisado, criticado e até aterrorizado por um punhado dos milhões de espectadores do Liga das Babás. Nunca fui abraçado.

Fico completamente calado enquanto choro. Ela fica completamente calada conforme me abraça. Depois de alguns momentos, ela estica o braço atrás de mim, apanha alguns lenços e me entrega. Beth chega e me pergunta se está tudo bem, e quando vê que estou chorando, coloca a mão no meu ombro e me fala que vai ficar no caixa sete pelo resto do dia se fosse preciso.

– Não – eu digo. – Estou bem.

Estou de frente para a parede e para os condimentos, limpo o nariz e o rosto. Beth volta para o estande. Respiro fundo algumas vezes.

A moça do hóquei aperta meu braço e diz:

– Nos vemos de novo. – E depois vai embora.

Fico parado ali por um minuto, localizo meu rolo invisível de plástico e me cubro com ele de novo – a barreira que me protege *deles*. A armadura que me protege da porra do mundo todo. O polietileno que mantém as lágrimas do lado de dentro.

A garota do caixa um olha para mim quando passo pela porta e me olha como se quisesse chorar também. Eu a ignoro e volto para o caixa sete. Faço um pacto comigo mesmo para nunca mais deixar ninguém me abraçar de novo.

9

AINDA ESTOU VESTIDO com minha camisa de hóquei nova quando chego em casa. Comprei uma para que eu não precise aturar merda de ninguém, exatamente como a mulher do abraço. Nem perguntei o nome dela. Nunca mais vou conseguir ver ketchup sem pensar nela.

O jantar já acabou faz tempo, mas ainda sinto o cheiro de frango assado com molho na casa. Papai está em sua caverna, fazendo o que quer que seja lá dentro, provavelmente bebendo. A Tasha e seu namorado-rato estão no andar de baixo ouvindo alguma música péssima *country e western*, e cantando junto.

Mamãe está na cozinha, serrando potinhos de hidratantes para reaproveitar o centímetro e meio que nunca é bombeado pelos canudos muito curtos. Ela usa óculos de proteção, manuseando uma faca elétrica – dessas que se usa para cortar peru. Há oito potinhos de creme hidratante na mesa, e mais um outro pote. Nesse pote, ela enche com o creme dos potinhos que está serrando.

É com esse tipo de merda que ela se importa. Não com o que a Babá de verdade disse sobre ser justa e tratar igualmente seus filhos. Não com a filha de 21 anos transando no porão e tornando-se mais dependente a cada dia. Eu admito, parte de mim quer pegar aquela faca elétrica e... bom, você sabe.

Ela acena. Eu aceno de volta e subo as escadas para o meu quarto, onde consigo *desver* o que acabei de ver.

· 42 ·

CANTINHO FELIZ DO GERALD. Diz o aviso na porta do meu quarto. CANTINHO FELIZ DO GERALD. Esse aviso está lá desde os meus 13 anos, quando levei suspensão pela primeira vez por causa de briga. Estourei a cara de um moleque, o Tom Sei-Lá-O-Quê. O Tom sabia que isso ia acontecer.

Naquela época, a Tasha ainda estava desocupada, fingindo que estava na escola. E a Lisi estava no ensino médio, enquanto eu estava preso no ensino fundamental sem ninguém para me proteger de todos os imbecis que me chamavam de Cagão o dia todo.

Então arranquei um pedaço da cara do Tom Sei-Lá-O-Quê. Cicatriz permanente. Arrebentado por um guerreiro louco e indomável.

Eu o machuquei tanto que me levaram direto para o Roger, o guru sobre controle de agressividade. Naquele primeiro dia, ele me perguntou onde eu me sentia mais feliz. Eu não contei para ele sobre o Dia B. Só disse, "No meu quarto". Então fizemos aquele aviso, e eu pendurei na minha porta.

Acho que *sou* mais feliz aqui. Tenho meu próprio banheiro com chuveiro. Tenho um aparelho de som barulhento, computador, conexão de internet. Tudo que alguém precisa para separar-se do resto do mundo.

Exceto que Tasha ainda mora no porão. E minha mãe ainda não se importa comigo tanto quanto se importa com aquele centímetro de creme hidratante no fundo daqueles potes.

10

É ASSIM QUE eu lido com segunda-feira de manhã. Coloco meus fones de ouvido e ouço uma playlist louca de percussão tribal de indígenas norte-americanos, os pow-wows. A Lisi trouxe para mim de um pow-wow aonde foi com o namorado chapado dela, no ano passado.

Ouço essa playlist desde o minuto em que preparo minha mochila até o minuto em que paro no estacionamento da escola. Se chego cedo, sento lá e ouço até o último minuto. E, depois, passo tinta imaginária de guerra. Três linhas vermelhas sob meus olhos. Uma linha preta cruzando meu rosto. As mesmas linhas vermelhas nos braços. Uma linha vermelha que vai do lábio inferior ao queixo. Já tomei uma decisão, se eu conseguir me formar dessa porra de lugar, vou passar tinta de verdade no dia da minha formatura.

Quando chego à escola, sou um guerreiro. Sou nobre. Justo. Sou cacique da minha própria tribo. *Posso* escalpelar você. *Posso* ser perigoso. Mas escolho não ser, por isso sou o chefe ou cacique.

Até este ano, as coisas eram diferentes. Eu não tinha nenhuma escolha. Ainda tinha todas as palavras de agressividade do Roger no meu vocabulário – *dever, ter que, merecer*. Eu ainda estava fora de controle.

E não foi só o Tom. Havia outros também. O braço quebrado no 1º ano. E nariz. E, naquele tempo, tentei quebrar o pescoço de um garoto no ano anterior. Memorizei as paredes do escritório do diretor do ensino fundamental. Memorizei cada centímetro da sala de suspensão que ficava dentro da escola. Memorizava toda vez que eles me diziam que eu tinha *mais uma chance*. Isso foi cinco chances atrás.

Roger nunca ficava impressionado. Mas agora ele está. Porque agora eu conheço meus gatilhos e como bloquear todos eles. Passo minha tinta de guerra, espeto minhas penas, caminho até à escola e ajo como o cacique.

– Oi, Gerald. Fiquei sabendo que ganhamos ontem. – Esse é o menino cujo armário fica ao lado do meu. Ele até que é legal. Toca na banda de jazz e fuma muita maconha.

– Três a um – eu falo.

– Legal sua camisa – ele fala.

Olho para baixo para ver minha camisa, penso na moça do hóquei e em como esta é minha camisa de não-aturo-merda. É como se eu estivesse usando uma camada dupla de cacique hoje.

– Obrigado.

Ele assente e vai para sua sala. Pego meus livros e vou em direção à sala do Sr. Fletcher. Essa é a sala de EE (Educação Especial) para o resto do mundo.

– Oi, Gerald!

– Ei, Gerald!

Eu aceno e olho para o chão.

– Legal sua blusa, Gerald!

Todos vocês, os merdas, que acham que a sala de EE é cheio de gente com meio-cérebro, estão errados. Essa é a melhor sala da escola porque ninguém está nem aí se você está indo mal, se é burro, se manca ou gagueja, ou se não consegue pensar direito, porque passou a maior parte da infância chorando no seu quarto por ter sido apelidado como *Cagão* antes mesmo de chegar ao primário.

Ninguém se importa com quais roupas ou marcas de sapato você usa, o quanto sua família é rica ou quantas músicas baixou no seu iPod. Ninguém liga para o carro que tenho. Ninguém liga se moro num condomínio fechado. Ninguém se importa com meu passado. Eles sabem, tenho certeza, mas nunca ninguém mencionou, e se alguém mencionasse, acho que o Sr. Fletcher provavelmente calaria a boca deles antes de terminarem de falar.

O Sr. Fletcher é um cacique de verdade. Comparado com ele, sou um cacique em treinamento, porque ele tem uma paciência que eu nunca terei. Lidar com merdinhas violentos como eu, que não precisam estar na sua sala; e ajudar a Deirdre a fazer tudo, porque ela tem paralisia cerebral. De vez em quando, a Jenny começa a ter ataques e a jogar coisas para todo lado, e ele tem que acalmá-la e levá-la até a enfermeira, para a enfermeira fazer o que quer que seja que ela faz para a garota voltar ao normal.

– Gerald, você ainda está treinando naquela academia? – Jenny me pergunta. – Porque, cada vez que te vejo, você está maior.

– É, cara, você está sarado – diz a Karen.

– Meu Deus, gente, calem a boca! – Esse é o Kelly, *ele* é um menino, mas se chama Kelly, o que é uma droga, considerando que ele é lento desde que nasceu. Sério. Se você tiver um filho que é lento, não dê a ele um nome de menina. Certo?

– É – eu digo. – Calem a boca.

Deirdre aponta a cadeira de rodas elétrica em minha direção, e então se estica e aperta meu braço.

– Logo você estará sarado demais para estar com a gente, os retardados – ela fala, e ri. Deirdre às vezes cospe um pouco quando ri. Ninguém ri dela, porque somos uma família, que é algo que o coordenador educacional não consegue entender quando conto isso para ele.

– Se a oportunidade de sair do programa de Educação Especial surgisse, você não aproveitaria? – ele me perguntou no mês passado, durante nosso encontro mensal.

– De jeito nenhum. Adoro aquele pessoal.

– Mas isso não diz respeito a eles, e sim a você. Você não precisa estar na sala, precisa?

– Não sei. Depende do que você quer dizer com *precisar* – eu disse.

Eu *preciso* não ter que estar em alerta o tempo todo. Eu *preciso* não ouvir as ofensas das pessoas. Eu *preciso* estar num lugar onde não preciso de tinta de guerra para sobreviver. E esse lugar é a sala de Educação Especial. A tinta de guerra que eu uso, só para ir do meu carro *até a sala de EE*, é para o horário do almoço. Para a aula de Educação Física que *sou* obrigado a fazer. É apenas para suportar estar aqui, e não em algum outro lugar onde ninguém saiba quem eu sou... como na América do Sul.

Fletcher diz:

– Ok. Abram seus livros de matemática. Todos vocês vão saber calcular equações lineares antes de sexta-feira, ou serei demitido e terei que morar na rua.

Faz três anos que sei como calcular equações lineares, mas abro meu livro e sigo as instruções. Não estou fingindo ser estúpido, apenas estou mais seguro aqui. Ou todos os outros estão mais seguros porque estou aqui. Algo assim.

***

Colocaram aquele menino, o Tom, no mesmo horário de almoço que eu. Cometeram um erro, porque tudo o que ele quer na vida, desde que arranquei um pedaço da pele do rosto dele no oitavo ano, é me matar. Ele me dá encaradas de EF o tempo todo. Eu as carimbo com os dizeres RETORNAR AO REMETENTE, e vou almoçar. Mas, um dia, esse menino vai desabar. É o que prevejo. Antes de me formar, ele virá na surdina e vai me acertar, eu vou ter que me defender, e sou eu quem vai acabar encarcerado.

O que me recuso a fazer. E é por essa razão que essa tinta de guerra é tão boa. Porque sei que vai me permitir deitar e aguentar.

Até se ele arrebentar minha cara. Até se ele me matar. Posso aguentar.

Simplesmente vou pular para o Dia B, calçando mocassins e coberto de penas, vou fazer minhas ligações telefônicas malucas, dançar minhas danças selvagens e tomar sorvete indiano até finalmente estar livre. Quase desejo que ele acabe comigo. Tenho certeza de que todo mundo ficaria mais feliz.

Ninguém, fora o pessoal da Educação Especial, fala comigo aqui fora. Nem professores. Nem mesmo as senhoras que servem o almoço. Eu disse ao Roger uma vez que todos eles acham que estou prestes a pular na mesa e cagar.

– Duvido – ele disse. – Você não fez aquilo desde que era pequeno, certo?

– Sim. Mas eu percebo. Eles querem que eu faça de novo.

– Hum – disse ele.

Estou certo. Todos eles querem. E eu quero oferecer entretenimento a eles de novo, exatamente como quando era criança. Seria assunto para eles terem sobre o que falar. Algo para enviar mensagem um para o outro. *LOL! HAHAHAHA! OMG! WTF?*

O coordenador educacional dizia que o único motivo pelo qual eu não tinha amigos era porque criei uma barreira. Em primeiro lugar, ele é um imbecil. Em segundo lugar, quem não criaria uma barreira se estivesse no meu lugar? Minha barreira também é pintada com tinta de guerra. É o desenho de uma besta tenebrosa dentro da silhueta de uma televisão.

11

EPISÓDIO 1
CENAS 20-29

EU ME GRADUEI do quadro comportamental para o quadro de tarefas – passo 2 do programa 1-2-3. A Babá de verdade continuou sorrindo com os cantos da boca, mas a Babá de mentira era mais rígida. Minha cagação realmente a desanimava. Por isso, eu continuava fazendo a mesma coisa. Mas espere... eu não havia socado uma parede já fazia um mês, então ela tinha resolvido esse problema, certo?

– Gerald, aqui está seu quadro de tarefas – disse a Babá. – Se você fizer o que seu pai e sua mãe dizem e ganhar um adesivo neste quadro todos os dias, como recompensa você vai ao circo.

Desde que os cartazes foram espalhados pela cidade, Lisi e eu implorávamos para meus pais nos levarem ao circo.

Olhei para o quadro: uma tabela pequena com figurinhas das três coisas que eu tinha que fazer todos os dias para conseguir ir ao circo. As tarefas eram fáceis. Tinha a figura de uma cama e de uma caixa de brinquedos. Eu tinha que arrumar minha cama e limpar minha caixa no quarto de brinquedos. Mas a terceira tarefa era estranha.

– O que é aquilo? – perguntei.

Era uma foto da mesa da nossa cozinha posta. Nunca tive que colocar a mesa antes e, na minha cabeça, não era tarefa minha, porque sou menino. Sei o quanto isso soa machista agora, mas eu tinha 5 anos de idade. Dá um tempo.

– É uma tarefa nova, mas achamos que isso ajudaria você a ser parte dessa família e torná-la a melhor equipe possível. Aquelas outras duas tarefas são para você e apenas para você, mas significa que pode participar de uma maneira totalmente nova porque você já é grande.

Espremi os olhos para ver a foto.

– Você quer que eu coloque a mesa?

– Muito bem! Sim! Para o janta-r apenas.

– Eu nem sei onde as coisas ficam.

– Tudo bem. Nós ajudaremos você nos primeiros dias – ela respondeu.

E eles me ajudaram, mostraram onde estavam os pratos, e minha mãe disse *tome cuidado* umas cem vezes, mas eu não quebrei nada. Já no meio da semana, eu arrumava minha cama de manhã logo que acordava, e chegava às 16 horas em ponto para colocar a mesa... antes mesmo de qualquer pessoa chegar à cozinha. Porque desse jeito era mais fácil mergulhar o prato da Tasha na água suja do vaso sanitário. Eu fiz isso todos os dias, por duas semanas. Fazia minha cama. Preparava a mesa. Vaso sanitário.

A equipe de filmagem nos deixou a sós durante duas semanas enquanto a Babá ia meter o nariz na vida de alguma outra família, e então ela voltou para ver todos aqueles adesivos perfeitos colados no meu quadro e saber da notícia de que eu não havia cagado em lugar nenhum, exceto no vaso sanitário.

Ela fez um toque com a mão, em um gesto de comemoração.

– Eu sabia que você conseguiria. Bom menino. – Vi a Babá de verdade levantando o polegar para ela, aprovando, quando ela falou isso. Ela ainda tinha aquele jeito dramático estranho de atriz – solicitava um tipo específico de maçã para suas saladas no almoço e só bebia chá em uma determinada temperatura –, mas estava se tornando uma babá real. Ou, no mínimo, estava fazendo seu melhor papel.

Depois a Babá foi ver o quadro da Lisi e viu que ela havia pulado alguns dias de limpeza do quarto e de lavar a louça. A Babá disse:

– Lisi, você pode fazer melhor que isso.

Lisi só concordou com a cabeça, porque o diretor a mandou fazer isso.

As tarefas da Tasha eram mais complicadas, porque era a mais velha. Ela tinha que limpar os banheiros aos sábados, limpar seu próprio quarto e o hall do andar de cima. Ela não havia cumprido nenhuma das tarefas. Nenhuma. A Babá quis saber se ela simplesmente tinha se esquecido de colar os adesivos no quadro, mas Tasha balançou a cabeça dizendo que não e deu um sorriso amarelo.

– Realmente é pedir demais de uma menina de 10 anos. Não acho que ela deveria fazer esse tipo de tarefa. Especialmente o banheiro – minha mãe disse.

– Limpar o banheiro certamente não é uma tarefa muito complicada para uma menina de 10 anos. Ela está com quase 11. Tem que aprender a se virar. – A Babá olhou para a Babá de verdade, para ter certeza de que estava no caminho certo. A Babá de verdade fez sinal com o polegar para cima.

Minha mãe ignorou o diretor, que balançava a cabeça, e disse:

– Eu discordo. Acho que limpar o banheiro é uma tarefa para uma adolescente e, por enquanto, ela pode ajudar a Lisi a lavar a louça e a fazer outras coisas por aqui para garantir que a casa fique limpa. Além disso, desinfetante de banheiro não é veneno?

A Babá revirou os olhos para a câmera.

– Você deveria ter levantado essa questão quando fizemos o quadro, Jill. A Tasha concordou em fazer essas tarefas duas semanas atrás. Ela deveria fazê-las.

– Eu falei para ela não fazer – minha mãe respondeu, com os braços cruzados.

Então Tasha disse:

– É culpa dele! – E apontou para mim.

Senti meu corpo ficar adormecido. Lembro disso. Lembro de me sentir dormente e com medo do que ela ia dizer em seguida. Porque eu sabia que, não importava o que ela dissesse, meu sonho de ir ao circo tinha chegado ao fim.

– Ah é? – a Babá disse, com a mão no quadril, já em clima de punição. A câmera um deu um close. – Como pode ser?

– Eu odeio o cheiro de banheiros! – Ela derrama lágrimas falsas. – Não consigo nem usar o banheiro da escola se alguém fez cocô lá, porque me lembra ele! Ele está arruinando a minha vida!

A Babá inclinou a cabeça para a direita.

– Você não pode limpar banheiros porque não gosta do cheiro de cocô?

A Tasha acenou com a cabeça porque minha mãe também acenou. A Babá de verdade olhou fixamente para a Tasha.

– E quando ela te contou isso? – a Babá perguntou para minha mãe.

– Esta manhã – disse minha mãe. – Coitadinha.

A Babá olhou para Tasha, depois olhou para a Babá de verdade, que ainda estava encarando Tasha.

A Babá de mentira bateu palmas e jogou o cabelo como se estivesse num comercial de shampoo.

– Lisi, você terá duas horas a menos de eletrônicos esta semana, um total de cinco horas, tá bom, meu bem? Semana que vem, faça *melho-r* e terá todas as sete horas.

Lisi sorriu e balançou a cabeça. Não tenho certeza do porquê. Sete horas de telinhas por semana foi uma regra estúpida. Dessa forma, éramos forçados a conversar mais uns com os outros... ou a encontrar novas formas de evitar uns aos outros.

A Babá olhou para mim em seguida.

– Gerald, você acabou de ganhar de volta seu mini *computado-r*. – Meu Game Boy. Fazia um mês que eu não o via. – E como você fez cada uma das tarefas por todas as duas semanas, você poderá ir ao circo com a Lisi e poderá ter tudo o que você colocar na sua caixa de recompensas. Vai lá pegar, meu bem.

Eu corri para a minha caixa de recompensas e tirei um pedaço de papel no qual eu tinha rabiscado "Sorvete", e entreguei a ela.

– Ah, sorvete! Eu também amo sorvete. Qual é o seu sabor preferido?

– Morango – eu disse.

– Ótimo. Sente-se no sofá enquanto lido com a sua *i-r-mã*.

Ela olhou para Tasha e estreitou os lábios. Minha mãe ficou perto o bastante para Tasha agarrá-la e chorar se precisasse.

– Tasha – disse a Babá –, ao mesmo tempo que sou muito compreensiva com relação ao seu mais novo medo de cheiro de cocô, devo ressaltar que você não fez uma tarefa sequer do seu quadro, nem aquelas que não tinham nada a ver com o banheiro, então você perde todas as horas com eletrônicos por uma semana. Sem computador, TV ou videogames.

Naquela hora, Tasha se agarrou na minha mãe, como se alguém tivesse acabado de bater nela.

– Então eu levo castigo porque ele caga em todo lugar? – Tasha choramingava.

A Babá virou para minha mãe.

– O Gerald tem feito cocô de novo?

– Ele não fez desde, bem, os sapatos – minha mãe respondeu.

Isso mesmo. E nenhum buraco nas paredes. Queria que alguém dissesse isso.

A Babá olhou para trás, para Tasha, e continuou:

– Nós podemos fazer um quadro novo com tarefas diferentes para você, e, desta vez, se nós colocarmos alguma coisa nele que te perturbar, você nos avisa, está bem?

Tasha lançou um olhar para mim e perguntou para mamãe, que parecia assustada:

– Como isso pode ser justo?

– É justo porque vocês estão aprendendo a trabalhar como uma família – disse a Babá.

– Aqueles quadros são idiotas – respondeu a Tasha.

– Não fala *idiota* – gritei do sofá. – Você não pode dizer *idiota*.

– Ah, cala a boca, seu merdinha! Espero que se engasgue com seu sorvete estúpido! –gritou Tasha, e então correu para o quarto dela e trancou a porta.

Depois que a equipe saiu, minha mãe pediu para meu pai me levar para tomar sorvete. Nós fomos à sorveteria Blue Marsh e eu escolhi uma bola bem grande de morango, enquanto meu pai conversava no celular com um cliente sobre uma casa de dois andares que estava tentando vender. Depois, ele se juntou a mim para tomar sorvete, porque eu não aguentava comer tudo aquilo sozinho.

– Tenho orgulho de você, filho – ele disse.

– Obrigado – respondi.

Depois, voltamos para casa e Tasha estava sentada no sofá tomando sorvete em uma tigela e assistindo à TV.

– Ei! Achei que ela estava de castigo! – eu disse.

Minha mãe tentou dizer alguma coisa da cozinha, onde estava preparando o jantar, mas Tasha atropelou o que ela disse e falou:

– Cala a boca, seu pequeno troll. Você que é a criança problemática, não eu.

Então eu subi as escadas e fiz duas coisas: caguei na cama cor-de-rosa da Tasha – bem nos pés da cama, onde seus pés iam tocar. Depois que terminei, levantei a colcha e sentei, para fazer uma sujeira bem grande, nojenta e pegajosa.

Lisi e eu nunca mais pudemos ir ao circo.

12

VAMOS ESCANCARAR o assunto: a Lisi não telefona para casa porque minha mãe tentou convencê-la a não ir para a universidade. Não especificamente, veja bem, mas no jeito próprio dela, do tipo, ignorar o filho do meio. Ela nunca incentivou Lisi a ver catálogos de faculdades, nunca comprou livros preparatórios para o vestibular para ela. O orientador educacional até a chamou na escola um dia e perguntou por que a Lisi ainda não estava fazendo planos de ir à universidade. Talvez o orientador educacional tenha ouvido pela voz da minha mãe – não-estou-nem-aí – porque, depois que conversaram começou a arranjar inscrições e entrevistas para Lisi. Depois que Lisi passou a receber convites das universidades, minha mãe disse duas coisas:

"Universidade é um lugar tão difícil de se encaixar" e *"Olha o que aconteceu com a sua irmã."*

Lisi não telefona para casa, apesar de saber que preciso falar com ela. Provavelmente está chapada demais para se importar.

Ela provou o contrário para mamãe e foi para a faculdade.

Eu gostaria muito de seguir o caminho dela – não apenas ir embora daqui, mas também ir para a universidade, talvez... apesar de que isso será difícil, considerando a sala de EE e toda a confusão em que eu entro. Meu pai e minha mãe poderiam ter me ajudado, mas em vez disso, mamãe só continuava encontrando com os coordenadores da escola, com aquela mesma cara que ela fazia para a Babá. *O que eu faço com esse menino?*

Então encontrei as pessoas mais carinhosas e acolhedoras que já conheci, graças à pessoa menos carinhosa e acolhedora que já conheci.

A sala de Educação Especial é minha mãe.

* * *

Quando volto da aula de Educação Física, Deirdre me diz que fico ainda mais sensual quando estou suado.

– Meu Deus, Deirdre – eu digo. – Você está acabando comigo.

Ela gira, dá uma volta na cadeira de rodas e me lança seu sorriso malandro.

– Isso é só porque você me quer e não pode me ter – ela diz.

Eu sorrio para ela. Depois percebo que o pé direito dela está fora do apoio, então abaixo para colocar de volta no apoio para os pés.

– Aproveita que você está aí embaixo... – diz ela, conforme vou para o estande.

Meu rosto fica com um vermelho brilhante.

– Você fez ele ficar vermelho, Deirdre! – diz Karen.

– Cara, você vai ter que usar roupas folgadas a partir de agora – diz o garoto Kelly. – Essas minas são loucas.

– Tá bom, pessoal. Por favor, vamos parar de nos concentrar nos deltoides do Gerald por um minuto e voltar para as equações lineares? – diz o Sr. Fletcher.

– Equações lineares são um saco – o garoto Kelly revida.

– Sim – Sr. Fletcher responde. – Equações lineares *são* um saco. Porém, vocês têm que aprendê-las, ou não poderão se formar. E vocês querem se formar, não é?

Olho em volta. Jenny está encarando a janela. Deirdre e Karen ainda estão dando risadinhas dos meus braços. Kelly está tão longe de entender equações lineares, acho que levaria dias em um camelo para conseguir fazê-lo chegar perto. O resto da sala está igualmente distraído. Com coisas. Qualquer coisa. Taylor tem TDAH (Transtorno de Déficit de Atenção com Hiperatividade), ou algo assim, e precisa balançar para frente e para trás para manter-se focada. Isso tira o Larry do sério, que odeia quando ela se balança, porque não consegue se concentrar. Ninguém está nem aí para equações lineares.

– Eu realmente não ligo se não me formar – alguém diz.

– Eu também não – diz Karen. – Uma montanha de pessoas que realizaram grandes coisas não se formaram na droga do ensino médio.

– Eu quero – diz Deirdre. – Só pra fazê-los colocar uma porra de uma rampa até o palco e me assistirem por todos os cinco minutos que levo para subir e descer dela de novo. Bem provável que será a primeira vez que eles perceberão que estudo na mesma porra de escola que eles. – Ela baba bastante enquanto diz isso. Geralmente, longas sequências de frases fazem isso. Ela usa a parte de trás da mão para enxugar o queixo e ri.

– Olha o linguajar, por favor – diz o Sr. Fletcher.

Eu me imagino com a pintura de cacique, subindo naquele palco para receber meu diploma. Assisti à Lisi receber o dela. Estava só eu e o papai lá para ver, porque Tasha tinha "quebrado o pulso" meia hora antes de sairmos. Não estava nem inchado. Mamãe a levou para o hospital para tirar radiografia de qualquer forma.

Pensando agora sobre isso, nem sei se me importo mesmo com a formatura. Acho que não. Não importa. Nem a mim nem a ninguém. Acho que a única coisa com a qual qualquer pessoa se preocupa é que eu não vá para a cadeia. E a única coisa com a qual eu me preocupo é sair daqui. De todo jeito, realmente não acho que eu conseguiria ir para a faculdade.

– Talvez possamos terminar as equações lineares amanhã – sugere Karen.

– É – Taylor concorda balançando de trás para frente. – Isso sim funcionaria.

A sala se enche com o murmurinho. Fico quieto e observo o Sr. Fletcher. Ele permite isso por cerca de um minuto e então assovia. Um assovio com os dois dedos, que fazem doer meus ouvidos.

– Vamos combinar o seguinte, nós aprenderemos a calcular equações lineares até o fim da semana. Todos vocês conseguem fazer as equações. – Ele aponta para o Larry. – O Larry já sabe fazê-las. Ele tem feito elas por um ano todo.

Larry assente.

Sr. Fletcher olha para mim porque sabe que faço equações lineares desde o ensino fundamental, mas ele não menciona. Pelo contrário, ele diz:

– Então se o Larry consegue fazê-las, vocês também conseguem. E garanto que vocês se lembrarão delas. Agora se levantem.

Nós continuamos sentados.

– Eu disse *levantem-se* – ele repete e se vira para a Deirdre. – Deirdre, conduza-se até aqui. – Ele aponta para a parte posterior da sala.

Conforme ela faz isso, todos nós nos levantamos e ficamos de pé ao lado de nossas carteiras.

– Vamos animar um pouco as coisas – diz ele. – Você só pode sentar quando responder corretamente à pergunta.

– Que merda! – diz Karen.

– Olha o linguajar, por favor. E não, não é uma merda. Garanto que, dentro de dez minutos, vocês estarão sentados. Vejam. – Ele primeiro vira para mim. – Gerald, se eu digo que 5 mais 6 é igual a x, então que número é x?

– Onze – eu digo.

– Pode se sentar – ele diz de novo.

Ele vira para o Taylor.

– Digamos que m é igual a 10. Qual valor seria x nessa equação? Quatro vezes m é igual a x.

– O x seria 40.

– Pode sentar.

Conforme observo o Sr. Fletcher, me dou conta que ele ama seu trabalho. Ele ama a vida dele. E é feliz na sala de EE dando aulas para todos nós, EEs. Acho que não conheço outro adulto tão feliz como ele. A maioria simplesmente finge o tempo todo.

– Você, pode se sentar – ele diz para quem quer que seja que acabou de responder.

Quando a última pessoa se senta, ele diz:

– Então, isso não foi tão difícil, foi? Amanhã voltamos e fazemos mais. Por hoje, vamos nos preparar para vocês voltarem para casa.

Leva um tempo para a sala de EE ficar pronta no fim do dia. Taylor precisa apanhar seu casaco, sua mochila e qualquer outra coisa que ela precisa, e precisa ser lembrada cinco vezes para não esquecer nada em cima da carteira. Deirdre precisa de ajuda para vestir a jaqueta, e seu pé caiu do apoio de novo, então o Sr. Fletcher o coloca de volta e assegura que está firme, mexendo com carinho e com firmeza.

Alguém já assistiu ao filme *Um Estranho no Ninho*, com o Jack Nicholson? A sala de Educação Especial me lembra desse filme. Não somos loucos nem estamos numa ala psiquiátrica sendo psicologicamente abusados por algum enfermeiro sádico, mas estamos em uma família acidental, da mesma forma que eles estão. Ao passar de carro pelo hospício, que fica a uns quilômetros, sei que as pessoas de fora olham lá para dentro e veem apenas pacientes psiquiátricos, e não pessoas. É assim que as pessoas olham para a EE também. Mas todos somos pessoas. Pessoas reais. Sou como o personagem do Jack Nicholson – antes era exigente, difícil de lidar, violento e assustador, mas agora, com o tratamento de choque que tosta o cérebro pela regra de ouro de gerenciamento de controle da agressividade: *Tenha zero exigências.*

13

JACKO ANDA EM MINHA direção quando chego na academia e diz:

– Tá certo, garotinha. Sei que não pode brigar aqui, mas e fora daqui? Que tal eu e você?

– Cara. Você não é jamaicano. Desiste – eu falo.

– O que você quer dizer com *eu não sou jamaicano*? – ele pergunta.

– Quero dizer que você mora no conjunto Black Hills desde que tinha 3 anos. Dois conjuntos depois do meu, lembra? E você frequenta uma escola particular que custa, tipo, trinta mil por ano.

Ele me empurra.

– Você não respondeu minha pergunta, *bumba-claat* – ele diz com um sotaque jamaicano muito convincente.

– Se vou brigar com você? – eu pergunto. – Não. Nem se você arrancar minha cabeça e mijar no meu pescoço.

Meu terapeuta de controle de agressividade passaria um trabalho de campo com Jacko. Ele possui todas as características físicas. *Mandíbula rígida. Corpo estremecido*. Passo por ele para chegar ao saco *speed* e largo minhas coisas no chão, no canto. Tiro a camisa e começo no saco de areia.

Jacko diz alguma coisa para mim, mas não escuto.

Paro meu saco de areia com a mão esquerda e pergunto:

– E por que você se chama Jacko mesmo?

Ele não responde e, depois de me encarar por alguns segundos, sai andando. *Punhos fechados. Músculos tensos*. Volto para o saco de areia e projeto rostos nele. Tasha. Babá. Tasha. Mamãe. Tasha. Babá. Tasha. Nichols. Tasha. O *cameraman* do primeiro episódio que disse "Olha o pintinho dele!". Tasha. Mamãe. Babá. Papai. Babá. Tasha. Mamãe.

Começo a suar. Sinto a tinta de guerra escorrer pelo meu rosto e braços. O cacique escorrega pelas minhas costas até o chão da academia. Agora sou apenas o Gerald. Meus braços queimam. Meu pescoço queima. O saco de areia me hipnotiza e fico impressionado com o modo como o saco parece saber quando minha mão está indo em direção a ele. Como se me conhecesse. Me salva todos os dias de ir preso. *Foda-se a prisão.*

Sinto um empurrão pela lateral até minha caixa torácica. Minha primeira reação é puxar meu punho direito para trás e deixar voar. Paro no meio do soco e vejo que é Jacko. Ele está dizendo alguma merda que não consigo acompanhar. Começo a mover para trás. Faço ele dançar comigo. Seus dois amigos estão atrás dele. Eles rodam comigo pela academia, trançando os passos pelos equipamentos.

Ele lança um soco lento, e eu me desvio. Ele lança um mais rápido e eu me desvio desse também. Sinto a academia nos observar. Todos os outros sons esmorecem, exceto os tambores na minha cabeça. Eu salto com um pé atrás do outro. Me sinto em harmonia com o universo ao fazer essa dança com o Jacko. Como se estivesse numa das viagens espirituais do cacique.

O Jacko continua a lançar socos, e eu continuo me escapando deles. Sei como agarrar o punho dele e virá-lo. Sei como nocauteá-lo totalmente. Sei como matá-lo com minhas próprias mãos e engolir a cara dele, se eu quiser. Em vez disso, faço ele dançar. E dançar. E dançar. Ele começa a ficar cansado. Ele começa a ficar mais lento. Ele transpira. Consigo ver sua banha americana balançando na superfície de seus músculos jamaicanos.

– Tá bom! Chega! – um treinador interfere. – Você! De volta para o saco – ele diz para mim. – E você, vem comigo – ele diz ao Jacko, o jamaicano falso de classe média.

Volto para o saco, mas, em vez de malhar, só pego minhas coisas, ponho de volta a camisa e saio pela porta em direção ao carro.

14

EVITO A ACADEMIA de boxe pelo resto da semana. Não quero aquele Jacko cuzão me mandando para a prisão. Aposto que eles já têm um reality show na TV sobre isso. *Cadeia para adolescentes. Prisão da puberdade.* Aposto que eu receberia um pacote de remuneração para entrar no programa. Eu sou o verdadeiro reality TV fodido. Qual a melhor forma de acompanhar minha decadência do que colocá-la no ar em rede nacional?

Na quarta-feira, sinto vontade de me exercitar, mas, em vez disso, compro um saco *speed* e, quando meu pai chega em casa do trabalho, montamos na parede da garagem, próximo à minha velha e enferrujada barra de levantar. Ele experimenta, mas não consegue continuar. Quando mostro para ele como fazer, ele sorri. E depois franze a testa.

E daí o som de pancadas começa no porão, e nós dois deixamos a garagem. Ele pega um drinque e vai para sua caverna de macho. Na cozinha, minha mãe joga umas frutas e vegetais aleatórios no processador e finge que está fazendo um purê aleatório de frutas e vegetais, quando todos nós sabemos que apenas está tentando fazer mais barulho do que o barulho de pancadas sob ela. Pela primeira vez, me pergunto se faz isso para bloquear o barulho pelo nosso bem, ou pelo bem dela. Penso comigo, grosseiro, se ela e meu pai ainda transam. *Você sabe como é sua mãe.*

Vou para meu canto feliz, passo uma hora no Dia B antes de ir para a cama.

É uma noite boa no Dia B. Meu pai e eu jogamos pingue-pongue no porão. No Dia B, o porão ainda é a academia do meu pai, eu levanto pesos e ele corre na esteira, e dou mais uns socos no novo saco *speed*, e jogamos pingue-e-pongue de novo, e ele ganha. Quando subimos, ele não me oferece uma bebida e não serve uma para ele. Em vez disso, comemos laranja na mesa da cozinha enquanto minha mãe nos conta histórias engraçadas sobre o que aconteceu no trabalho dela hoje. Porque, no Dia B, minha mãe tem um emprego. Ela não simplesmente vira páginas de revistas, finge fazer purês de frutas e faz caminhadas rápidas para meditar, e não há centros de mesa feitos à mão.

Então, o telefone toca, é a Lisi, e ela quer falar comigo, porque no Dia B, a Lisi liga pra casa e fala comigo. Nós conversamos por uma hora sobre como vai a universidade e sobre como é Glasgow. Depois que desligamos, jogamos um jogo de palavras cruzadas em família, e eu ganho. Meus pais comemoram. Ganho com 233 pontos.

* * *

De madrugada, tenho um sonho que me acorda às 4 horas da manhã na sexta. Não consigo voltar a dormir porque não sou capaz de entender o que esse sonho significa, mas sei que é algo importante. O sonho é assim: sinto alguma coisa no meu nariz, na minha narina esquerda. Então olho no espelho, e olho dentro do meu nariz. Vejo esse negócio grande lá, como um catarro enorme, e então puxo e sai um bombom de chocolate *Hershey's Kiss*, daqueles pequenininhos, perfeitamente embalado. Tem até a bandeirinha de papel no topo. E, no sonho, eu penso, *por que será que ele não derreteu ainda*. E então eu penso, *Já que está embrulhado, então vou comê-lo*. E desembrulho o *Hershey's Kiss* e o como.

Acho que esse sonho é sobre o quanto estou perdido. Acho que é sobre comer a meleca que sai do meu nariz e fingir que é um *Hershey's Kiss* perfeitamente embrulhado.

* * *

Na sexta-feira, a última hora da aula de Educação Especial é muito legal. Mais jogos com equações lineares, desta vez com duas variáveis. Mais cantadas sarcásticas da Deirdre. Mais alegria e incentivo do Fletcher, como se ele não soubesse quem eu sou. Como se achasse que o tempo que gasta comigo vale a pena. Ele não consegue ver o microfone *boom* suspendido permanentemente na minha frente? Os refletores? Os pontos? Ele não consegue ver os *cameramen* me seguindo pelos corredores? O quadro do comportamento, com todos os pontos pretos desenhados no meu peito?

* * *

Tenho que ir direto para o trabalho depois da escola. A Beth me coloca no caixa cinco, e eu conto para ela que não posso trabalhar no cinco.

– Tenho que trabalhar no número sete. Você sabe disso – eu falo. Ela suspira.

– Mas é mais próximo da geladeira e tudo mais – me diz. Dou de ombros.

– Eu realmente tenho que trabalhar no número sete.

Ela faz sinal com a cabeça e diz para a mulher do número sete passar para o cinco. Ela troca as gavetas de dinheiro, mesmo sem nem estarmos abertos ainda, e há 150 dólares em cada uma. Então suspira de novo.

– Você está bem? – pergunto.

– Sim. Dia difícil.

Ela nunca está baixo-astral desse jeito. A Beth é incrível. Tipo, sempre incrível. Com certeza eu ficaria a fim dela se ela não tivesse, tipo, 50 anos de idade. Ela é o oposto perfeito de mim, vive no próprio Estado Ensolarado dela. Abreviação postal EE. Fica numa costa totalmente diferente de EF. A costa dela tem praias com ondas de 75 graus, e a minha tem picos e a água é muito fria para se nadar.

– Posso fazer alguma coisa pra ajudar? – eu pergunto.

Ela balança a cabeça e dá um sorrisinho.

– Você pode cuidar para que todos tenham gelo o suficiente.

Então garanto que todos tenham gelo o suficiente e começo a embrulhar os cachorros-quentes e a fazer o máximo de coisas possíveis para ver se a Beth para de bufar. Tem alguma coisa errada para ela estar desse jeito.

– Ei, Cagão! – grita o Nichols do corredor. – Você vai ser legal hoje à noite, ou vou ter que mandar o Todd pra cima de você?

O Todd parece mortificado. Não só porque o Nichols é um idiota, mas porque ele sabe que eu conseguiria acabar com ele de olhos fechados. Continuo a embrulhar cachorros-quentes e a não ouvir nada a não ser o sangue correndo pelos meus ouvidos e as batidas do meu coração.

E então ela chega.

Ela está aqui dizendo, *"Posso te ajudar nisso, Gerald?"*, e tenho tanto medo do que vou dizer ou do que vou fazer, que apenas faço que sim com a cabeça, e nós embrulhamos os cachorros-quentes juntos em silêncio. Ela embrulha os cachorros-quentes jumbo em papel prateado. Eu embrulho os tradicionais em papel azul. As outras cinco funcionárias fazem outras coisas. Não estou nem aí. Ela tem perfume de frutas vermelhas.

– Por que você sempre está no caixa sete? – ela pergunta.

– Sei lá – eu falo.

– Sério? – ela pergunta. – Você não sabe?

– Não tem tanta gente. E não tem máquina de cartão de crédito.

– Argh. Eu odeio aquela coisa – ela diz e franze o nariz.

– É.

– É – ela diz.

Penso sobre isso por um minuto e depois pergunto:

– Então por que não troca de caixas? O dois e o cinco não aceitam cartão.

– Não posso ficar no dois porque... – Ela abaixa a voz para sussurrar – Não tenho 18 anos.

– E o cinco?

– Eu... bom, só gosto do número um. É, tipo, o meu lugar.

Quando não falo nada, ela acrescenta:

– Agora você provavelmente acha que sou louca ou coisa assim. – Percebo que ela fica aflita.

– Não. Eu fico... hum... Sempre fico no sete pela mesma razão – eu falo. – Gosto de lá. – Não acrescento que gosto de lá porque ela fica no caixa um e estou apaixonado por ela, apesar de nem conhecê-la.

Não acrescento aquilo.

– Ah – ela diz. – Acho que todos nós temos nossas manias, né?

15

PEGO ELA OLHANDO para mim de longe algumas vezes. Quando está cheio, fica um espaço entre o caixa um e o sete. Eu contei quando fui encher o balde de gelo. São dezenove passos.

Acho que não sou mais tão perigoso para sair com alguém. Digo, sei que o Roger acha que meninas são irritantes e que eu não deveria me abrir para esse tipo de merda, mas ela é bonita. É engraçada. Nós dois somos estranhos. Ela é estranha porque escreve naquele caderninho. Eu sou estranho porque cagava nas coisas e porque uso tinta de guerra para ir à escola. E porque uma vez arranquei um pedaço da cara de um moleque quando tinha 13 anos.

Devo esclarecer essa última parte.

O Tom Sei-Lá-O-Quê estava pedindo. Digo isso de um jeito estritamente antecontrole de agressividade. Assim, sei que o Tom estava apenas sendo um chato, e eu fui culpado por arrancar um pedaço da cara dele. *O Tom não mereceu um buraco na cara dele. Eu não mereci justiça.* Mas enfim. Ele me chamava de Cagão o tempo todo, tipo, nunca me chamava de Gerald, nunca. Só Cagão. E no ensino fundamental nós fomos obrigados a ficar na mesma sala por dois anos seguidos, no 7º e 8º ano. Como se a escola não fosse difícil o bastante.

Desde o momento em que a Babá foi embora, até o momento em que arranquei pedaço da cara do Tom Sei-Lá-O-Quê , fiquei de recuperação na escola porque ninguém me ajudava. Às vezes, Lisi ajudava, mas eu me sentia burro com frequência, então nem sempre eu perguntava para ela. Até o ensino fundamental, minha mãe fez uma petição para eu entrar na Educação Especial de novo. Essa era sua missão de vida, eu acho. No primário não deram permissão a ela porque diziam que eu ia bem nas salas regulares. Mas ensino médio era ensino médio. E o 1º bimestre do 8º ano se resumiu a esse moleque Tom me chamando de Cagão o tempo todo de novo, e a nenhum professor intervindo. Isso me distraía. Eu praticamente só tirei D e F no boletim.

Então, um dia – um dia normal –, ele não fez nada além da conta. Apenas me chamou de Cagão do jeito que sempre fazia. Casualmente. *Ei, Cagão, você pode me passar aquele livro?* E eu simplesmente me tornei um tigre faminto. Acho que as pessoas tentaram me tirar de cima dele, mas, antes que conseguissem, eu já tinha mordido ele no braço e no ombro, e finalmente meus dentes se enterraram no queixo dele. Tirei um pedaço, como se ele fosse uma maçã. E cuspi fora. Ele gritou.

Não sei. Alguma coisa estalou, eu acho. Depois de cinco anos vivendo trancado no quarto, com ninguém nem remotamente preocupado com esse fato, depois de um ano e meio sendo chamado de Cagão, eu comi a cara de um menino. Às vezes essas coisas acontecem.

* * *

Nichols não aparece até o fim do segundo tempo do jogo de hóquei, e quando o vejo se aproximar, olho para a Beth e faço um gesto com a minha cabeça de *"vem aqui"*. Ela o reconhece da última vez e finge estar brava para que o Nichols ache que ela é uma vaca.

– RG? – ela pergunta.

Todd Kemp já está indo embora, mas Nichols apenas fica lá parado, encarando. Ela poderia acabar com ele, com certeza. Ela o encara de volta. Ele sorri, aquele sorriso afetado e sarcástico que tem o tempo todo, como se fosse melhor que a gente.

Nichols vai embora, e Beth balança a cabeça e vai até a multidão de pessoas vindo em nossa direção por comida.

– Lá vem a multidão – ela diz.

Olho para cima e vejo Tasha parada bem na minha frente.

Isso me manda para o Dia B, onde uma tigela de sorvete me espera e dois ingressos para o circo, um para mim e outro para Lisi.

Tasha está batendo os dedos no balcão.

– *Pretzel*, cachorro-quente jumbo e Pepsi.

– Não – eu respondo.

Beth fica perto de mim quando me ouve falando isso. Estou no Dia B, então não estou nem aí para o que nenhuma das duas pensam, porque Tasha não existe, então, obviamente, não pode pedir um *pretzel*, um cachorro-quente jumbo ou uma Pepsi. Pessoas que não existem não podem comprar, comer ou carregar coisas que existem. Isso é apenas um simples fato.

– Cara, pega aí pra mim – Tasha fala.

Eu não digo nada. No Dia B, o ato do trapézio é incrível. Lisi e eu intercalamos *uuhs* e *aahs* entre colheradas de gostosura cremosa.

– Você é um cuzão – Tasha diz.

Eu não falo nada, porque dizer alguma coisa para alguém que não existe seria falar comigo mesmo, certo?

– Deixa pra lá – ela fala e vai embora para pegar um *pretzel* em outro lugar.

Uma vez que percebe que estou bem e atendo o próximo cliente, Beth volta a correr para o lado mais cheio do estande, onde a menina do caixa um está trabalhando.

A Menina do caixa um tem nome, mas não o uso, porque todas as meninas se encaixam em uma de duas categorias, e ela tem cinquenta por cento de chance de se encaixar na categoria ruim. E, se ela se encaixar na categoria ruim e eu chamá-la pelo nome, vou ter mais um gatilho, e não quero mais um gatilho.

Depois que fechamos, limpamos e passamos o pano, saio e ela está lá fora esperando pela carona. Quero mais que tudo oferecer uma carona a ela, mas não tenho permissão para oferecer caronas para meninas bonitas. Isso pode me colocar em perigo. Em vez disso, paro e converso com ela enquanto nós dois assistimos à equipe da noite seguinte descarregar suas coisas. É o circo, que parece com o destino do Dia B. Imagino se eles têm um espetáculo de trapézio.

– Meu pai está sempre atrasado, que merda – ela diz.

– O meu também – eu falo. – Acho que é por isso que eles compraram um carro pra mim quando fiz 16 anos. Assim não precisavam mais ser meus motoristas.

Fico aliviado que ela não me pergunta sobre meu carro. Isso me deixa envergonhado. Como se eu fosse um garoto rico porque uma galera me assistia cagar na TV. Não tenho mais nada a dizer, mas fico lá com ela. O Centro CEP faz fronteira com uma parte feia da cidade. Durante o dia é tranquilo, mas à noite eu não iria gostar de ver a Lisi parada esperando sozinha, então fico com a menina do caixa um até o pai dela chegar.

– O que você acha que é aquilo? – ela pergunta, apontando em direção a algo que os caras do circo estão carregando para fora de um caminhão.

– Não tenho ideia. Talvez um trampolim? Ou algum tipo de plataforma?

– Eu voto pelo trampolim. – Ela aperta os olhos. – Aquelas pernas parecem que dobram.

Então ouvimos o som de uma buzina. Ela vira em direção à rua e se despede. Eu assisto ao circo descarregar as coisas por mais uns minutos antes de ir para casa. Quando chego lá, Tasha e a toupeira pelada já estão no porão fazendo sons de galinheiro, e minha mãe já está dormindo, então ela não pode começar a aparar a grama que não cresceu o bastante ou a usar o soprador onde não há folhas, para bloquear o barulho e agir como se nossa vida fosse normal.

16

EPISÓDIO 1
CENA 36
TOMADA 1

A BABÁ NOS DEIXOU sozinhos na última semana, mas suas camerazinhas espiãs ficaram espalhadas pela casa. Era bizarro. Comecei a me cobrir com a toalha quando estava no banheiro. Olhava para baixo na maior parte do tempo. Parei de cutucar meu nariz.

Numa noite, estávamos assistindo à televisão na sala, e meu pai e minha mãe estavam em alguma outra parte da casa fazendo coisas de pais. Tasha estava sentada de costas para uma câmera, fazendo o que ela faria – me xingando, cutucando e esfregando cuspe na minha cara. – E daí, quando eu não reagi a nenhuma dessas coisas, ela espremeu meu nariz junto com a minha boca até eu ficar pálido. Quando eu comecei a chorar, a Lisi disse: "Tasha, deixa ele em paz". Isso fez com que Tasha me desse um soco. E ela socava bem em baixo, onde a câmera não pegava. Bem no meu saco.

Quando eu recuperei meu fôlego, parti para cima de Tasha como um trem e bati nela sem parar, enquanto ela gritava e me xingava, até que eu finalmente a empurrei do sofá, agarrei a primeira coisa que estava ao meu alcance – um peixe talhado em madeira mogno que meus pais compraram na lua de mel – e estava a ponto de tacar na cara de Tasha, quando meu pai chegou a tempo e me tirou de cima dela.

As câmeras pegaram tudo isso.

Meus pais sabiam que estavam sendo filmados, então eles tentavam me disciplinar com o jeito 1-2-3, como a Babá de mentira tinha instruído. Como eles distribuíam castigos, eu sentia como se estivesse flutuando pelas partes mais profundas do oceano, segurando minha respiração. Uma baleia passava nadando e relava nas minhas costas. Um cardume de peixes nadava à minha volta como um ciclone de peixes, e saíam por aí nadando de novo. Podia ver a superfície e a vaga luz da vida acima da água, mas eu estava amarrado a algo pelo tornozelo.

Eu tinha 5 anos de idade e já sabia... que o dia que eu inalasse, eu morreria.

17

SÁBADO DE MANHÃ eu tenho que chegar ao Centro CEP até as 11 horas por causa do circo. Estou na mesa da cozinha com meus pais às 9 horas. Está tudo muito civilizado. Minha mãe lê uma edição do *Walker's World* e meu pai está falando sobre esse negócio incrível do outro lado da cidade, com uma piscina interna e três terraços de madeira.

– É a casa perfeita por um quarto do valor real. Compraria agora se eu pudesse. – Ele coloca as fotos impressas na mesa e minha mãe olha. No andar de baixo, primeiro começa devagar. Uns gritinhos e depois alguns sons como uma máquina de lavar. Depois, *ba-bang-ba-bum-ba-bang-ba-bum-ba-bang*.

Olho para a foto na listagem imobiliária da MLS. A piscina parece morna e um dos terraços parece alto o bastante para eu empurrar a Tasha dele e fazer parecer um acidente. Ou emoldurar o Sr. Bigode de Estacionamento de Trailers.

– Por que você não compra essa casa? – pergunto.

Minha mãe dá uma risadinha expirada pelo nariz, daquele jeito cínico que ela faz.

Eu pego as outras fotos. É uma casa incrível. Mesmo no mercado de hoje, nós sairíamos ganhando se vendêssemos esta casa e mudássemos. Área maior. Distrito escolar diferente. Novo começo. Talvez possamos nos mudar um dia, quando a Tasha sair e nós esquecermos de contar para ela para onde fomos. *Ba-bang-ba-bum-ba-bang-ba-bum*.

– Esta casa vale muito dinheiro, não vale? – pergunto.

Meu pai faz que sim com a cabeça.

– Cerca de quatrocentos mil, *pelo menos*.

– Nós não vamos nos mudar – diz minha mãe. Ela levanta e abre o gabinete que fica debaixo da pia e pega o liquidificar. – Não vou sair de um condomínio fechado para ir morar numa casa na floresta. Me sinto segura aqui – ela fala, e então abre a geladeira, despeja suco de maçã e iogurte no liquidificador e liga.

Meu pai grita:

– Nós economizaríamos no valor de condomínio. E impostos.

Minha mãe aumenta a velocidade no liquidificador. Nós ainda conseguimos ouvir o *ba-bang-ba-bum-ba-bang-ba-bum*.

– Sim. E não teríamos ratos no nosso porão – eu digo.

Meu pai recolhe as fotos e os papéis do MLS e enfia na pasta dele. Minha mãe fica lá fingindo que está fazendo um *smoothie*, mas todos nós sabemos que ela não está. Eu me levanto, vou até a porta do porão, chuto a porta antes de abrir e grito:

– Meu Deus, vocês dois *parem* já com isso! Cresçam! Mudem daqui! Calem *essa* boca dos infernos, tá? – E bato a porta.

Minha mãe desliga o liquidificador e nós todos nos entreolhamos. Eles olham para mim como se eu tivesse acabado de atirar na perna de um urso ou algo assim. Como se o urso estivesse vindo em nossa direção. *Eu posso enfrentar o urso.*

Segundos depois, começa de novo e muito alto. Ela está gemendo com um vulgar extra de propósito, meu pai levanta, lava seu prato e coloca na pia. Minha mãe fica lá parada com a mão esquerda na tampa do liquidificador, e a mão direita a ponto de apertar o botão *liquefazer* e ouvimos os dois... hum...sabe... *gozarem*, e então, dentro de quinze segundos, Tasha está de roupão na cozinha.

Meu pai, minha mãe e eu ficamos lá parados olhando para ela por um segundo: recém-inseminada, cabelo todo bagunçado, bochechas coradas e o rímel da noite anterior esmigalhado em volta dos olhos.

– Qual é o seu problema, seu puritanozinho? – ela diz para mim.

– Ei – meu pai fala. Essa é uma tentativa de quê? Defender meu puritanismo? O quê?

Ela anda até mim, me empurra no peito e diz:

– Cuzão.

Eu fico lá e aguento. Inspiro. Expiro. Não reajo. Eu aproveito cada milissegundo ao ser o gatilho *dela* em vez de ela ser o meu.

Ela me empurra de novo. Minha mãe coloca a mão sobre o ombro da Tasha.

– Esta casa é tanto minha quanto sua – diz a Tasha. – Posso fazer o que eu quiser no meu quarto.

– Tudo bem – meu pai diz com firmeza, como uma espécie de reação instintiva só para fazê-la entocar-se de novo.

– Não está tudo bem. Ele é perdido! – Tesha disse.

– Você está fazendo muito barulho – meu pai disse. – Ele tem razão.

– Doug, nós oferecemos um lugar para ela! – mamãe começou.

Tasha se virou para mim.

– Por que você é tão incomodado com sexo, aliás? – Ela estava perto de mim, com os braços cruzados. – Você não consegue ter uma namorada?

Eu imaginei quão ruim os gritos dela seriam se eu agarrasse aquelas mãos e as colocasse na boca do fogão que a mamãe usava para ferver o chá. Eu conseguia ver a imagem dos dedos dela queimados. Inspira. Expira.

– Tasha – minha mãe disse.

– Ninguém quer foder com o pequeno Cagão – Tasha provocou.

Lembrei-me de que sou o cacique da minha própria tribo. Nem uma palavra. Nem mesmo um leve aumento da minha pressão arterial.

Ela me encarou. Eu a encarei.

Meus pais ficaram congelados por um momento, e então eles começaram a dizer "Ei", "Ok" e "Já chega".

Quando percebeu que não iria me tirar do sério, ela se inclinou para me encarar de frente e fez o de sempre: apertou o meu nariz com os nós dos dedos médio e indicador, e manteve minha boca fechada com o polegar. Ela apertou meu nariz com força, até machucar.

– Eu sempre soube que você jogava para o outro time. Isso explica muita coisa, não é?

Meus pais apenas se desintegraram e se transforaram em duas pilhas imprestáveis de peixes mortos. Meu "eu" cacique se desfez. Minha alegria se foi. Eu voltei para a estaca zero. Estou submergindo aqui, no chão da cozinha, cercado de pessoas que não dão a mínima se estou me afogando. Eles apenas continuam lá, assistindo. É como um filme de violência em casa, um reality TV.

Conforme eu começo a ficar sem ar, entro em pânico. Eu lembro que tenho braços. E dentes. Então eu agarro a mão dela e a mordo. Forte. Como um tigre morderia a mão de alguém – o mesmo tigre que mordeu Tom Sei-Lá-O-Quê na oitava série. Eu não sou eu mesmo. Eu consigo me ver pelo ângulo da câmera que foi montada na parede da cozinha. Minhas listras de tigre são magníficas. Nada mais no mundo tem esse tom de laranja. Eu me visualizo limpando o sangue de Tasha na brilhante toalha de chá branca de mamãe e saindo para o trabalho. Então eu encerro o show.

* * *

Estou tomando sorvete no Dia B e dirigindo pela estrada a 376 km/h. Eu posso ter passado nos sinais vermelhos. Não tenho certeza. Eu poderia estar dirigindo no lado errado da via.

Eu tenho 4 anos. Tasha me chamou de gay e segurou minha cabeça embaixo do chuveiro. Eu não sei como dirigir um carro, mas eu gosto de sentar no lado do motorista e fingir.

Eu tenho 6 anos. Tasha me chamou de gay e tapou minha boca e meu nariz enquanto eu dormia. Eu amo dirigir o brilhante – e operado por moedas – carro de corrida do lado de fora do supermercado.

Eu tenho 7 anos. Tasha me chamou de gay e tentou me sufocar com uma almofada da sala de estar. Eu estou dirigindo um carrinho de bate-bate em um parque de diversão.

Eu tenho quase 17 anos. Tasha diz que eu jogo no outro time e me machucou no meio da cozinha, na frente dos nossos pais. Eu estou dirigindo em direção ao buraco negro... e nunca mais vou voltar.

PARTE DOIS

18

A RODOVIA É FEITA DE sorvete e as pontes são feitas de casquinha de waffle. As placas de quilometragem na estrada são personagens da Disney, sorrindo e acenando. Cada uma delas diz: *Olá, Gerald!* Pego a saída de manteiga de nozes. A estrada é irregular por causa das nozes. Pulo para o banco de trás, onde encontro a Branca de Neve sentada com as mãos no colo, e ela me diz: *Gerald, você é um bom menino! Estamos muito orgulhosos de você.*

Branca de Neve olha pela janela e acena para seus amigos ao passarmos por cada um deles. Pateta, Pluto, Mickey, Donald. Eles mandam beijos para ela.

– *Você gostaria de uma casquinha simples ou com açúcar?* – ela diz.

– *Simples, por favor* – respondo. Ela me dá uma casquinha com uma bola de sorvete de cereja, com pedaços da fruta, e começo a lamber.

O motorista da limusine pergunta:

– *Como está a temperatura aí atrás. Você está com muito calor? Muito frio? Posso ajustar se quiser.*

– *Estou bem* – digo.

Branca de Neve disse que está com frio, então ele liga o aquecedor.

– *Damas primeiro* – o motorista da limusine diz. – *Você tem que deixá-las felizes, senão todos nós sofremos, certo, Gerald?*

Eu disse "*Certo*", mas não quis dizer isso. Não consigo entender por que as mulheres têm que ser as primeiras. Não no Dia B.

Quando olho pela janela, vejo que estamos dirigindo para a Disneylândia. Há placas dizendo APENAS 100 METROS ATÉ O MICKEY MOUSE ou SEJA NOSSO CONVIDADO! Tomo meu sorvete e tento ignorar o calor sufocante. Branca de Neve não parece estar incomodada. Ela continua acenando para seus amigos.

– *Gerald, você quer ir ao circo antes ou depois de deixarmos a Branca de Neve em casa?* – o motorista da limusine pergunta.

Não sei como responder à pergunta.

Então Branca de Neve me dá um martelo inflável. O mesmo que ganhei no parque de diversões quando tinha 5 anos. Me pergunto onde ele foi parar. Eu o abraço, mesmo com quase 17 anos, e sem motivo para abraçar um martelo inflável. Em seguida, ela me entrega uma sacolinha cheia de jogos de Gameboy. Vejo que são todos os jogos que eu sempre quis. Aqueles que nunca tive. Antes que eu possa abraçá-los, ela me dá um cachorrinho. E um hamster. E então me entrega um cartão que diz *Feliz Aniversário de 8 anos!* Na parte de dentro, ela havia falsificado as assinaturas da minha mãe e do meu pai perfeitamente. Eu me toquei que a Branca de Neve era muito mais habilidosa do que parecia. Nunca tinha visto nela uma falsificadora. Ela sempre me pareceu tão doce.

De repente, não quero mais estar com a habilidosa Branca de Neve no banco de trás, mas eu estava coberto com todas as coisas que ela me deu. Uma caixa de sapatos cheia de figurinhas de baseball. Um par de patins. Uma bolinha pro meu hamster sair correndo por aí. E faz calor aqui atrás. O cachorrinho está com sede, está ofegante e fica com a língua de fora. Branca de Neve me olha e sorri, mas não confio mais nela. Ela sabe demais.

Estou dirigindo de novo.

Olho pelo espelho retrovisor e vejo que não tem ninguém no banco de trás. Olho de relance pelo canto e vejo que não tem nenhum martelo inflável, nenhum cachorrinho. Não estou dirigindo para a Disneylândia. A estrada é feita de asfalto. Sou o Gerald. Eu sou o Gerald, e não tem outro jeito de eu poder ser mais ninguém além de Gerald.

19

EPISÓDIO 2
REUNIÃO PRÉ-SHOW

PASSSADO UM ANO DESDE que a Babá nos deixou sozinhos, minha mãe escreveu outra carta.

Eu não conseguia parar de cagar nas coisas, e fazia isso o tempo todo, porque era o único método de comunicação que funcionava para lembrar a eles que eu ainda estava vivo e ainda sentia raiva. A Babá não tinha nos consertado. Ela não consertou a Tasha, que agora, com 11 anos de idade, começou a cavalgar nas almofadas no sofá enquanto todos nós estávamos na sala. Meu pai simplesmente saía, Lisi ia para o quarto dela ler e minha mãe simplesmente aumentava o volume da TV e fingia que cavalgar em almofadas era normal – que a filha dela fazendo caras estranhas e eróticas enquanto assistia a comerciais de macarrão com queijo era normal. Eu era jovem demais para entender qualquer uma dessas coisas. Mas com idade suficiente para gritarem comigo por cutucar o nariz.

Então, as regras eram: eu não podia cutucar meu nariz, mas minha irmã sexualizada podia se esfregar nas coisas, na frente da família inteira, sem nenhum problema.

Então cagar se tornou a forma de eu me expressar. *Nós não estamos bem. A Babá de mentira fez uma confusão ainda pior. Minha mãe não está fazendo nada diferente.* Talvez se outras pessoas vissem, e ela tivesse que limpar provadores de roupas do shopping ou dirigir descalça, voltando da casa de sua amiga, porque eu soltei um em seu tênis dela, ela teria que inventar tantos pretextos e desculpas, que captaria a mensagem. Mas ela não captou a mensagem.

Ela escreveu uma carta e a Babá concordou em voltar.

A audiência foi boa, disseram os produtores. A Liga das Babás competia com outros programas de TV sobre babás, e tinha ganhado. Elizabeth Harriet Smallpiece havia finalmente encontrado sua fama, sendo uma babá que não era realmente uma babá. Ela era boa, então eles mandaram embora a Babá de verdade, o que foi um saco, porque eu tinha muita convicção de que a Babá de verdade tinha sacado a Tasha.

Meus pais negociaram mais dinheiro. Por acaso, eu ouvi a conversa deles sobre o assunto. Meu pai bufava bastante. Minha mãe só falava sobre a única coisa que realmente a preocupava.

– Acho que deveríamos reformar a cozinha – dizia minha mãe. – Está tão antiquada.

– Nós não temos dinheiro para isso.

– Mas vamos receber do reality show e tudo mais – ela disse. – E a cozinha está ficando ultrapassada.

– Tem só quinze anos. O que tem de errado com a cozinha? Tudo funciona – argumentou meu pai.

– Mas o que as pessoas vão pensar quando for ao ar? Eles vão pensar que não nos importamos e que não cuidamos da nossa casa – ela disse. – Eles vão nos julgar.

Meu pai soltou um grunhido pela garganta, mas não disse nada mais.

Faltavam dois meses até a filmagem. Minha mãe chamou um cara para vir e medir o lugar, e ele instalou a cozinha em menos de seis semanas. Além disso, ele era um cara legal. Conversava comigo como se eu fosse normal. Me deixava ajudar e me deu uma pequena parafusadeira, para eu brincar com as sobras de madeira. Eu não caguei na caixa de ferramentas dele nenhuma vez.

Então a Babá voltou – primeiro pela visita inicial, que era na maior parte apresentações repetidas. No primeiro dia, procurei a bolsa dela para cagar dentro, mas ela colocou no alto da nova geladeira e eu não tive a chance de pegá-la. Porém, planejei fazer isso pelo menos uma vez.

Mas a coisa mais estranha aconteceu. Ela me puxou de lado.

– Gerald, eu sei que as coisas são muito injustas para você po-r aqui – ela disse, arrastando o sotaque. – Vou tentar fazer sua mãe enxergar isso desta vez.

Eu não confiava nela, mas fiz que sim com a cabeça, apesar de ninguém estar me dizendo para fazer isso, porque não tinha nenhuma câmera ainda.

– Você me ouviu? – ela perguntou. O cabelo dela estava ainda maior agora, como se estivesse inflando para combinar com a ideia que ela tinha sobre si mesma.

– Sim.

– E o que você acha? – ela perguntou.

– Eu acho que isso é bom – eu disse.

– Então você vai me ajudar a acertar as coisas, né? E vai ser bonzinho?

Fiz que sim com a cabeça.

– Onde está a Babá de verdade? – eu perguntei.

Ela pareceu um pouco magoada, mas depois sorriu.

– Ela me ensinou tudo o que preciso saber. Estou voando sozinha desta vez. Então você vai ser bonzinho, né?

– Claro. Vou ser bonzinho – eu disse.

A Babá não falou muito com mais ninguém antes de sair. O produtor e o diretor conversaram com meus pais e disseram que voltariam no dia seguinte para fazer o arranjo de sempre. Eu esperei ansioso por isso.

Depois que a Babá foi embora, a família inteira se sentou para conversar e prometeram nos levar à *Disney World* se conseguíssemos mostrar aos telespectadores que estávamos curados. Todos os quatro olharam para mim quando disseram isso. Lisi e meu pai sorriram e incentivaram. Minha mãe e a Tasha franziram a testa.

Depois, enquanto eu estava escovando os dentes, Tasha entrou no meu banheiro e me espremeu contra a parede com sua mão em volta da minha garganta. Conforme eu engolia a pasta de dente de tanto medo, ela disse:

– Eu sonho ir à Disney durante toda a minha vida! Todo mundo na minha sala já foi. Então, se você estragar as coisas para mim, vou matá-lo.

Não consegui dormir naquela noite. Minha cabeça estava cheia demais de pensamentos sobre minha promessa à Babá do cabelo gigante e sobre como a Tasha me mataria. Daí eu percebi que eu não queria ir para a Disney, porque a Tasha iria com a gente para a Disney.

Então, às 2 horas da manhã, eu acordei e entrei sem fazer barulho no quarto dela, peguei a Carruagem da Barbie Princesa Cinderela e fiz cocô dentro. De manhã, sem dizer uma palavra para mim nem para ninguém, minha mãe joga o cavalo e a carruagem dentro do lixo. Antes da equipe de filmagem chegar, às 9 horas da manhã, ela já foi à loja de brinquedos para repor.

20

ESTOU ABRAÇADO COM o ketchup. Aos olhos de todos, estou simplesmente enchendo os refis de condimentos. Mas no Dia B, na minha cabeça, estou abraçando a enorme bisnaga de ketchup de tamanho industrial que é, na verdade, a moça anônima do hóquei, que se importa comigo. Eu preciso dela na minha vida. Quero encontrá-la no próximo jogo de hóquei para perguntar se posso aparecer para o jantar. Ninguém na casa dela diria que *eu jogo no outro time* só porque não gosto de tomar café da manhã ao som da trilha sonora da minha irmã trepando. Ninguém tentaria me sufocar. Eles provavelmente não se importam com o centímetro de creme hidratante no fundo do pote.

De alguma forma, eu consigo encher todos os potes de ketchup sem deixar cair uma gota. E eu consigo não desaparecer pelo ar atmosférico. De alguma forma, eu consigo finalmente não morrer de vergonha no ato.

Isso pode acontecer a qualquer minuto. Posso ser a única pessoa que já morreu de vergonha... Se os policiais não vierem primeiro e me prenderem por morder a Tasha. Na minha cabeça, a cena do julgamento é muito decepcionante. Minha mãe se senta na ala do processo. Meu pai, hesitante, na fileira do corredor. Ninguém se senta na minha ala. Lisi nunca descobre que estou preso, até eu escrever uma carta para ela. *Por que você não me ligou?*

Volto para trás do balcão e entro no caixa sete. A menina do caixa um me dá um sorriso, eu sorrio para ela, e tenho a sensação de que sou um idiota. *Como se uma menina linda fosse gostar de você algum dia. Fala sério, Gerald.*

Sábado no circo. Criancinhas com seus pais que seguram suas mãozinhas com força. Criancinhas com seus pais que nem seguram suas mãozinhas. Criancinhas gritando, chorando, berrando e rindo. Eu observo uma delas. Sua risada é tão pura. É como eletricidade. Gostaria de poder me sincronizar com ela e ser a risada dela. Observo suas bochechas formarem duas ameixas redondas perfeitas. Seu cabelo está preso com duas chuquinhas, e ela segura um bicho de pelúcia de *souvenir*.

Percebo que ela nunca viu nada ruim ainda. Ninguém a usou como entretenimento. Ninguém fez nada além de amá-la.

– *Pretzel.*

Olho para cima e vejo esse cara. Está de terno, é baixo, e ele diz isso como se eu fosse uma máquina. Como se eu fosse uma réplica do *Star Trek*.

– *Pretzel* – ele diz de novo.

Olho nos olhos dele. Quero dizer coisas como a Babá-Irritante. *Sim. Pretzel. É um substantivo. Muito bem.*

– Está surdo? – ele pergunta.

Continuo a encará-lo. Penso na prisão. Penso em Roger e no meu conhecimento sobre gerenciamento de agressividade. *Você não pode exigir que as outras pessoas tenham boas maneiras. Mas você pode* esperar *que elas tenham. Você pode desejar.*

Olho para o cara e desejo que tivesse boas maneiras.

– *Pretzel?* – ele diz, com suas mãos estendidas como se estivesse, agora, nervoso por eu não dar a mínima para o *pretzel* dele. Olho para as mãos estendidas dele e penso em uma coisa que meu pai diz. *Faça um desejo em uma das mãos e cague na outra. E veja qual das duas vai ficar empilhada primeiro.*

O cara fica lá parado por mais uns segundos, e então eu saio. Essa é a única opção, porque não vou pegar um *pretzel* para ele, e já virei um tigre hoje uma vez, então não tenho certeza se consigo me segurar para não ser um tigre de novo. Caminho até o estande cinco e paro dentro da arena. Paro na porta principal e assisto ao circo.

Há um palhaço no ringue central e ele finge que está arrancando seus próprios dentes. O público ri histericamente. Eu não tenho a menor ideia do por quê isso é engraçado.

Arrancar seus próprios dentes parece uma coisa ruim para se fazer. Acho que não entendi alguma coisa. Ele veste uma fantasia de dentista de desenho animado. Perto dele há um alicate enorme. Grande como uma bicicleta.

Um lanterninha faz sinal para eu passar para o lado de dentro e fecha a cortina. Eu entro. Enquanto fico parado no corredor de entrada escuro, eu inspiro. Expiro. Inspiro. Expiro.

Estou tomando sorvete de morango no trapézio. Deixo o sorvete de lado e começo a balançar na barra, então salto, seguro na barra seguinte, balanço até o alto, viro e sou segurado pelos pulsos pela Lisi, que está balançando na outra barra. Conforme nós balançamos e fazemos truques, ela conversa comigo.

– Depois que sairmos daqui, você quer se mudar para Glasgow comigo?

– Sim, por favor.

– Lá nós podemos conversar.

– Eu quero, por favor – digo de novo.

Pois, na vida real, nós nunca conversamos sobre isso. Não como adultos, ou o que quer que somos. Nós tocamos no assunto. Lidamos com isso do jeito que pudemos. Mas nunca sobre o afogamento. Nós nunca conversamos sobre isso.

No dia em que foi embora, ela olhou fixamente nos meus olhos. Ela tem olhos verdes como os meus.

– Se cuida – ela disse.

– Vou ter que me cuidar – respondi.

– Me liga se precisar de mim.

– Vou ligar.

Ela me abraçou – a única na minha família que já fez isso – e me deu um beijo na bochecha. *Fique longe de problemas*, ela disse. *Nos falamos em breve.*

Mas nós nunca conversamos. E ela nunca liga. Já faz mais de três meses. Fiquei longe de problemas. Até hoje. Até o tigre aparecer.

Num salto às alturas, eu solto os pulsos da Lisi e voo pelo teto abaulado do CEP, e me torno um pássaro. Sou uma pomba. Sou um canário foragido. Sou a águia de cabeça branca. Eu disparo para a montanha, para o leste da cidade, me sento no topo da montanha mais alta e olho para todas as pessoas. A Lisi águia de cabeça empoleira-se perto de mim. Ela me pergunta:

– Gerald, o que você está fazendo?

– Eu não sei – respondo. – Volta e vem pular no trapézio comigo – ela diz.

Depois de alguns saltos, estamos fazendo nosso duplo sincronizado. Saltamos duas vezes. Três vezes. A multidão fica boquiaberta. Eles acham que somos as duas pessoas mais talentosas do planeta neste momento. Eles querem ser nós. Eles também querem voar.

A multidão joga flores na gente e aplaude de pé.

Isto aqui? Isto sim é entretenimento. Se alguém tivesse me perguntado, é o que eu teria respondido.

ALGUÉM: Você quer aparecer na TV?

EU: Sim.

ALGUÉM: Você gostaria de estar no papel do menino danado que caga na mesa de jantar dos pais dele?

EU: Não.

ALGUÉM: Bom, então quem você quer ser?

EU: Eu quero voar no trapézio.

ALGUÉM: Você é muito pequeno. Não podemos deixá-lo fazer isso.

EU: Bom, então quero ser uma águia de cabeça branca.

ALGUÉM: É por isso que não fazemos perguntas como essa para crianças de 5 anos.

EU: Como ver uma criança cagando na mesa de jantar dos pais é entretenimento?

ALGUÉM: Não sei. Mas as pessoas parecem gostar.

EU: Você não percebe que tem um pouco de perversão nisso? Assistir a uma criança cagar na TV?

ALGUÉM: Que ridículo. Por que você diria isso?

EU: Porque é a verdade. E essa não é a única razão para se abrir a boca para falar algo?

21

NÃO TENHO A MENOR ideia de como voltei para o caixa sete. Não me lembro de sair da arena. Não me lembro de bater na porta para entrar de volta. Não me lembro de passar pela irresistível menina do caixa um. Não me lembro de fechar meu caixa, mas o dinheiro está na pasta de zíper e minha folha de registro está preenchida e assinada. Por mim. Não tenho a menor ideia de onde eu estava nesta última hora. A última coisa que lembro é de assistir ao circo.

Temos uma hora de intervalo antes do próximo show. Metade dos caixas saem para fumar ou para ligar para seus entes queridos. Eu penso nos meus entes queridos. Penso sobre o que aconteceu na vida real esta manhã. Então decido sair e ligar para meu pai.

– Ei, Ger, como está indo o trabalho? – ele pergunta.

– Bem – eu digo.

– Ótimo – ele diz.

– Você está com clientes? – eu pergunto. Ele sempre está com clientes.

– Não. Estou dirigindo para aquele lugar com a piscina coberta. Nosso segredo, tá?

– Claro – eu digo. E depois não falo nada porque quero que ele fale primeiro.

– Então... Foi louco aquilo hoje de manhã, não foi? – ele diz.

– Foi sim. Mas toda minha vida tem sido louca, sabe? – eu digo.

– Quero dizer, quanto à... hum... Tasha.

– É – ele fala com desconforto. – Ela exagera.

Ele diz disso e não: *Ela sabia o que estava fazendo, porque estava tentando sufocar você.*

– Gosto de meninas – eu falo. – Então, ela está errada.

– Você não precisa me falar isso – ele diz. – Nós te amaríamos de qualquer jeito.

Sinto que essa frase é uma indireta para outra coisa. Como se ele acreditasse nela. Como se acreditasse que eu jogo no outro time.

– Então, eles chamaram a polícia? – pergunto.

– Quem? – ele fala, distraído com seu GPS que diz para virar. – Não. Claro que não. Está tudo bem.

Mordi minha irmã, mas foi autodefesa, porque ela estava tentando me matar na frente dos meus pais. Está tudo bem. É claro.

Ouço a porta dele bipando quando ele abre, ouço ele fechá-la e resmungar para si mesmo alguma coisa sobre uma senha.

– Olha, vamos conversar sobre isso em casa, tomando uma. Hoje à noite, depois do trabalho? – ele diz. – Quando você estará liberado?

– Eu não vou voltar para casa – eu digo, e surpreendo a mim mesmo quando digo isso. Verifico o cimento sob meus pés, para ter certeza de que não é feito de sorvete. Não. Ainda é cimento.

– Claro que você vai voltar para casa – ele fala. – Você tem 16 anos. Você mora lá. E nós vamos superar isso. Prometo.

Um cachorrinho. Um hamster, patins, figurinhas de baseball. Eu prometo, eu prometo, eu prometo.

Ouço o som dos sapatos dele dando um passo de cada vez até a varanda da entrada, ouço-o ficar ofegante conforme chega no topo.

– Não vou voltar pra casa – eu falo. – Não enquanto ela morar lá. – Sinto a adrenalina subir quando falo isso. Pânico, medo e tigre. Todos, ao mesmo tempo.

– Olha, nós conversamos mais tarde – ele fala isso abrindo a porta de entrada, ouço o rangido. – Garanto que vai dar certo, tá bom?

– Eu não vou voltar para casa – falo.

Desligo o telefone e caminho pelo beco estreito de fumantes atrás do Centro CEP, onde há um estacionamento enorme e um cais de carga. Ouço gritos, então ando até conseguir ver quem está gritando o quê. Há um cara alto, redondo e careca, e dois caras magrinhos contra ele. Atrás deles, há uma mulher sentada em cima de uma mala. Os dois caras magrinhos dão bem na cara do careca.

– Vamos dar o fora daqui, Joe – um cara fala.

– Quanta merda – o outro diz.

– Amanhã estaremos na Filadélfia. Você pode ir embora depois – diz o (suposto) Joe. Ele coça a careca. – Acabei de te pagar! Como pode me foder desse jeito?

– Foda-se a Filadélfia e vai se foder também! – diz o primeiro cara, e os outros três saem, andando para longe do Joe. Fico tenso porque, por mais que isso soe loucura vindo de um morde-gente, esmagador-de-pescoços, mordedor-de-irmã, cagão-de-mesas, eu não sou muito fã de confrontos.

– Então vai se foder você também! – diz o Joe. Ele fica lá parado por um minuto, furioso. – Boa sorte ao procurar um jeito de sair desta cidadezinha de merda!

Vejo os três caminhando, e, uma vez que eles atravessam os trilhos do trem, um deles pega um smartphone, eles se encontram e começam a andar em direção à rodoviária que fica a dez quadras.

Joe, o cara alto e careca, fica parado do lado de fora por um minuto e ouço suas últimas palavras ecoarem na minha cabeça. *Boa sorte ao procurar um jeito de sair dessa cidadezinha de merda.*

Eu me viro e dou de cara com a menina do caixa um e outro caixa.

– Desculpe – eu falo. – Não sabia que vocês estavam aqui.

– Ouvimos os gritos – ela diz.

– Agora acabou – eu falo.

Agora acabou, Gerald. Boa sorte ao procurar um jeito de sair desta cidadezinha de merda.

22

A MENINA DO CAIXA UM e sua colega voltam em direção à porta lateral. (Já mencionei que ela tem a bunda mais lindinha do universo? Provavelmente não. A calça larga de menino fica bem nela. Só vou dizer isso.) Volto para a ponta do estacionamento, sento num dos degraus e observo as pessoas. Está bem tranquilo. Os seguranças estão fazendo a ronda, fazendo coisas de seguranças. *Talvez eu possa ser um segurança. Sou grande o bastante. Melhor que contar cachorros-quentes.*

Sinto que ferrei com tudo ao contar para meu pai que não vou voltar para casa. Ao mesmo tempo, eu realmente não quero voltar para casa. Ao mesmo tempo, eu preciso mesmo voltar para casa.

Um moleque aparece e para na parte de baixo da escada – ele tem mais ou menos a minha idade. É alto e tem cabelo comprido o bastante para amarrar para trás. Conforme ele sobe os degraus em minha direção, olha sobre seu ombro para o cais de carga e, quando sai de vista, enfia a mão no bolso, tira um maço de cigarros e acende um. Depois grita, *FODA-SE ESSA MERDA!*

Admito que ele me faz pular. Ele me vê e faz um gesto com a cabeça para consentir a minha presença. Eu grito de volta, não tão alto quanto ele, mas alto o bastante, *FODA-SE ESSA MERDA!*

Nos entreolhamos por um segundo. Eu, com meus pensamentos de Gerald de sempre. *Ele me reconhece. Ele enxerga o quadro de comportamento e todas as marcas pretas. A qualquer segundo, vai dizer, "Ei! Você é o Cagão!".*

Ele sobe mais uns degraus e se senta, um pouco afastado, para conversarmos – uns três degraus abaixo.

– Foda-se essa merda, sabe? – ele diz.

– Cara. Eu sei. É sério. Foda-se. Essa. Merda.

E damos gargalhadas. Gargalhadas mesmo. Ele até assoa o nariz, porque começa a escorrer de tanto rir. Não consigo distinguir se minha risada é verdadeira. Acho que é. Depois que ele para de rir, pergunta:

– Você trabalha aqui?

Eu faço que sim com a cabeça.

– Ganha bem? – ele pergunta, dando uma longa e profunda tragada no cigarro.

– Melhor do que nada, eu acho.

– Não ganho merda nenhuma. Não até eu ficar mais velho.

– Ah – eu falo. Nos sentamos em silêncio por um minuto, e tento localizar de onde ele é pelo sotaque. Ele não é daqui. Tem um sotaque do Sul, eu acho. Mas não muito forte. – Quantos anos você precisa ter? – pergunto.

Ele dá um trago no cigarro e fala:

– Nós trabalhamos tanto quanto os outros no show, sabe?

Agora ele tem um sotaque de New Jersey. Ou de Nova York.

– Você está com o circo? – eu pergunto.

Ele dá risada de novo e sai fumaça do nariz dele.

– Eu *sou* a merda do circo, cara. Todo santo dia nessa porra de vida.

Da parte de baixo do cais, consigo ouvir grande Joe careca gritando. *"Onde diabos está aquele moleque? Eu falei para ele limpar aquele ônibus antes da matinê! Filho da puta inútil!"*

– Ah – eu falo, porque não sei mais o que falar. E acrescento: – Qual é a graça do dentista-palhaço?

– Não sei – ele diz. – Nunca entendi palhaços.

– Você é o circo e não entende de palhaços?

– Não. Acho eles bem idiotas – ele diz ao tragar o cigarro. – Mas as crianças gostam deles.

–Um palhaço arrancando seus próprios dentes não parece algo de que crianças iriam gostar – eu falo. – Acho que isso prova que não sou uma criança.

– Quanto eles te pagam? Sete, oito dólares por hora? – ele pergunta.

– Sete e cinquenta.

– Você cozinha?

– Não. Fico no caixa. É bom. Fico fora de casa – eu falo.

Ele ri do que falei.

– O que foi? – pergunto.

– Tenho um desejo do caralho de sair da *minha* casa. – Ele dá uma última tragada no cigarro e amassa na sola da bota enquanto o cigarro ainda está pela metade. Então aponta para os ônibus do circo no estacionamento. – Há anos que quero explodir tudo aquilo – ele diz. – E sei como explodir a coisa toda. Acabar com essa merda de uma vez por todas. Para todos nós.

– Merda – eu falo. Porque sinto que acabei de conhecer eu mesmo. *Olá, outro Gerald. Prazer em conhecê-lo. Você gostaria de explodir o mundo comigo? O mundo inteiro?*

– Mas não se pode explodir a própria família, né? Tenho irmãs, sobrinhas e sobrinhos. E uma avó... – Ele fica em silêncio porque o Joe grita de novo: "*Encontre aquele merdinha para mim e mande ele entrar naquela porra de ônibus. Tem que estar limpo em uma hora.*"

– Verdade – eu digo. – Não dá pra explodir toda sua família. Já pensei nisso.

– Sério? – ele pergunta.

– Sério – eu respondo.

– Nós devíamos ser amigos. Eu não tenho amigos, então por que não ser amigo de outro psicopata como eu? – Quando me diz isso, meu coração dói um pouquinho por ser um psicopata como ele. Mas não posso negar.

– Devíamos – eu digo. – Qual é o seu telefone? – pergunto, dando o número do meu.

Ele salva o número no celular dele e me envia uma mensagem que diz: *Sou o Joe Júnior.* Enquanto gravo o número dele na minha lista de contatos, envio uma mensagem de volta: *Sou o Gerald.* E meio espero que ele olhe para mim, aponte e diga algo sobre a Babá-Foda-se-Essa-Merda, mas ele não faz isso.

– Mataria para ir com você – eu falo. – Aqui é entediante.

– Acredite no que estou te dizendo, nada é pior do que a minha vida. De qualquer forma, você ganha sete e cinquenta, e você nunca ganharia tudo isso trabalhando para nós. O Big Joe é um pão-duro.

Na sequência, Big Joe começa a gritar de novo.

– Que merda, melhor eu ir. Meu pai está puto – ele fala.

Conforme ele desce os degraus e sai, seu pai grita com ele, e ele ignora enquanto vai até um dos ônibus, sai fora de vista e acende outro cigarro. Percebo que quero ser ele, mesmo o conhecendo por apenas cinco minutos.

– Foda-se essa merda! – grito para ele.

Ele faz que sim com a cabeça, e ouço-o dizer, conforme me afasto:

– Foda-se essa merda!

23

A MENINA DO CAIXA UM me disse o nome dela de novo, mas eu ainda não vou usar. Apenas sorrio para ela, fico com medo e quero sentir o cheiro do cabelo dela. O que soa bizarro, mas não quero dizer no sentido bizarro de jeito nenhum.

Quando olho para ela durante o rush do pré-show, vejo que não está feliz hoje. Relembro quando a vi no beco dos fumantes entre os shows. O jeito como ela teve uma conversa em voz baixa pelo telefone. Em como não estava sorridente como sempre. Na hora, pensei que ela estava brava comigo pelo o que eu disse quando ela e a amiga vieram ver que gritaria era aquela, mas agora penso que isso não tem nada a ver comigo.

Então, quando a vejo a caminho para reabastecer o refil da estufa de cachorros-quentes, eu falo, "oi", e ela responde, "oi", e deixa bem claro que não vai sorrir, então sorrio para ela, mas mesmo assim não sorri de volta.

Fato: estar a um metro e meio de distância dela me faz não querer matar ninguém.

Uma vez que o circo começa e o público fica em silêncio, vou até o caixa um, onde ela está debruçada no balcão, escrevendo alguma coisa no caderninho. Não quero que ache que estou lendo o que ela escreve, então fico um pouco para trás e espero até ela terminar.

– Opa, Gerald, que jeito de me espiar.

– Você está bem? – eu pergunto.

– Não. – Ela suspira.

Eu faço que sim com a cabeça e sinto vontade de abraçá-la, porque vejo que um abraço a faria se sentir melhor. Mas o Roger me disse que preciso parar de pensar que sei o que outras pessoas querem ou precisam. Ele diz, "Por causa da sua... hum... *situação* na infância, você tem um maior senso do seu próprio 'eu' do que muitas pessoas".

Lembro do olhar de frustração dele quando eu não entendi isso. Ele traduziu: "Você acha que o mundo gira em torno de você".

"Não, eu não acho", eu disse. O que o Roger sabe de qualquer forma? Ele é só mais um cara como eu que se formou na matéria de controle de agressividade. Detesto quando ele fala como se fosse algum tipo de psiquiatra.

Pensar nele me deixa bravo, então olho para trás e vejo a tristonha menina do caixa um, e digo:

– Posso ajudar?

Ela ri de leve.

– Só se você tiver uma máquina do tempo.

– E se eu tivesse uma máquina do tempo? – eu pergunto.

– Então eu iria querer estar no futuro, daqui dois anos. Preferivelmente com alguma grana e a caminho de algum lugar diferente. Como Marrocos. Ou Índia.

– Nossa – eu digo, porque nunca conheci ninguém que desejava ir a nenhum desses lugares antes. Em quase 17 anos, acho que nunca ouvi alguém nem usar a palavra *Marrocos* numa frase.

– Você viria comigo? – ela pergunta.

Quero fazê-la sorrir, então eu digo que sim. Mas não quero ir para a Índia nem para Marrocos.

– Sério? – ela pergunta. – Você gostaria de ir comigo?

– Claro – eu falo. – Quero dizer, acho que sim. Não sei nada sobre a Índia.

– Não consigo te entender – ela diz. – Num minuto, acho que você é legal, daí no minuto seguinte, você... hum... só é difícil de entender.

– Um enigma. – É como meu terapeuta me chama.

– Um enigma – ela diz, e então sorri. Isso me faz sorrir também. Daí Beth aparece. Ela age como a gerente, que, eu acho, é como sempre vou conhecê-la. Mas parece que ela seria uma pessoa divertida fora do Centro CEP. Às vezes, ela encontra seus amigos aqui, e eles falam sobre o que vão fazer no fim de semana. Em uma das vezes, um cara mencionou nadar pelado. Me fez pensar sobre como eu provavelmente nunca vou nadar pelado.

Beth diz:

– Gerald, você pode contar os cachorros-quentes para mim?

E vou contar os cachorros-quentes.

* * *

Assim que fechamos o portão depois da intermissão, fico lento. Todo mundo corre para chegar em casa. Os caixas quatro e cinco tiveram que sair correndo para buscar seus filhos com as babás. Beth me pede para limpar os espetos dos cachorros-quentes e eu obedeço, e digo que vou passar pano no chão também, porque, se passo o pano, sou o último a sair.

– A Hannah já se prontificou a fazer isso – diz Beth. Esse é o nome da menina do caixa um. Hannah.

Limpo os espetos dos cachorros-quentes e levo toda a louça de volta para a pia onde a caixa dois está lavando a louça. Beth pergunta para os caixas remanescentes se queremos um pouco da comida que sobrou, e lembro que não comi o dia todo e estou com muita fome. Ela me entrega uma pequena travessa de *nuggets* com batatas fritas, e quando chego ao balcão de condimentos, coloco meus *nuggets* num guardanapo, encho o resto da travessa com ketchup e mergulho as batatas fritas. Mergulho os *nuggets*. Penso na moça do hóquei o tempo todo. Envolvo minha comida nela para que eu possa ser abraçado por dentro.

Enquanto como minha comida coberta de ketchup e assisto à menina do caixa um passar o pano no chão atrás do estande cinco, re-penso minhas ideias sobre a Índia. Ninguém lá me conhece. Ninguém iria me chamar de Cagão. Tasha não mora lá. Índia seria ótimo.

Queria poder voar até lá agora, para que eu possa manter minha palavra. *Não vou voltar para casa.*

Meia hora depois, estou sentado no meu carro no estacionamento. Não na garagem onde parei o carro, mas no estacionamento do Centro CEP, onde os trabalhadores do circo estão ocupados carregando seus caminhões para seguir adiante para a Filadélfia. Enviei uma mensagem de texto para o Joe Jr., meu mais novo amigo, e não recebi resposta. Não quero deixar o pessoal antes de me despedir ou algo assim. (Um tchau de um psicopata: *Foda-se essa merda!*)

Conforme olho em volta para ver se encontro Joe, o pai dele aponta e grita muito. Grita *muito*. Ele diz palavrões em quase todas as frases. Abaixei minha janela um pouco por isso pude ouvir.

– Aqueles $%#* vão dirigir hoje à noite. Eles vão começar a preparar a $%#* no lugar seguinte às três da manhã, $%#*. Os $%#* que pediram as contas hoje deviam dirigir a $%#* do ônibus, para chegarem lá cedo e dormirem antes da matinê amanhã, $%#*. E se isso não é $%#* o suficiente, tenho que pagar pela $%#* do combustível – ele fala no celular.

Gosto dele. É o oposto do meu pai. Meu pai, que me ligou quatro vezes na última hora e deixou duas mensagens. *Gerald, espero que não tenha falado sério quando disse que não iria voltar para casa hoje. Vamos conversar sobre tudo isso hoje mais tarde.* A segunda mensagem era mais séria. *Gerald, retorne minhas ligações.*

O pai do Joe deixaria uma mensagem muito mais direta. Sei disso só de observá-lo por meia hora. Ele diria algo do tipo: *Volta para casa agora. Vem logo seu $%#*. E não se atrase, $%#*.*

Então vejo a menina do caixa um. Ela está andando pelo beco e falando no celular. Aqui é perigoso à noite. Especialmente em um sábado. Especialmente para uma menina bonita que tem perfume de frutas vermelhas. Deixo meu carro e tento segui-la a pé, mas ela vai embora, então volto para o meu carro e começo a dirigir em volta do quarteirão. Depois de dar duas voltas, começo a entrar ligeiramente em pânico. Quero abrir minha janela e gritar o nome dela. Em vez disso, estendo minha área de busca e a encontro a quatro quadras, indo em direção a uma parte ainda pior da cidade.

– Oi – eu digo. – Me deixa te levar pra onde quer que você esteja indo.

Ela para, cruza os braços e suspira.

Quando ela entra no carro, percebo que esteve chorando. Ainda quero abraçá-la, mas sei como não fazer isso. Então pergunto:

– Aonde você vai?

– A lugar nenhum.

– Ah – eu falo. – Parecia que você estava indo para algum lugar.

– Eu estava.

– Então me fale aonde e eu te levo.

– Eu não estava indo pra lugar nenhum – ela diz.

– Ah – eu falo de novo. – Posso ir com você?

Ela ri e o clima de tensão no carro é quebrado. Estava ficando bem pesado porque ela é a primeira menina a quem dou carona. E tudo o que consigo pensar a respeito são as coisas que já me falaram sobre garotas. É tipo conversa de menina dentro da minha cabeça.

Não saia com meninas.

Nem sequer ande com garotas.

Garotas mentem sobre as coisas.

Garotas querem mais do que você consegue dar, Gerald.

Um movimento errado e será preso.

Garotas não valem o esforço na sua idade, de qualquer forma.

Talvez você jogue no outro time. Isso faria muito sentido.

24

NÃO CONTO PARA a menina do caixa um que tenho um plano para hoje à noite, mas eu tenho. Enviei mensagem para o Joe Jr. de novo contando para ele, mas ele ainda não me respondeu. Nós demos umas voltas de carro, e, quando ela me pergunta quando tenho que estar em casa, digo:

– Nunca.

– O que isso quer dizer?

– Não sei – respondo. – Acho que não vou voltar pra casa.

– Então para onde vai?

– Para lugar nenhum – eu falo. – Assim como você.

Ela balança a cabeça e me pergunta se pode colocar música. Eu digo, claro, e ela conecta o celular dela no meu som, por onde um punk rock explode. Não sei que tipo nem quem canta, mas não é ruim.

Depois de duas músicas, começo a sentir algo de errado nisso. Não confio nela. Talvez ela conte para alguém que pegou carona e que tentei fazer algo que não fiz. Talvez isso tudo seja uma grande piada, e as amigas a estão esperando em algum lugar para poderem dar risada sobre como ela conseguiu fazer o Cagão acreditar que tinha uma amiga.

Não seria a primeira vez que alguém faria isso.

Nós andamos de carro a esmo por quase meia hora. A menina do caixa um fala sobre trabalho a maior parte do tempo. Jogando conversa fora. Eu falo umas coisas, mas acho que estou resmungando. Ela olha bastante pela janela. Quando olho no relógio, vejo que são quase 23 horas, e abaixo o volume da música.

– Então, o que vamos fazer de verdade? – pergunto. – Não podemos simplesmente dirigir para sempre. Você quer que eu te leve para casa?

– Quantos anos você tem? – ela pergunta.

– Quase 17 – eu falo. – Daqui dez dias.

Ela fica surpresa.

– Você parece mais velho.

– Sim. Eu sei.

– Tenho 16 anos também. Mas não são anos dourados.

De primeira, não entendo o que ela quis dizer. Acho que ela está me provocando com alguma coisa que não entendo bem.

– Sabe o quero dizer? Anos dourados?

– Ah – eu digo. – Tá certo. Não são dourados. Entendi.

O relógio marca 23h04.

– Olha – ela fala. – Eu meio que menti.

Odeio garotas mentirosas, então chacoalho meus ombros até ela contar a moral dessa história. *Essa piada vai para você, Gerald.*

– Eu estava indo para a casa de uns amigos. Mas então você e eu começamos a conversar, sabe? E eu... hum... sempre quis saber como você era – ela diz.

Então não respondo, porque estou ocupado demais tentando entender o sentido daquilo.

– Eles moram na Franklin. Pode vir também, eu acho. Eles são legais – ela acrescenta.

Rua Franklin, dependendo da numeração, é uma zona de cracolândia e botecos. Não consigo imaginar que a menina do caixa um tenha amigos lá.

Consigo sentir os olhos dela em mim, esperando por uma resposta.

– Você quer que eu leve você até lá? – eu digo.

– Você não quer ir comigo? – ela pergunta.

Não posso contar que tenho medo que meu carro seja roubado na Rua Franklin. Não posso contar que não gosto de conhecer pessoas novas. Não posso contar que estou envolto em filme de PVC, tão apertado, que às vezes não consigo respirar. Então digo:

– Claro.

Ela me fala as coordenadas para chegar lá, e tem um lugar para estacionar a meia quadra. No verão, numa noite de sábado, a rua estaria cheia, mas agora não está. Nós só passamos por uns caras descendo pela calçada. Eles não falam nada, mas, conforme se aproximam, lembro que fui um tigre hoje mais cedo, e posso virar um a qualquer momento que eu quiser. Não tenho medo de ninguém. Exceto da menina do caixa um e de seus amigos que não conheci ainda.

Ela sobe as escadas e eu a sigo. É uma casa, não um apartamento. A casa faz parte de uma fileira de umas vinte casas. A luz da varanda está acesa e vejo que, no lugar para bater na porta, há um par de testículos feitos de cobre.

A menina do caixa um não bate, ela simplesmente entra e eu a sigo. Não sei se é a camada de plástico invisível ou meus nervos, mas acho que estou transpirando.

– Oi! – alguém fala. – É a Hannah!

A menina do caixa um diz:

– Oi! Ashley!

Ela aparece, vinda da cozinha, e é linda. Cabelos ruivos com uma trança. Usa uma regata e tem metade do braço coberta de tatuagens coloridas. Pés descalços. Aliança no dedo. Ela abraça a menina do caixa um, me dá um aperto de mão quando somos apresentados, e sorri para mim.

– Prazer em conhecê-lo, Gerald. – Ela não olha duas vezes para ver se sou *aquele* Gerald. Ela só diz, "Prazer em conhecê-lo, Gerald", e volta para a cozinha. – Está para sair uma fornada.

Nós a seguimos até a cozinha, e a menina do caixa um vai até a geladeira, abre e pega uma garrafa de água, como se ela morasse lá.

– Você quer algo para beber? – ela pergunta.

– Não, obrigado – digo.

Ela sacode os ombros e atravessa a cozinha para chegar à sala de trás, onde seu marido está sentado. A menina do caixa um me fala que o nome dele é Nathan. Ele é tão bonito quanto a Ashley. Gente bonita. Não podia imaginar que gente bonita podia viver na Rua Franklin. Imaginei que não fosse seguro, especialmente porque eles não trancam a porta da frente.

– Prazer em conhecê-lo, cara – diz Nathan. – Senta. Relaxa. Pega uma breja.

– Eu não bebo – falo por detrás da camada de plástico. Para mim, são ondas sonoras vibrando em polietileno, como se fosse um apito falando.

De repente, me distraio com os aquários no ambiente. Há oito deles. Percebo que estou suando porque eles deixam o local quente, e Ashley está com o forno ligado. Biscoitos, eu acho. Fica difícil sentir cheiros através dessa camada entre mim e o resto do mundo. Mas acho que são cookies.

A menina do caixa um se senta em uma cadeira que está entre três dos aquários. Ela olha o peixe e diz:

– Gerald, vem aqui. – E coloca a mão na cadeira próxima à perna dela, como se eu coubesse naquele espaço, ou como se eu quisesse.

Fico no sofá menor perto do Nathan, que está assistindo a um documentário sobre o Jacques Cousteau. A menina do caixa um não pergunta de novo. Ela só se senta lá e fica olhando para o peixe. Está totalmente relaxada, vejo pelo rosto dela. Sou o oposto de totalmente relaxado. Olho para o Nathan e sinto inveja da barba dele. Acabei de decidir, quando ficar mais velho, vou deixar crescer uma barba irada.

Foda-se essa merda. Vamos deixar as barbas crescerem.

– Ashley! Manda a breja! – ele diz. Mas não fala de um jeito ruim. – Traz uma para o Gerald também!

Quando ela nos traz a cerveja, o beija nos lábios, bem ali na nossa frente. Um enorme e amoroso beijo. Nunca vi pessoas se comportarem dessa forma. Deveriam se abrir mais.

– Somos recém-casados – diz a Ashley. – Pega um biscoito. – Ela aponta para o prato de cookies.

– Parabéns – meu eu-apito diz.

– A Hannah te contou de todos os nomes que ela deu aos peixes? – ela pergunta.

– Não.

Ambos olhamos para a menina do caixa um. Ela se perde nos peixes. Fico pensando o que poderia ter nesses biscoitos. Essas pessoas são muito melosas. A casa deles é muito relaxante. Os peixes são muito coloridos.

Então abro minha cerveja.

25

– ELES NÃO SÃO INCRÍVEIS? – ela pergunta.

Estou ocupado me preocupando se estou sentado perto demais ou se ela pode perceber que estou suado demais para responder.

– Essa é a Lola. Eu dei esse nome a ela porque é amarela e parece com Lola, sabe? – Ela aponta para o peixe azul maior. – Esse é o Drake. Ele sempre está mordendo todo mundo.

Observo todos os aquários de peixes em volta e tento calcular uma estimativa de quantos peixes há na sala conosco. Diria que há uns cem deles. Nós somos a minoria.

– Entendeu? Drake? Drácula?

Finjo olhar para o peixe, mas estou na verdade olhando para o rosto da menina do caixa um. A pele dela reflete a luz fluorescente dos aquários e ela fica translúcida.

– Um dia, vou ter peixes – diz. – Vou ter um aquário enorme como aquele ali. – Ela aponta para o aquário grande na ponta da sala. – Vai ser legal. Sem os pais. Sem regras. Sem nada além de um emprego, uma casa e meus peixes.

Nathan coça sua barba.

– Arrasa, Hannah. – Então ele inclina a cabeça em direção à cozinha e grita: – Ash! Você vai perder a melhor parte desse documentário se você não vier agora!

Ashley chega, se senta ao lado dele no sofá e eles dão as mãos. A menina do caixa um não liga para nada a não ser para o peixe. Fico lá, sentado, nervoso. É a primeira vez que me dou conta de como me sinto desconfortável entre pessoas felizes. Sinto-me como um daqueles peixes atrás do vidro.

Quando termino de tomar a cerveja, percebo que estou aqui faz mais ou menos uma hora. Aprendi bastante sobre Jacques Cousteau e sobre a vida submarina. Minhas roupas absorveram cerca de um copo grande de suor. A menina do caixa um tomou duas garrafas de água, comeu três biscoitos e já rodou de aquário em aquário para ver cada um dos peixes. Então se levanta e se despede. Simples assim.

– Até mais. – Ela acena, Ashley e Nathan acenam do sofá e continuam a assistir ao documentário.

– Até – diz Nathan. – Nos vemos de novo, Gerald.

– Leve alguns biscoitos para o caminho – diz Ashley. – Vou comer todos.

A menina do caixa um apanha meia dúzia de biscoitos, passamos pela cozinha e saímos. Tranco a porta atrás de mim, por hábito. Ou talvez porque gostei tanto da Ashley e do Nathan que não quero que nada de ruim aconteça com eles antes que eu possa voltar.

Conforme ando até o carro, percebo que quero voltar quase que imediatamente. Sinto vontade de morar lá.

Percebo pela cara triste da menina do caixa um que ela se sente exatamente da mesma forma. Ela também quer morar lá.

Nós não dizemos nada até estarmos cinco minutos longe da cidade. Olhei meu telefone, e ainda não recebi resposta do meu novo amigo Joe-Psico-Jr. Mesmo depois da minha segunda mensagem. *Vou com você para a Filadélfia. Não vá sem mim.*

– Eles são muito legais – falo.

– É, eles são demais. – Ela diz isso como se não tivesse nem aí para eles; como se os estivesse usando por causa dos peixes. Não consigo descrevê-la agora. É como quando estávamos na Rua Franklin, ela era ela mesma, mas agora parece que está se embalando no meu embrulho de plástico. *Provavelmente porque está presa no carro com você, babaca.*

– E agora, vamos sair por aí dirigindo? – pergunto.

– Não sei. Você manda. Aonde você mora?

Reflito sobre o que disse para meu pai hoje. Penso na Tasha.

– Acho que não moro em lugar nenhum. Mas tenho uma ideia. Só não sei se é boa – falo enquanto atravessamos a ponte de volta, em direção ao Centro CEP.

– Estou aberta para ideias. Exceto fugir e casar – ela diz. – Nunca vou casar.

Sinto minhas bochechas corarem quando ela diz isso. *Querida menina do caixa um, case-se comigo agora.*

– Brincadeira – ela diz. – Não acho que você queira fugir e se casar. – Quando não falo nada, ela acrescenta: – Nossa. Desculpe. Espero que não tenha ficado bravo. Às vezes, eu não sei a hora de calar a boca.

– Não, não estou bravo – falo. Inspiro. Expiro. – Acho que quero casar um dia. Digo, quando ficar mais velho. Não agora.

– Então o que tem em mente? – ela pergunta.

– Marrocos não – falo. Dou a volta até o estacionamento do Centro CEP e dirijo até a parte de trás, onde meu carro não ficará no caminho de nenhum dos caminhões do circo. Olho fixamente para a equipe carregando os caminhões.

Depois de assistirmos a eles por três minutos, ela pergunta:

– Você vai fugir com o circo?

* * *

Percebo que posso mentir para o Big Joe. Vou dizer a ele que tenho 18 anos. Ele não vai pedir para ver a $%#* do meu RG. Ele vai me dizer, *Isso aqui não é uma $%#* de um piquenique, garoto. É trabalho, $%#*. O trabalho mais árduo que vai fazer na sua vida, $%#*.*

É assim que imagino na minha cabeça.

– Você me permite te convencer do contrário? – ela pergunta. – Quero dizer, isso sequer daria certo?

Gerald, veja a realidade. Não seria possível essa menina linda gostar de você. Ela só quer te convencer do contrário porque é uma ideia louca.

– Eu não quero contar cachorros-quentes a vida toda, sabe? – falo. – E não vou voltar pra casa.

Ela sente na minha voz. A menina do caixa um é observadora assim.

– Alguma coisa aconteceu? Tratam você mal? – Ela encurta aquela frase. Consigo vê-la rebobinando as fitas na cabeça dela.

Percebo que ela forma uma imagem mental de mim com 5 anos de idade, agachando sobre a mesa da cozinha.

– Você quer meu carro? – pergunto.

– Sério? – Assim que diz isso, seu telefone toca de novo e ela pressiona o botão IGNORAR CHAMADA. Mas vi que dizia *Casa* na tela. Pego meu celular. Meu pai não deixou nenhuma outra mensagem. E nada do Joe Jr.

– Seus pais não vão querer ele de volta? – ela pergunta. – Você só tem 16 anos. Você vai ser, tipo, um desaparecido. Vou dirigir uma evidência. Merda. Vou ter que mentir – me diz. Então ela dá um soquinho de leve no meu braço. – Vai me colocar numa fria, Gerald.

– Desculpe – digo. – Então poderia apenas abandonar o carro na cidade. Alguém o rouba. É o álibi perfeito.

– Ainda vou ter que mentir – ela diz. – Ou, sabe... Posso ir com você.

– Não quero meter você em encrenca – falo. – Você deve ir pra casa. Posso te deixar lá. Daí você pode dizer que achou que eu simplesmente ia para casa.

– Ou... não. A vida é *chata* aqui. Índia, lembra? Marrocos?

Quero falar para ela que tédio não é uma razão boa o suficiente para fugir. Quero dizer que, na sua vida, há a oportunidade de uma existência decente. Nenhum vídeo de merda para assombrá-la. Nenhum parente-roedor trepando no porão. Nenhum controle de agressividade. Nenhuma aula de Educação Especial. Nenhum jamaicano impostor louco tentando matá-la. Em vez disso, não falo nada porque sinto algo de bom na ideia de ela vir comigo. Logo em seguida, a porta de trás do meu carro abre, e meu novo amigo Joe Jr. entra e senta no banco de trás.

– Você está louco, $%#*? – ele pergunta.

26

– VOCÊ NÃO OUVIU nada da $%#* que eu disse na escada hoje? Minha vida é uma merda. Por que quer ter a minha vida, $%#*?

– Eu... hum... não sei – respondo.

– Oi – a menina do caixa um diz. – Sou a Hannah.

Joe Jr. faz um gesto com a cabeça para ela.

– E você ainda por cima tem namorada? Gerald, como seu amigo, tenho que te convencer a fazer o contrário. É uma vida de merda, com uma merda de salário e, por mais que pareça legal para você, por causa de alguma merda na sua casa ou qualquer que seja seu problema, não é tão legal quanto imagina, $%#*.

– Acho legal – diz a menina do caixa um.

– Você é só um garoto – diz Joe Jr. para nós dois.

– Você também é só um garoto – falo.

– É, mas eu sou um garoto de circo. É diferente. Eu não tenho nenhuma $%#* de escolha, cara. – Ele olha nos meus olhos. – Foda-se essa merda, lembra?

A menina do caixa um está se sentindo ousada. Percebi porque ela está torcendo o nariz para o Joe Jr.

– Eu também não tenho escolha, cara. Se eu ficar aqui, vou acabar indo preso. E não quero trabalhar contando $%#* de cachorros-quentes minha vida toda.

Joe Jr. suspira. A menina do caixa um ainda está torcendo o nariz para ele.

– Olha – ele diz. – Você tem a escola, né? Você tem sua mina. Tem sua casa, seu trabalho. Tem até esse carro irado, $%#*.

– É, irado – eu falo.

– O que essa merda tem a ver com isso? – A menina do caixa um diz. – Se o Gerald quiser trabalhar no circo, quem é você para dizer que ele não pode, $%#*?

Joe Jr. a ignora. Ele olha para mim pelo espelho retrovisor.

– Não me faça contar pro meu pai que você não tem 18 anos. Não quero acabar com você desse jeito.

Na minha cabeça, há uma série de explosões – tipo, Joe Jr. e eu explodindo todos os ônibus e caminhões do circo, a minha casa, a escola e toda a $%#* do Centro CEP. Mas, na verdade, não é uma explosão, mas uma implosão.

Porque ele tem razão. Sobre tudo.

E por que a menina do caixa um não contou para ele que não é minha namorada? Qual é a dela? E por que logo hoje estou especialmente furioso com a Tasha? Ela me chama de gay desde quando eu nem sabia o que *gay* significava, não é mesmo? Ela tenta me afogar à vista de todos desde que nasci, não é?

27

EPISÓDIO 2

CENAS 7-15

CÂMERA NÚMERO UM focada na Babá.

– Acho que deveríamos ter um dia só para o Gerald. Para ele comer sua comida predileta, jogar seus jogos preferidos e fazer o que quiser, contanto que seu *compo-r-tamento* seja bom.

A câmera número dois passa a focar nos meus pais. Eles fizeram que sim com a cabeça.

A câmera número três estava instalada para pegar uma tomada larga de todos na mesa da cozinha.

– Acho que os surtos dele são uma maneira de chamar a atenção de vocês. E como você trabalha demais, Doug, e é a referência masculina dele, ele precisa passar mais tempo com você. Não muito. Só um pouco de tempo entre meninos, sabe?

Câmera dois dá close no meu pai, que tenta não parecer puto da vida. Enquanto isso, a Babá ajeitava os cabelos olhando num espelho que apoiou na parede. Ela o carrega em todas as cenas. Não sei como conseguia, mas ela estava ainda mais ossuda desde a última vez em que a vi, por isso, os ossos do seu rosto estavam ainda mais salientes que o normal.

Câmera número um de novo.

– E, Jill, às vezes você está tão preocupada em mandar ele se calar que se esquece de escutá-lo. Acho que ele sente isso. Acho que ele se sente como se estivesse atrapalhando. Na minha opinião, talvez sinta que nem o querem por perto. Você passa tanto tempo com a Tasha, que os outros sentem como se não quisesse eles – ela disse. – Temos que adotar uma atitude mais positiva.

Minha mãe ficou chocada quando isso foi dito em voz alta. Chocada. Ela pediu licença para levantar da mesa, foi ao banheiro e ficou lá por cinco minutos. Depois de um intervalo curto para o café, a Babá bateu palmas e juntou as mãos. Agachou-se num joelho só – o que ela fazia com frequência – e disse:

– Bom. Hoje é o *seu* dia, Gerald. O que você quer de café da manhã? A câmera um chegou perto.

Pedi *waffles* e minha mãe os preparou. Pedi mais calda de maçã e mamãe me deu mais calda de maçã. Minha mãe me perguntou o que eu queria de lanche, eu estava na pré-escola, período integral, e eu disse que queria sanduíche de manteiga de amendoim com creme de *marshmallow*, batatinhas e gelatina.

– Não temos gelatina – disse minha mãe. – Mas temos pudim, serve?

– Sim, por favor – eu disse.

Que compo-r-tamento aceitável. Dava para ver que a Babá, nos bastidores, ficou contente. Ela me mandava piscadelas do jeito que a Babá de verdade fazia. A câmera número dois pegou meu sorriso, acho. Eles queriam filmar o maior número de ângulos possíveis do meu sorriso para pôr no episódio dois.

Comi todas as minhas *waffles*, pedi mais, e mamãe me deu ainda mais, mesmo sendo contra a natureza dela. Quando terminei, me deixaram ir para meu quarto, me disseram para não arrumar a cama se eu não quisesse e para me vestir do jeito que eu achasse melhor. Arrumei minha cama mesmo assim, vesti minhas calças camufladas preferidas, uma blusa de manga comprida e, por cima, uma blusa de mangas curtas com o desenho de dois tiranossauros Rex usando luvas de boxe.

Minha mãe detestava aquelas calças. Ela fez uma careta quando viu, mas só isso. Mostrei a ela meus dentes perfeitamente escovados e minhas mãos sem grude, lavadas com sabonete aroma de limão. A reação dela foi como se tivesse ficado impressionada, mas, naquela hora, estava ocupada demais para se interessar, pois estava fazendo a lição de casa da Tasha.

A Babá chegou, fazendo gesto para a câmera segui-la.

– Jill? O que você está fazendo?

– Tasha esqueceu de fazer a lição de casa ontem à noite – disse minha mãe.

– Sim – disse a Babá. – E o que você tem a ver com isso?

Mamãe olhou para ela e franziu a testa, brava.

A Babá se sentou à mesa, puxou gentilmente o papel para perto dela. Depois o arrastou para o lugar na mesa onde Tasha normalmente se sentava e o deixou lá.

– O que você está fazendo? – perguntou minha mãe.

– Estou mostrando que é Tasha quem deve fazer a própria lição de casa – disse a Babá. – É assim que as coisas funcionam agora, sim?

Minha mãe parecia furiosa.

– Ela esqueceu, só isso.

– Sabe como minha mãe falava quando eu me esquecia de fazer as minhas lições?

Minha mãe não respondeu.

– Ela falava "dureza" – disse a Babá. E deu duas batidinhas na mesa. – Aquele dia na escola ia ser "dureza" para mim, certo? Porque cumprir com minhas tarefas é minha função, não é, Jill?

– Não faço isso sempre. Além disso, você não entende. Isso é a América, não a Inglaterra. Isso reflete em mim – disse minha mãe.

– *Comp-r-eendo* completamente – respondeu a Babá. – E isso só reflete em você porque você deixa. Falaremos sobre isso mais *ta-r-de*.

✳ ✳ ✳

Meu dia na escola foi bom. Cheguei em casa para comer espaguete com almôndegas. Senti o cheiro no minuto em que abri a porta de casa e senti como se algo tivesse mudado.

Eu estava tão feliz com meu jantar que ignorei a Tasha montada no braço do sofá enquanto eu assistia a um desenho animado depois da escola. Fiquei tão feliz com meu jantar que ignorei como ela me empurrou no corredor do andar de cima por nenhum motivo. Enquanto o pão de alho assava no forno, estava tão feliz que fiquei perto da mamãe e da cozinha, para que Tasha não fizesse nenhuma sacanagem comigo. Meu pai chegou em casa. Nós saímos e jogamos bola, porque ele me perguntou o que eu queria fazer e era isso que eu queria fazer. As câmeras pegaram tudo.

E conforme nós todos nos sentamos para jantar, quase chorei porque era tudo tão maravilhoso. O dia mais feliz da minha vida. O espaguete estava perfeito, as almôndegas fritas no ponto certo e o pão de alho, crocante.

As câmeras um e dois filmaram todos os ângulos do jantar. Então, filmaram meu pai caminhando nas pontas dos pés até o balcão da cozinha e apanhando uma caixa de alguma coisa que dizia *cannoli fresco* e trazendo para que eu pudesse ser o primeiro a experimentar.

– O que é um *cannoli*? – perguntei.

– Experimente – disse meu pai. – Aposto que vai amar.

Cannoli fresco foi uma das coisas mais gostosas que já comi. Era quase tão bom quanto sorvete.

No fim do meu dia, a Babá veio e me deu um abraço apertado e ossudo.

– Você teve um dia fantástico, não foi, Gerald?

Fiz que sim com a cabeça, porque quis.

– Qual foi sua parte preferida? – ela perguntou.

Finjo pensar a respeito por um tempo, mas já sabia a resposta.

– Jogar bola com meu pai. E a sobremesa que ele trouxe pra casa.

A Babá olhou para meu pai e sorriu. Pelo modo como ela jogou os cabelos para trás, quase pareceu um flerte.

– Esse não é o melhor sentimento do mundo?

Meu pai fez que sim com a cabeça, apesar de ver pela cara da minha mãe que ela não estava se sentindo muito bem com a minha resposta. Ou com a jogada de cabelo da Babá xavequeira.

Quando subia as escadas para ir dormir, para vestir meu pijama e escolher duas histórias, Tasha veio martelando os pés nos degraus e me empurrou com força. Caí das escadas de costas. Quando caí nos pés das escadas, de cabeça, comecei a chorar, não de dor, mas de medo. Ninguém veio, a não ser a Babá. O resto da família só ficou parada no hall, olhando. A Babá conferiu que minha cabeça não estava sangrando. Contei para ela que a Tasha havia me empurrado.

– Eu o flagrei tentando cagar no topo das escadas – disse Tasha.

· 112 ·

Ninguém acreditou nela. Nem minha mãe. Eu percebi. Então Tasha começou a fazer aquela lamentação dela, em tom agudo, e se agarrou na minha mãe e implorou.

– Por favor, acredite em mim! Por que eu mentiria? Por favor, acredite em mim!

Minha mãe mudou de lado e resmungou alguma coisa sobre como isso era impossível. O restante de nós sabia da verdade. Minhas calças não estavam nem com o zíper aberto.

– Suba e coloque seu pijama, Gerald – disse a Babá depois de inspecionar minha cabeça de novo. – Quem você quer que leia suas histórias hoje?

– Lisi e papai – disse.

– Muito bem – ela disse. – Você e a Lisi vão escovar os dentes e façam o que tiver que fazer no banheiro, e papai estará lá em cima em um minuto.

Concordei com a cabeça, mas, assim que vesti meu pijama e a Lisi entrou no banheiro, desci sorrateiro até a metade das escadas e ouvi o que estava acontecendo.

Minha mãe estava chorando.

– Eu nunca empurraria o Gerald da escada de propósito. Eu amo aquele menino – disse Tasha.

A Babá falou com sua voz severa.

– Eu não acredito que o Gerald estava tentando defecar no topo das escadas, Tasha. Ele acabou de ter um dia maravilhoso, e não vejo motivo para ele fazer isso. Você vê?

– Ele é retardado, né? Essa não é a resposta para tudo? – Tasha respondeu.

Essa foi a primeira vez que ouvi isso.

28

NÃO ACHO QUE A VIDA deve ser chata na casa da menina do caixa um. Chato, para mim, sempre traduziu-se em janelas de veneziana, gramados perfeitamente cortados e cerquinhas pintadas de branco. A casa dela não é nenhuma dessas coisas.

Quando estamos a 400 metros da entrada da garagem, posso senti-la se encolher. Ela me disse que eu podia deixá-la na altura da caixa do correio, mas eu não faria isso. Ela insistiu, mas eu recusei. Quando você leva uma menina para casa, você a leva até a porta e garante que ela entre em segurança. É o que se faz.

Eu nunca fiz isso antes, mas ainda sei que é o que se faz, $%#*.

Mas agora ela está estremecendo conforme dirigimos por um túnel de uns dez metros de ferro-velho. Maioria sucata de carros e tratores. Algum equipamento de fazenda. E depois uma porrada de coisas que não consegui identificar no escuro. Caixas de papelão que ficaram do lado de fora por tanto tempo que derreteram umas nas outras, brinquedos de plástico que um dia pertenceram à menina do caixa um, aposto que eram uma gangorra e um carrinho cor-de-rosa desbotado.

Mas as coisas estão organizadas. Não é como naqueles *reality shows* de acumuladores, que crianças conversam sobre na escola. É um local de trabalho. É um negócio. À minha esquerda, tem um celeiro e alguma coisa escrita em calotas. Tem uma certa ordem nos carros e em como eles estão estacionados e no lugar onde estão.

– O que seu pai faz? – pergunto.

– Não é óbvio? Ele é um... um... – ela diz.

– Ele vende ferro-velho? E peças de carros? – eu arrisco.

– É. Isso. O que seja. Ele é esquisito.

Chegamos à casa, que é um rancho modificado com canteiros de belas flores e nenhuma sucata em volta, e ela sai do carro antes que eu possa dizer qualquer coisa, então a chamo de volta.

– Ei!

Ela para ao lado da porta do motorista.

– Se eu fugisse para o circo com alguém, escolheria você para fugir comigo – falo.

Ela dá um sorriso.

– Total. A gente devia ter feito isso. Pelo menos para ter algo para se fazer.

– Talvez na próxima vez – falo.

– Você vai trabalhar no jogo de hóquei? – ela pergunta.

– Vou.

– Vejo você lá, então – ela diz, e levanta o braço, num gesto meio desanimado. Depois vai até a garagem, que é um túnel com pequenas máquinas. Uma serra de fita. Um cortador de grama. Conforme observo-a entrar pela porta dos fundos, percebo que acabei de passar a noite com a menina dos meus sonhos. É como ter um bilhete de loteria premiado na minha mão e ter que escalar a porra do Monte Evereste para pegar o prêmio.

Mas eu tenho o bilhete. Eu tenho o bilhete.

Exceto que, fala sério, Cagão. Nem a pau que você vai ganhar esse prêmio de loteria.

Assim que saio, pego meu celular. Outra mensagem do meu pai. *Não quero chamar a polícia. Sua mãe está preocupada. Avise-nos que está bem.* E uma mensagem do Joe Jr. *Você não tem noção de como sua vida é boa, Gerald.*

Conforme dirijo de volta para casa, penso sobre isso. Sobre quanta sorte eu tenho. Claro, o Joe Jr. não sabe que sou o Cagão, então ele acha que minha vida são rosas e arco-íris. Ele não sabe da infestação no porão ou do fato de que eu nunca vou chegar a lugar algum se a linha de largada for a sala de Educação Especial, lugar de que nem faço parte.

Meu celular vibra. *E sua mina é gata.*

Por algum motivo, esse fato – de ele achar que ela é minha namorada e que é gata – torna meu caminho de volta para casa um pouco melhor para encarar os ratos trepando.

Isso é tudo que eu precisava para não ter me tornado o maior idiota do mundo nos últimos quatro anos? Uma menina? Não sei. Não vejo a menina do caixa um como uma qualquer. O perfume dela é gostoso e ela é linda porque não tenta ser linda. Ela carrega aquele caderninho. Ela está em sintonia com os peixes nos aquários – como eu. Ambos estamos observando um mundo distorcido e estamos presos, talvez. Presos entre nos sentirmos seguros no aquário e nos sentirmos confinados.

E ela gosta de mim, não importa quão impossível isso possa parecer.

Roger diria que eu estou simplesmente pensando em mim mesmo de novo.

Por algum motivo, esta noite, não acho que há nada de errado com isso.

Talvez porque, às vezes, é bom pensar em mim mesmo.

29

MEU PAI ME ESPERA na sala de estar com a luz acesa. É 1h50 da manhã quando chego em casa porque peguei o caminho mais longo de volta da casa da menina do caixa um. Meu pai está, provavelmente, bêbado.

– Pensei que não voltaria para casa – ele diz.

– Eu não ia.

– Merda. Eu estava pronto para alugar seu quarto também – ele diz. Definitivamente bêbado. – Posso preparar um para você? – Ele levanta o copo.

– Não – eu falo. – Estou acabado. Noite longa.

– Jogo de hóquei?

– Circo, lembra? – eu falo.

– Ah sim! O circo. Sem animais, espero. Nada mais triste do que animais de circo, coitados. Como sua mãe diria.

Não foi ela a responsável por fazer da nossa família toda um circo de animais em família? Sinto vontade de perguntar isso, mas não pergunto.

– Sem animais – eu falo.

Ele gira o copo vazio com gelo e depois suspira.

– Merda, Ger. O que eu falo pra você?

– Não sei, pai. Não sei.

– Não posso botar a Tasha para fora de casa – ele fala. – Mas também não quero que ela continue morando aqui.

– Por que não pode botá-la para fora?

Ele suspira de novo.

· 117 ·

– Se ela ficar, eu saio – eu falo.

Ele ri.

– Sabe, eu visitei aquele lugar hoje, aquele com piscina e os deques? Seria um reduto de solteiros perfeito para nós.

Eu olho nos olhos dele. Que merda é essa agora? Deixar minha mãe? Mudarmos de casa juntos? Só bebedeira solta?

– Está falando sério? – pergunto.

– Sobre qual parte?

– Sobre tudo. Qualquer uma – falo.

– Não sei, rapaz – ele diz. – A Lisi se foi. Você está para ir embora. Os dois únicos motivos pelos quais eu fiquei. Digo, não me entenda mal, eu amo a Tasha, ela é minha primeira filha e tudo o mais, mas ela acabou com meu casamento, cara. Digo, ferrou totalmente com meu casamento. – Ele se senta, tentando lembrar o que ia dizer, mas está tão bêbado que não consegue entender isso.

– Não vou conseguir ficar aqui se ela ficar. Só sei disso – eu falo.

– Bom, Ger, então estamos remando no mesmo barco, com uns remos de merda. Porque sua mãe não vai nos deixar vender essa casa de jeito nenhum, e ela não vai deixar Tasha sair de casa.

– Podemos alugar algum lugar – falo.

Ele faz uma cruz com os dedos indicadores.

– Meu Deus! Eu sou corretor de imóveis! Está tentando me matar?

– Bem, você pode comprar o lugar que tem piscina? Tem dinheiro para isso?

Ele faz que sim com a cabeça.

– E com meu dinheiro do CEP?

– Você é um garoto – ele fala.

– Quem se importa? É dinheiro.

– Não posso fazer isso – ele mente.

– Bem, a não ser que queira que eu fuja e nunca volte, é hora de conversar sobre isso com a mamãe. Talvez o Roger... Porque ele concorda que a Tasha é um problema.

– Quem diabos é Roger?

– O terapeuta de gerenciamento de agressividade que você paga quase toda semana – falo.

Na sequência, os barulhos no porão começam. Meu pai olha para mim e levanta as sobrancelhas. *Boa sorte ao remar para ir embora deste riacho com essa merda de remo.*

Olho para meu pai e sei que ele pediu as contas. Ele tem quase 50 anos, eu acho. Talvez é nessa idade que se pede as contas. Ele me decepciona. É como se ele escolhesse ficar na prisão depois de encontrar a chave da cela.

Quando vou pra cama, paro de pensar na Tasha, o gatinho-roedor. Penso na menina do caixa um e em como seus olhos são grandes e parecem falar algo para mim. Mas é como se eu não falasse a linguagem dos olhos grandes. Estou ansioso para o jogo de hóquei de amanhã, apesar de ser Dia de Escoteiros e o lugar ficar abarrotado.

E depois penso sobre como cheguei perto de fugir hoje à noite com o Joe Jr. e o circo. A $%#* do circo. Se eu tivesse feito isso, estaria a meio caminho da Filadélfia agora. Rodas abandonadas. Conversando com a menina do caixa um em um ônibus cheio de estranhos. Pronto para armar um circo antes da matinê de amanhã. Pronto para uma nova vida, tão louco como deveria ter sido. Mas o que é são e o que é insano quando tudo é possível, porém nada nunca acontece?

30

QUANDO CHEGO NA SALA de Educação Especial do Sr. Fletcher, na segunda-feira, com tinta de guerra pintada no rosto, Deirdre está contando uma história sobre sua nova almofada aquecida da cadeira de rodas.

– Não foi minha intenção deixar vocês bravos. Foi um presente legal – ela diz. – Mas me faz transpirar na bunda.

O garoto Kelly e a Karen estão morrendo de rir. Sr. Fletcher também está. Pego meu assento e olho para a Deirdre. Ela tem uma pele delicada, muito macia. Dá para ver só de olhar. Sua cabeça está sempre um pouco inclinada para a esquerda e seus cabelos levantam numas partes, não importa o quanto ela os escove. Ela é mais esperta que todos nós. Talvez até mais que o professor. O negócio é que o corpo dela não trabalha tão bem, então ela está aqui, presa conosco.

A percussão tribal ainda toca na minha cabeça depois de escutar no carro. Isso parece bobo hoje. Não sou o cacique. Se eu fosse, teria ido para a Filadélfia com o circo no sábado à noite. Se eu fosse o cacique, eu beijaria a menina do caixa um. Eu sairia da aula de Educação Especial. Eu mesmo daria um pontapé na bunda da Tasha. Hoje de manhã ela se levantou cedo e disse, "Tenha um bom dia, perdedor", quando estava saindo de casa. Minha mãe estava bem ali. Quanta pintura de guerra consegue cobrir isso? Quão alta a percussão de búfalos tem que ser para abafar o som *daquilo*?

* * *

Depois do segundo bloco, os alunos da Educação Especial se dividem. Alguns vão para outras salas, alguns vão almoçar mais cedo. Eu preparo minha mochila e vou em direção ao vestiário da academia. Nenhuma besteira acontece no vestiário, e a academia é suportável porque o Nichols começou a me ignorar para conversar com um aluno novo da escola. Ele acabou de se mudar do Novo México, fiquei sabendo. E é muito bom no futebol de salão.

Nós jogamos com uma bola improvisada, que parece uma bola de tênis inflada. É divertido, porque a bola se move rápido no chão liso de madeira envernizada. Eu jogo na defesa. Sempre jogo na defesa porque é muito fácil arranjar briga no ataque. Se eu estivesse próximo ao ataque agora, provavelmente acertaria a bola dentro do gol, mas daí, acidentalmente, daria um soco em alguém para conseguir fazer esse gol. E, então, cadeia. E reality show no reformatório. *Passarinhos Jovens na Gaiola. Garotos Atrás das Grades.*

Então sou zagueiro. Para minha sorte, meu trabalho é fácil porque os times estão em desfalque e nosso ataque continua marcando pontos, e quase não tem nada para fazer aqui perto da defesa. Quando chega ao fim, voltamos aos armários e o Novato diz:

– Ei, Cagão. Eu lembro de ver você na TV.

Nichols dá risada.

– Você era doentio pra caralho, moleque – diz o Novato.

Eu não falo nada. Vou para meu armário e começo a me trocar. Mas o Novato não para.

– Você ainda faz aquilo? – ele pergunta. – Cagar nas coisas?

Não falo nada.

– Pro seu conhecimento, você não me pega, tá bom? Posso ser mais louco que você. – Ele me cutuca para eu olhar para ele. – Só pro seu conhecimento, tá certo?

Nós trocamos olhares insanos. Ele encara. Eu encaro. Ele me olha com sangue nos olhos. Eu o olho com sangue nos olhos. Enfim, eu ganho, e ele sai andando.

Termino de me trocar e saio no pátio em direção à cantina.

– Gerald! – Ouço enquanto saio do vestiário.

Olho para cima e vejo a menina do caixa um.

– Ah, oi – falo.

– Oi – ela diz.

– Oi.

Ela inclina de leve a cabeça para o lado e franze as sobrancelhas um pouco.

– Você está bem?

– Sim. Claro. A aula de Educação Física é chata, só isso.

– Extremamente – ela diz. – De fato.

Quem mais diria isso? *A aula de Educação Física é extremamente chata, de fato.* Eu a amo.

– Ahn... você está aí?

– Sim – eu falo. – Vou almoçar e você?

– Vou também. Vamos nos sentar juntos e fazer todos os malucos falarem da gente?

Tenho tantas respostas para isso. A primeira que vem à mente é: *Tem certeza de que quer fazer isso?* A segunda é: *Tem certeza de que quer fazer isso?* Por que ela está agindo como se eu não fosse o Gerald, o Cagão?

– Tá bom – ela diz. – Vou entender isso como um não.

– Não, não, não! – eu falo. – Sim. Considere isso um sim. Eu só... hum... nunca me sentei com ninguém na hora do almoço. E, você sabe, eu... hum... bem, você sabe.

– Não, o quê? Você é o quê? – ela pergunta.

– Eu sou, bem. Sou... – arrisco. – Não sou muito popular. – Ela sorri.

– Bem-vindo ao clube. Gerald, também não sou popular. Diria mais, diria que sou impopular. Tudo bem por mim. Você não?

Nessa altura, estamos no refeitório e a menina do caixa um está andando em direção a um dos pequenos assentos estofados ao lado da cantina. Esses assentos são legais, fazem com que eu me esqueça de que estou almoçando na escola, pois lembra mais uma lanchonete. Além disso, é um espaço limitado. Ninguém pode intervir. Primeiro ela joga suas duas mochilas no sofazinho, depois se senta, e eu faço o mesmo.

Nós dois tiramos o lanche da mala e ela diz:

– Você sabe meu nome?

– Claro – eu respondo.

– Então por que você nunca me chama pelo nome?

– Hannah – eu digo. Na minha cabeça, repito *Hannah, Hannah, Hannah, Hannah.*

Ela parece aliviada.

– Ah, que bom. Então agora nos chamamos pelo primeiro nome. O que você tem aí? – Ela aponta para meu almoço. Hoje, minha mãe preparou o que mais gosto. Sanduíche de frango com salada.

– Sanduíche de frango com salada – respondo.

– E uma maçã – ela acrescenta. – E o que é aquilo? Sopa?

– Vitamina de proteína – eu falo, segurando minha garrafa térmica. – Minha mãe acredita no poder da proteína.

– Ah, entendi. – Ela esvazia um saco de papel na mesa. Há dois pacotes de copinhos de chocolate com pasta de amendoim, um pacote pequeno de salgadinho, um saquinho com bolacha recheada e uma Coca Cola. – Como pode ver pelo meu almoço, minha mãe não acredita em nada.

Eu balanço a cabeça, concordando, e dou um sorriso porque ela é muito engraçada.

– Troco metade do meu sanduíche por um dos seus copinhos de chocolate – falo.

– Fechado. – Ela estica a mão, dou a metade triangular do sanduíche e rasgo o pacote laranja. Ela dá uma mordida no sanduíche e fala de boca cheia: – Meu Deus! Tem maçã nisso?

– E uvas.

– Pode crer – ela diz, como se nunca tivesse comido nada além do que é colocado em sua frente.

Nós comemos por um tempo. Ela pede para experimentar a vitamina de proteína e eu aviso antes que não tem gosto de nada, mas ela quer experimentar mesmo assim, e depois reclama que não tem gosto de nada. Eu bebo mesmo assim, enquanto ela engole o refrigerante.

Eu guardo o chocolate para comer por último porque sempre foi meu doce preferido, antes de a Babá dizer para minha mãe que todos devemos parar de ingerir açúcar.

– Eu gostei muito dos seus amigos – falo.

– Nathan e Ashley? Sim, eles são demais.

– De onde conhece eles?

– A Ashley trabalhava comigo no meu último emprego. Ela era garçonete e eu era ajudante. Nosso chefe era um idiota. Nós ficamos amigas e vivemos felizes para sempre.

– Legal – digo. Penso sobre ligações com pessoas. Não acho que seja algo que eu conseguiria fazer dentro de todo esse polietileno.

Então percebo que, por vinte minutos inteiros, não senti vontade de matar ninguém. Talvez mais tempo. Talvez o dia todo. Não sei. Não senti vontade de matar o novato no vestiário, mesmo que ele seja um mala. Também não senti vontade de matar o Nichols.

Cinco minutos depois, o silêncio na mesa está nos matando. Percebo que a está enlouquecendo, mas não encontro nada inteligente para dizer, então não falo nada. Mastigo tudo umas cinquenta vezes. Começo a transpirar por causa da pressão.

Finalmente ela diz:

– Então, você sabe meu nome, nós quase fugimos juntos com o circo, mas não consigo definir se somos amigos ou não.

– Claro que sim – falo. – Sou seu amigo.

– Você não diz muito.

– Não tenho o hábito de ter que falar alguma coisa, acho.

– Mas você é meu amigo?

Sinto vontade de dizer que ela é a minha garota, mas parece algo errado de se dizer. O Roger não aprovaria. Então eu faço que sim com a cabeça.

– Se você é meu amigo, então precisa saber que carrego isto comigo o tempo todo, e você nunca terá permissão para ver – ela diz, tirando o caderninho do bolso de trás.

– Já vi você escrevendo nele antes. No trabalho, lembra?

– E?

– Não quero ver o que está escrito. Digo, se foi isso que você quis perguntar – eu falo.

– Eu não estava perguntando nada. Estava te contando que, se somos amigos, isso faz parte do acordo – ela fala. – E alguns dos meus tão considerados *amigos* achavam isso um problema, então achei melhor esclarecer de uma vez.

– Ah – falo. – Por que eles achavam isso um problema?

Ela já está escrevendo nele usando o joelho como apoio.

– Eles achavam que eu estava escrevendo sobre eles – me diz.

– Ah – eu falo.

– E estava. Mas, mesmo assim, não é da conta deles – ela acrescenta. – E antes que você pergunte, sim, também já escrevi sobre você. Então, se é meu amigo, já está avisado, você é amigo meu *e* do meu caderninho, tá certo? – Ela olha para baixo de novo e continua escrevendo.

– Por mim, tudo bem – eu falo. *Tudo bem para o Cagão, Hannah.* Tenho um minuto para pensar enquanto ela escreve. Percebo que, já que estamos fechando acordos e colocando as cartas na mesa, devo dizer algo. Qualquer coisa. Porque ela está me tratando como uma pessoa normal, e agora ela tem que saber que sou o Gerald. O caçula de três. O Reality Boy.

– Hannah? – pergunto. Ela olha para cima. – Então, já que você vem junto com seu caderninho, e ainda somos amigos, eu tenho que ter certeza de uma coisa.

Ela faz um gesto para eu continuar.

– Você sabe sobre toda aquela merda que aconteceu quando eu era criança, né? Tipo, o programa na TV, como as pessoas me chamavam e por que sou uma aberração, e tudo o mais? Tudo bem por você? Digo, não o fato de eu ser assim, porque não sou. Já faz tempo, mas, quero dizer, você sabe... Tudo bem por você que um dia eu fui daquele jeito e tudo mais?

Ela sorri para mim, mas não diz nada. Então permito meus nervos falarem:

– Quero dizer, supostamente não posso acreditar em garotas, nem sair com elas, porque meu terapeuta de controle de agressividade diz que não é uma boa ideia sair com meninas, e estou começando a achar que isso significa até como amigos. Digo numa boa, não quer dizer que vou machucar alguém, mas, eu, hum... Oh, merda. Nada disso soa bem.

Ela se inclina para frente.

– Sei quem é você e não estou nem aí. Você é gente boa – diz ela. – Tenho uma psiquiatra também. E a minha diz para eu me importar mais com as roupas que visto, mas não tenho certeza o que ela quer dizer com "me importar". Me vestir como se me importasse? Com o quê? Sabe? Me importar com o quê?

– Você tem uma psiquiatra? – pergunto.

– Não é comum que todos tenham? – ela fala.

– Acho que não – digo. O Roger não é exatamente um psiquiatra. Mas é quase a mesma coisa.

– Bom, eu tenho e você também. Então somos dois, e você é meu único amigo, então até onde sei, sim. Todo mundo tem um psiquiatra – ela diz.

Hannah olha para o relógio grande na parede e volta a escrever no caderninho. Até agora, achei que era o único menino no Blue March com problemas suficientes para ir num psiquiatra – ou ao Roger, que age como um psiquiatra. Quando olho em volta da cantina, não vejo ninguém nem remotamente tão zoado como eu.

Nem a Hannah. Mas talvez eu esteja errado. Talvez a maioria das outras pessoas são zoadas também. Só não foi televisionado ou, você sabe, carimbado na cara do Tom-Sei-Lá-O-Quê.

Sinto meu celular vibrar no bolso e vejo que é uma mensagem do Joe Jr. Uma foto. É o palhaço-dentista com alicates enormes no ringue, fingindo que está arrancando seu próprio dente. Eu dou zoom e mostro para a Hannah.

– Estou te falando, cara. Fizemos a escolha errada – ela fala.

– Não sei – comento.

– Agora precisamos bolar outro plano para nos tirar daqui – ela diz, e volta a escrever no caderninho.

– É sobre isso que está escrevendo?

– Sim.

– Você está escrevendo sobre um plano para nos tirar daqui?

– Sim – ela diz. – Vamos nos sequestrar.

Solto uma risadinha, porque acho que ela está brincando.

– Não estou brincando – ela diz. – Enquanto conversamos, escrevo minha lista de exigências.

31

A AULA DA HANNAH é no andar de cima, por sorte, porque realmente não gostaria que ela me visse indo para a aula de Educação Especial. E, na última parte da aula, penso a respeito desse sentimento enquanto aprendemos mais equações lineares.

Eu não sou retardado. Aprendi a ler tarde, sim, porque ninguém me ensinou, mas consigo ler rápido agora. Leio o tempo todo. Amava matemática até o terceiro ano, até que peguei um professor estúpido que gritava o tempo todo e me deixava tão nervoso que comecei a comer papel e outras coisas bizarras, como giz e borracha. Porque é isso que acontece com você quando se é famoso, certo? Até quando tem 8 anos de idade?

Amava a escola até todo mundo crescer o bastante para apontar e rir. Foi quando minha mãe começou a insistir na educação especial.

– Na real, Doug. Tenho plena certeza de que ele tem um atraso de desenvolvimento de alguma forma. E não *vou ligar para o diretor a respeito daquele professor*. E não *vamos tirar ele da escola pública* ou *mudar para algum lugar onde nenhum professor vai encher o saco dele*. Nada de falar sobre Tasha, que estava fazendo o possível para ser reprovada no primeiro ano do colegial. Só essa merda sobre como eu era retardado.

Enquanto o garoto Kelly luta para aprender equações lineares uma por uma, penso nos médicos que visitamos e nos psicólogos da escola. Lembro de quando minha mãe pediu medicamentos, como se pequenas cápsulas pudessem fazer nosso passado desaparecer. Como se essas pequenas cápsulas pudessem *me* fazer desaparecer.

Minha atenção fica dispersa na aula do Fletcher, e tento pensar na minha própria lista de exigências. Imagino uma mensagem escrita com letras cortadas de revista:

Queridos Faust,
Estamos com o seu filho.
Nossas exigências são as seguintes:

Mas não consigo pensar em nada para exigir. Rabisco no meu caderno de matemática.

Escrevo: *Liberdade*.

Dã.

Escrevo: *Uma segunda chance*.

Merda. Isso não é uma exigência, é uma viagem de drogado. Eu não entendo, então não posso exigir.

Escrevo: *merda*. Então rabisco sobre a rasura para que ninguém consiga ler.

Não tenho nenhuma exigência. Não sei como exigir. Exigir não é algo que faço. O que faço é: eu quero. E, até agora, tudo o que quero são coisas que não posso ter. Como, por exemplo, alguém assassinar Tasha, ou ter uma mãe que compraria chocolate para eu levar de lanche em vez de vitaminas de proteínas. Ou a Hannah. Quero a Hannah.

– Você, você, você, Gerald. É só nisso que você pensa – Roger dizia. – Você se vê através das lentes do Gerald. E outras pessoas? Você consegue se importar com outras pessoas, sem que isso seja sobre você?

Olho em volta da sala de Educação Especial e sei que me importo com outras pessoas. Conheço a Deirdre há dois anos e me importo com ela. Faz todo esse tempo que conheço a Karen e a Jenny também, e me importo com ambas. A última vez que a Jenny teve um ataque, fui eu quem garantiu que a cabeça dela não se espatifasse no chão quando ela escorregou da cadeira de rodas. E me importo com a Hannah agora. Mas não acho que deveria. Ela deve achar que sou um perdedor por não sair correndo. Ela provavelmente vai se tornar mais uma Tasha na minha vida. Vou sempre me afogar na minha inabilidade patética de não conseguir respirar embaixo d'água.

· 128 ·

– Sim, Gerald?

Só quando o Fletcher me chama é que percebo minha mão estendida para cima. Não sei por que minha mão está estendida.

– Posso dar um pulo no banheiro, por favor?

Ele aponta para a mesa dele e eu pego uma ficha para ir ao banheiro e caminho até o mais próximo. Vejo meu reflexo no espelho e pergunto: "Quais são suas exigências, Reality Boy?".

Meu reflexo não tem nenhuma exigência.

Todas as exigências foram removidas do meu reflexo. Roger, meu removedor profissional de exigências, fez um trabalho impecável.

Dever é uma palavra suja. Ninguém deve *fazer nada para você. Você não merece nada mais do que já ganha.* Porém, Reality Boy ainda está zangado. Porque Reality Boy sabe que ele merece todos os tipos de coisas que ele nunca teve.

Quanto mais me encaro no espelho, mais sinto vontade de me dar um soco. Bem na cara. Quero quebrar meu nariz. Rachar meu lábio. Arrancar um pedaço da minha bochecha. Quero me socar até encontrar sentido. Em vez disso, dou um soco na porta do banheiro. A porta vai e vem e bate no apoio do papel higiênico. Minha mão fica adormecida. Mas não tão adormecida quanto o resto de mim.

32

EPISÓDIO 2
CENA 15
TOMADA 2

ERA PARA FAZERMOS frango com parmesão para o jantar de aniversário de casamento dos meus pais, mas a Babá não parecia muito preparada para cozinhar. Ela estava agitada. Conforme preparávamos a comida, do jeito que sabíamos, ela continuava dizendo: *Cuidado com os meus sapatos! Não deixa espirrar no meu vestido!*

Ela me entregou um saquinho de plástico cheio de farinha de rosca, farinha de milho e tempero que a Tasha havia misturado. Me disse para chacoalhar os filés de frango lá dentro. E os chamou de *filés*.

A Tasha a corrigiu:

– É filés.

A Babá olhou bem pra ela.

– Não seja malcriada – ela disse. Depois mergulhou o filé de frango dentro do saco que eu estava segurando e fechou. – Agora dê uma boa misturada! – ela disse. E eu chacoalhei porque ela e o diretor ensaiaram como chacoalhar um filé de frango no saquinho.

Lisi cuidou da parte do queijo e do molho, e espalhou os filés em uma travessa rasa de cerâmica. E Tasha, que acendeu o forno na marca dos 350 graus, colocou tudo lá dentro e acertou o relógio.

Eu ainda tinha o galo na minha cabeça de duas noites atrás, de quando a Tasha me empurrou das escadas.

Meus pais estavam no cinema. Nós fomos ao shopping naquela tarde e a Babá tomaria conta de nós enquanto meus pais teriam um jantar romântico e fariam coisas que pais fazem quando estão sozinhos. Segurar as mãos, presumo.

Pelo menos na frente das câmeras.

Não acho que minha mãe e meu pai davam as mãos. Nem se beijavam. Na verdade, foi naquela tarde que percebi que eles nem pareciam se gostar muito. Eles brigaram muito quando a cozinha estava sendo remodelada. E antes disso. E antes daquilo também. Lembrei, vagamente, de vê-los brigando quando eu era muito pequeno. Lembrei do meu pai uma vez dizendo que estava indo embora.

Parte de mim, do meu eu de 6 anos de idade, ainda sonhava acordado sobre isso. Sonhava que me levaria com ele. Não tinha certeza se eu tinha inventado isso na minha cabeça ou se meu pai tinha falado isso mesmo. Seria uma daquelas coisas que eu perguntaria para a Lisi quando nós finalmente conversarmos. Se um dia conversarmos.

Quando meus pais chegaram do cinema, eles ficaram muito surpresos com o frango à parmegiana. A Babá e a Tasha verificaram o forno para ver se estava perfeito. Nós preparamos uma salada como acompanhamento. Fizemos pão de alho. Servimos tudo a eles, e até puxei a cadeira da mamãe para ela sentar.

Nós, as crianças, subimos para nossos quartos com a Babá, que disse que era hora de nos prepararmos para ir à escola de manhã, de nos prepararmos para a semana. Ela disse à Tasha para ir ao quarto pegar sua lição de casa e verificar que suas roupas sujas estavam organizadas e no lugar certo. Daí a Babá levou Lisi e eu para o meu quarto com o *cameraman*. Ela olhou seu relógio de pulso.

– Nós temos uma hora para brincar com qualquer jogo que quiserem – ela disse. – Depois, a Babá tem um encontro para ir. – Ela chutou seu par de sapatos, afrouxou o cinto do vestido e sentou no chão, perto da minha cama.

Sem dizer uma palavra, Lisi entrou no quarto dela e trouxe o jogo Clue. A Babá chamou de *Cluedo*, e Lisi e eu demos risada quando ela disse isso. Lisi cuidou da parte de colocar as cartas dentro do envelope secreto, porque ela nunca trapaceava, e eu, às vezes, não conseguia me conter.

Jogamos três rodadas naquela hora.

A Babá disse:

– Vocês dois são pequenos presentes, sabiam?

Olhamos para ela como se não tivéssemos entendido o que queria dizer com isso. Ela explicou:

– Significa que seus pais têm sorte, porque vocês não causam problemas.

Lisi ficou quieta. Na minha cabeça, contei quantas vezes eu já havia causado problemas. Certamente contei como problema todas as vezes que caguei nas coisas pela casa. Concluí que a Babá devia estar bêbada. Talvez era isso que significava um encontro.

A Babá olhou para a Lisi.

– Tasha nunca jogou *Cluedo* com vocês como hoje?

A Lisi balançou a cabeça, negando.

– Tasha nos odeia.

– Tasha não odeia vocês – disse a Babá.

– Ela fala isso para gente o tempo todo – disse Lisi. – Ela nos xinga e bate na gente.

Passei a mão na cabeça e senti o galo na minha cabeça de duas noites atrás.

– Ela me empurrou para baixo das escadas porque ela me odeia.

– Vou ver isso – disse a Babá. – Isso faria você se sentir melhor?

Lisi começou a ficar vermelha agora.

– Não vai mudar nada.

– É – acrescentei.

– Meus pais nunca ligaram para o que a Tasha faz com a gente.

Por uma fração de segundo, a Babá pareceu ter compreendido. Como se, talvez, ela soubesse... Como se ela se lembrasse da promessa que fez dessa vez, de tornar as coisas justas na casa para mim. Então ela disse:

– Vamos mudar as coisas, sim? Quero ser a Senhora Peacock desta vez!

O *cameraman* filmou uma hora inteira até Tasha começar a gritar no quarto dela como se alguém a estivesse esfaqueando.

A Babá levantou e correu para o quarto da Tasha e bateu na porta, dizendo ao *cameraman* para ficar no corredor. Nesta hora, minha mãe já estava na metade das escadas.

– O que eles estão fazendo com ela?

– Deixa comigo – disse a Babá. – Desça e aproveite seu jantar.

– Como pode deixar isso acontecer? – perguntou minha mãe.

– Tasha está lá sozinha – disse a Babá.

Minha mãe claramente não acreditou.

– Onde está Gerald?

– Ele esteve comigo nesta última hora inteira – disse a Babá. Ela encostou a boca na fresta da porta. – Tasha! Abra a porta!

Tasha gritou:

– Quero minha mãe! Quero minha mãe!

– Estou aqui! – respondeu minha mãe.

A Tasha abriu a porta bem devagar, minha mãe empurrou de leve a Babá para o lado e entrou.

A Babá, Lisi, meu pai e eu ficamos parados no corredor até minha mãe abrir a porta e nos mandar ir para o quarto da Tasha ver o que estava acontecendo. Tinha esse cocô enorme na pia do banheiro dela. Supostamente. Não me deixaram ver, mas admito que fiquei curioso porque, até então, eu só tinha visto meu próprio cocô, e fiquei imaginando como seria o cocô das outras pessoas.

A Babá disse:

– Não foi o Gerald quem fez isso. Ele ficou comigo por uma hora. Estávamos jogando um jogo, na frente da câmera. – Ela parecia furiosa que minha mãe, de alguma forma, a estava culpando por isso.

– Bem, ele de alguma forma, num passe de *mágica*, entrou aqui e fez isso – disse minha mãe.

– É – disse Tasha.

A Babá e Tasha se entreolharam. Depois, a Babá levou a Lisi e eu para nossos quartos e nos disse para ficar lá de portas fechadas. Ela levou meus pais e Tasha para o andar de baixo, e, depois disso, não ouvi mais nada, porque fiz o que mandaram fazer e fiquei no meu quarto.

Mas, quando assisti ao segundo episódio quando foi ao ar, eles haviam cortado a coisa toda. O dia inteiro de gravação; o frango à parmegiana, a salada de acompanhamento, o pão de alho, a hora do jogo de Clue, o vestido esvoaçante da Babá e o encontro amoroso, até o cocô misterioso. Eles cortaram tudo, como se o dia nunca tivesse acontecido.

33

DURANTE A ÚLTIMA meia hora da aula de Educação Especial, fiquei ali sentado, pensando sobre o que tinha acontecido no banheiro e sobre o quanto eu queria ter socado a minha própria cara. Eu desejava poder me dividir em dois, e que esse outro eu me espancasse até a morte e, então, essa metade de mim pudesse ir para a prisão. *Menino Homicida pela Metade*: hoje, no jornal das 20 horas.

A caminho do estacionamento da escola, envio uma mensagem para Joe Jr. e entro no meu carro. *Foda-se essa merda.* Deleto. Você já se odiou? Deleto isso também. Por que a gente aceita isso? Deleto e reviro os olhos por ser tão dramático. Finalmente digito: *ainda não consigo descobrir por que o palhaço-dentista é engraçado pra caralho.*

Dirijo até a academia de boxe. Quando chego, está vazia, então vou direto para o saco grande de areia, pego um par de luvas e começo a trabalhar nele. É impressionante como sinto minhas mãos fora de forma após um intervalo de uma semana.

Hoje, depois de socar o lavabo estúpido do banheiro, minha mão direita dói quando bato no saco. Tento imaginar rostos no saco. *Tenha um bom dia, perdedor.* Tasha. Mãe. Tasha. Mãe. Tasha. Mas depois sou eu. Eu. Eu. Eu. Eu. Eu. Eu. Eu. Eu. Eu. Eu. Eu.

Depois de um tempinho, Bob, o treinador, vem na minha direção e me observa.

– Sua esquerda é fraca – ele diz. – Aqui. – Ele mostra como minha esquerda não está socando direito e move sua esquerda do jeito que quer que eu mova.

– Mantenha essa mão de bloqueio para cima – ele diz.

Puxo minha direita para perto do meu queixo e acerto o saco com a esquerda algumas vezes. Ele balança a cabeça, aprovando, e segura o saco por trás para estabilizá-lo. Minhas mãos ainda doem, mas continuo até encharcar minha camisa de suor. Então mudo para o saco *speed*.

– Você treinou essa merda com o jamaicano? – ele pergunta.

– Ele não é jamaicano.

Ele faz que sim com a cabeça.

– No entanto, você sabe de quem estou falando, certo?

– Sei.

– Ele é um boxeador ótimo – ele diz. – Acho que conseguiria ir até o fim.

Paro e olho para ele.

– Ele não podia comigo na semana passada. Muito lento.

– Ele é preguiçoso – disse Bob, o treinador.

Frequento essa academia há mais de 3 anos, e se o Bob acha que Jacko, o jamaicano falso, conseguiria ir até o fim, então presumo que ele saberia se eu também consigo.

– Eu poderia seguir carreira? – pergunto.

– Se permitissem você no ringue, acho que provavelmente poderia – ele disse.

Então comecei no saco *speed* e Bob voltou ao escritório, e fiquei indagando se eu sequer ainda gosto de boxe.

Agora que existe uma carreira e não posso chegar lá, o boxe parece idiota. É tipo aprender como ser um palhaço, mas nunca chegar a representar as cenas de dentista-palhaço no ringue. É tipo aprender como dirigir enquanto você passa a vida na prisão.

Parei de bater no saco e fiquei ali. Olhando fixamente para ele, enquanto ele balançava para trás e para frente até, finalmente, parar.

O saco sou eu. Não posso explicar por que o saco sou eu, mas o saco sou eu. Balanço, trocando os pés, e depois fico completamente estático. Não consigo entender o motivo. Não tenho a menor ideia do porquê de coisa alguma. Tipo, por que estou aqui. Ou por que parei. Ou por que eu estava balançando. Não tenho ideia de por que minha música tribal não funcionou hoje de manhã. E não tenho ideia de por que não me sinto como o cacique. Sem noção nenhuma do motivo de me sentir como o cacique, em primeiro lugar. Sem noção do motivo de, um dia, ter começado a treinar boxe. Ou a não treinar boxe. Sem noção do motivo de me enrolar num filme de PVC imaginário, e sem noção de como não me enrolar nesse plástico, ou o que isso realmente significa. Apenas não consigo respirar. Me sinto como se estivesse em combustão espontânea, então apanhei minhas chaves e minha camisa suada e parti.

Sento no estacionamento com o aquecedor no talo, até minha camisa molhada de suor ficar quente o bastante. Então dou um soco no painel. Isso faz as juntas dos meus dedos queimarem, como acontece quando soco a parede.

Um carro estaciona e vejo que é Jacko, o falso jamaicano. Ele sai do carro e entra na academia. Enquanto o observo, sou uma bola de neve cheia de fúria que acaba de chegar à base de uma colina bem íngreme. Eu desligo o carro e vou atrás dele.

Pego um novo protetor de boca e o coloco. Ele me vê e sorri, e eu concordo, de um jeito que diz que estou pronto. Ele veste os protetores também.

Encontramos um sujeito aleatório para nos ajudar com o resto e voamos para o ringue.

Ninguém toca o sinal e não temos um juiz. Apenas começamos. Invisto contra o rosto dele na maior parte do tempo. Ele ataca as minhas costelas. Há sangue em menos de um minuto, não faço ideia de quem, mas quem liga? Essa é a ideia. Sangue é o que importa.

S-A-N-G-U-E É O Q-U-E I-M-P-O-R-T-A.

Se eu pudesse fazer o Cagão sangrar no ringue, eu faria.

Se eu pudesse fazer sangrar tudo que está errado com a minha vida, eu sangraria até ficar vazio.

Acerto o rosto dele de novo e de novo, e seu nariz não para de sangrar. Ele é um chafariz de sangue, e mesmo assim não usa as mãos para me bloquear, e eu continuo acertando o alvo. *Ele sou eu. Eu. Eu. Eu. Ele é burro demais para bloquear o próprio rosto, então vou socá-lo.*

Tenha um bom dia, perdedor.

Minutos se passam. É impossível dizer quantos. Tento manter um certo ritmo, mas ele é desajeitado e lento, e não segue meus movimentos como fez na semana passada. Quando me esquivo das tentativas de acertar minha cabeça, ele me atinge de novo no estômago com força.

· 136 ·

Quando faz isso, aproveito para esmurrar mais vezes seu nariz, até entrar em uma espécie de transe.

No começo, ele falou coisas. Não sei o quê. Coisas para me provocar, tudo se confundiu na luta. Agora ele não diz nada. Está respirando pela boca. E deseja que o sino toque, eu acho. Mas não tem sino, e eu continuo socando a fonte de sangue.

Minhas costelas estão estourando. Consigo sentir os estalos. A sensação é boa. Costelas são como barras de prisão para meus órgãos. Jacko está estalando todas as barras. Jacko está me libertando. Costela por costela.

Esse pensamento me distrai. Esse pensamento me faz ver que estou falhando. Roger vai ficar tão decepcionado. Tanto, que começo a indagar se Hannah vai me visitar na cadeia. O falso jamaicano me pega pelo lado, na minha bochecha, eu acho – e faz meu pescoço torcer. Quase perco meu pé de apoio, mas levanto minha esquerda para me proteger, me esquivo um pouco para trás e dou uma respirada entrecortada. A sensação é de que estamos fazendo isso por uma hora.

Agora ele está arqueado, ainda jorrando sangue. Está cansado. Tenta mirar na minha cabeça algumas vezes, mas o engano, me protejo e bato forte na sua barriga e peito, o que o derruba e ele se dobra no meio enquanto está encurvado. Pego seu joelho e explodo a cara dele e sua cabeça. Ele recua e eu o chuto como se ele fosse um animal.

Eu sou um animal. Jacko apenas quebrou minha jaula.

– Uou! Uou! – alguém disse. É Bob, o treinador. – Meu Deus, caras! Que diabos está acontecendo aqui?

Antes de agora, nada existia fora do ringue. Agora existe Bob. E Jacko está jorrando um rio de sangue.

– Que diabos, garoto?

Jacko também não está dizendo nada, ao mesmo tempo em que Bob enfia umas coisas no nariz dele e passa uma esponja de absorção na cara dele, pra ver onde estão os cortes. Eu ainda me esquivo. Na expectativa. Esperando. Meu corpo está no modo destruição. Bob vem até mim e gesticula para eu levantar as luvas. Ele as tira e minhas mãos são como porretes.

– Você nem mesmo passou a fita? – ele pergunta.

Aquilo ecoou. *Você nem mesmo passou a fita?*

É uma pergunta estúpida, feita por alguém que acha que pensamos nisso antes. Tipo, antes desse dia, Bob não conheceu adolescentes furiosos e impulsivos.

Ele me faz sentar em um balanço no canto do ringue, com as mãos em um balde de água com gelo. Enquanto me sento ali, ele leva Jacko ao escritório, e eu de novo, começo a indagar se Hannah vai me visitar na cadeia.

– Eu visitarei – diz a Branca de Neve.

– Eu também – diz Lisi.

– Eu realmente gostaria de falar sobre isso agora – digo.

Elas desaparecem e ouço o eco. *Eu realmente gostaria de falar sobre isso agora.*

34

ESTOU NO MEU CANTO feliz, navegando na internet e fazendo compressa de gelo na bochecha, costelas, mãos e em qualquer outra parte. Minha mãe me perguntou para que era o gelo. Falei que estava na academia e sentia dores nas mãos. Ela não ficou nada surpresa.

Mas, se minha bochecha ficar roxa, ela vai ver. E o Roger também vai ver, na consulta de amanhã. Mas não saí com a cara pior do que a do jamaicano falso. Ele ficou tão destruído, que olho pela janela a cada cinco minutos para ver se a polícia chegou.

A internet me ajuda a esquecer. Alguns caras assistem a videoclipes, outros assistem a pornografia. Eu assisto a vídeos de circo, porque realmente acho que vou trabalhar com isso um dia. Realmente acho que Joe Jr. está errado sobre como minha vida é boa. Não é ele quem mora numa gaiola, sabe?

Enquanto assisto ao vídeo de trapézio várias vezes e fico grudado na tela do monitor, tento viajar para o Dia B, sem sucesso. É como se o Dia B tivesse sido *hackeado*, e alguém tivesse alterado minha senha.

Os trapezistas são artistas que fazem algo mágico. É um circo em Mônaco, onde ninguém nunca ouviu falar do Cagão. Nesse espetáculo, há três mulheres asiáticas e três homens asiáticos. Nunca vi nada igual na minha vida – tantos giros e voltas, e daí conseguem se agarrar um no outro no meio do ar. Como eles conseguem fazer aquilo? Quase penso em tentar o trapézio, mas daí me lembro que nada disso faz sentido, como boxe. Aprender trapézio só significaria que eu nunca seria capaz de fazer uma performance no trapézio.

Clico num vídeo diferente e assisto a um cara fazendo um salto duplo, sua mão escapou e ele aterrissou na rede. O público aplaude mesmo assim.

Minha mãe chama meu nome, mas ignoro. Então ela me chama de novo.

– Gerald! Telefone pra você!

Vou para o quarto dos meus pais para pegar o telefone sem fio, não consigo pensar em quem me ligaria em casa. Deve ser a Lisi, que captou minha mensagem mental dizendo que eu precisava falar com ela. Ou talvez seja a polícia.

– Ei – diz a Hannah. E minha mãe desliga.

Meu coração para por um segundo quando percebo que é ela.

– Está aí? – ela pergunta.

– Estou – digo. – Oi. Como você... hum... digo, nossa! Tinha certeza de que nosso número não estava na lista telefônica.

– Está – ela diz.

– Ah. – Caminho até meu quarto bem rápido para que minha mãe não possa me ouvir e fecho a porta.

– Foi Beth quem me passou – ela explica.

Tenho certeza que a Beth só tinha meu número de celular, mas enfim. Isso não importa agora, importa?

– Então, você vai trabalhar na quarta-feira? – pergunto. – Noite do dólar. Vai ser uma zona.

– Não liguei para falar de trabalho – ela fala. – Liguei para falar de você.

– De mim?

– Você.

– O que tem eu? Digo... sim. O que tem eu? – falo.

– Gosto de você. Quero sair com você. Sair. Juntos – ela fala. – E antes que você fale, de novo, que não tem permissão, você tem que saber que eu também não tenho permissão. E que meus pais não podem saber. Meu irmão, então, não pode nem sonhar.

Estou no Dia B. Minha escrivaninha é feita de massa de waffle. Sou sorvete. Sorvete cremoso de pêssego.

– Gerald? – ela diz.

– Oi.

– E só para você saber, não estou tentando te desafiar. Digo, gosto de você já faz um tempo, e eu era muito tímida para dizer qualquer coisa porque, bem, porque você é o Gerald.

– Nossa. Não imaginei – eu falo. E depois de um segundo de desconforto, tentando achar alguma coisa para dizer, respondo: – Adoraria sair com você... Nossa, isso soa tão retardado.

– Não fala isso – ela diz.

– O quê?

– Sair para um encontro com uma menina não soa retardado. Além disso, essa palavra me incomoda. Então tem a regra número um. Nada de dizer *retardado*.

– Ah – eu falo. – Ouço muito isso, então acho que não me incomoda mais. Mas, se estamos criando regras, vou fazer uma.

– Sim, estamos criando regras. Qual é a sua?

Não tenho a mínima ideia de qual regra é a minha, então falo bruscamente:

– Nada de musicais. Odeio musicais. Filmes, peças de teatro, quaisquer musicais, pode esquecer – eu falo. Estou brincando, mas ela não ri. Parece nervosa. *Você não acredita de verdade que ela gosta de você, né? Ela provavelmente colocou você no alto-falante agora, juntou os amigos dela, e estão em volta, com a mão na frente da boca, segurando a risada.*

– Isso é fácil. Também odeio musicais – ela diz. – E nada de comédia romântica. Odeio aquela merda.

– Fechado – eu falo. Levanto a mão direita, dolorida, passo no rosto e sinto meu sorriso. Traço com meu dedo indicador.

– Como assim ser chamado de retardado não incomoda você? – ela pergunta. – Digo, você entendeu. Sei que todo mundo na sua sala já foi chamado de alguma coisa, pelo menos uma vez, mas ainda assim.

Então ela sabe que eu frequento a sala de Educação Especial. Que bom.

– Acho que ser o Gerald, o "Cagão" Faust, tem seus benefícios – eu falo. – Além disso, tem muita coisa que você não sabe.

– Então teremos que marcar longas caminhadas para falar disso – ela diz.

Não sei o que falar. *Dou uma semana, estourando, até você ferrar com tudo de uma vez.*

– Gerald?

– Oi?

– Então... hum... Você não está concordando só porque sente pena, né?

– O que você quis dizer quando disse que era tímida, e porque sou o Gerald? – pergunto.

– Ah, você é o Gerald. Famoso. Uma celebridade local. Geralmente intocável por qualquer estrela de reality show da TV que ia atrás de você.

– Merda – falo.

– Desculpa.

– Não sou famoso. Sou infame – falo. – Tem uma grande diferença.

– Não sei. Acho que você é famoso – ela fala. – E eu deveria saber. Lembro até quando foi publicado um artigo sobre sua família e minha mãe recortou para eu guardar.

– Você assistia àquela porcaria?

– Assistia. Você não?

– Não acho você tímida – eu falo.

– Sou tímida até você me conhecer, daí sou apenas a Hannah. – Ela dá uma risadinha. – E, Gerald?

– Sim?

– Amanhã na escola você vai estar de boa, coisa e tal? Tipo, comigo? Isso não é uma brincadeira de mau gosto, né?

Não sabia que outras pessoas podiam ser tão paranoicas como eu, especialmente a Hannah. Ela parece tão confiante. Talvez por isso tenha um psiquiatra. Talvez ela seja paranoica. Talvez ela seja bipolar como a Tasha. Bosta.

– O quê? – eu digo. – Claro que vou estar de boa com você na escola. Somos amigos. Tipo, mesmo que esse negócio de termos um encontro não funcione, somos amigos. – Falo isso como se fosse num filme do Charlie Brown. Tipo, eu sou o Linus, e ela é uma Linus menina.

– Que bonitinho – ela fala. – Provavelmente impossível, mas bonitinho. Agora vai explicar para sua mãe que não sou uma esquisita. Ela agiu como se eu fosse alguém te perseguindo ou algo assim, quando pedi para falar com você. Acredito que vocês passem muito por isso. – Hannah dá risada, como se fosse engraçado, mas, por um tempo, nós realmente passamos por essa situação.

– Pode deixar – eu falo.

– Vou assistir ao episódio de ontem à noite do *Dumb Campers*, que eu gravei. Não vejo a hora de ver quem foi eliminado na votação. Tchau, Gerald.

– Tchau.

Penso, *regra número três: Não falar sobre reality show. Nunca.*

Sento por um minuto, sorrindo. Quando abro a porta do meu quarto para colocar o telefone na base no quarto dos meus pais, minha mãe está no topo das escadas.

– Quem era? – ela pergunta.

– Era só uma menina da escola – falo.

– Foi o que ela me disse. Mas como ela conseguiu nosso número? Pensei que o combinado era passarmos apenas o número de celular, lembra?

– É, desculpe. Acho que passei sem querer. Estava com pressa – digo.

– Com pressa?

– É. Ela precisava de ajuda com equações lineares – eu minto. – Era o fim da aula. Acho que o número antigo acabou saindo.

Atravesso o quarto dela e coloco o telefone na base. Ela ainda está no topo das escadas quando volto.

– Equações lineares? – ela pergunta.

– É. Quem diria? – eu falo. Depois volto para o meu quarto e fecho a porta. Deito na minha cama, fecho os olhos e volto para o Dia B, em que posso contar à Lisi que tenho uma namorada. Quero estar no trapézio, pegando as mãos dela conforme ela pega nas minhas. Quero ser o baseado que ela fuma, então podíamos finalmente conversar sobre tudo sem usar palavras, porque serei a droga no cérebro dela. Quero sorvete cremoso de pêssego. Eu quero *ser* um sorvete cremoso de pêssego.

– Exijo ser um sorvete cremoso de pêssego – sussurro.

35

**EPISÓDIO 2
CENA 0
TOMADA 0**

— **NÃO SE ATREVA** a dizer uma palavra – disse Tasha no meu ouvido.

Ela estava com o joelho cravejado bem no meio das minhas costas. O vizinho, Mike, ainda estava pelado na cama dela, deitado e sorrindo.

— Tenho 12 anos agora e posso fazer o que quiser – disse Tasha. – E você é gay de qualquer forma, então sai daqui e vai sonhar com pintinhos ou ter qualquer outro sonho que gayzinhos retardados como você têm.

Antes que eu pudesse correr, ela me agarrou pelo colarinho da camisa polo, e senti o botão pressionar na minha garganta.

— Se você contar para eles, eu te mato.

Então ela me largou, correu para meu quarto e trancou a porta atrás de mim.

Cinco minutos depois, dava para ouvir sons vindos do meu quarto, então desci sorrateiro para o andar de baixo, onde Lisi estava lendo um livro. Esse foi o único dia em que minha mãe confiou na Tasha para ficar de babá, enquanto ela ia treinar para uma caminhada de fim de semana para esclerose múltipla, ou câncer, ou qualquer coisa. Ficaria fora de casa por uma hora e meia só, ela disse. Mike apareceu em casa cinco minutos depois que minha mãe saiu. Ele morava duas casas abaixo de nós.

Nessa semana, estávamos de férias das câmeras e da Babá. Era a semana perfeita para Tasha trazer um garoto para dentro de casa, pela porta dos fundos. A semana perfeita para minha mãe deixá-la tomando conta da gente pela primeira vez. Todos estávamos fazendo coisas escondidas agora.

– O que significa ser gay? – perguntei à Lisi.

Ela olhou por cima do livro que estava lendo e suspirou.

– Você não é gay. Tasha só é malvada.

– Mas o que isso significa? – perguntei. Eu tinha 6 anos e Lisi 8, Tasha tinha acabado de fazer aniversário de 12 anos, uns dias depois da noite do frango à parmegiana com meus pais. Ela queria uma festa para os amigos dela dormirem em casa, convidou dez amigos, mas só um veio. Lisi disse que era porque ela era chata com os amigos também.

Lisi suspirou de novo.

– *Gay* significa duas coisas. Tecnicamente, significa meninos que gostam de meninos, ou meninas que gostam de meninas. Mas muita gente fala essa palavra querendo dizer *idiota*.

– Então, Tasha está só me chamando de idiota? – perguntei.

– A Tasha está te chamando de ambos, eu acho. Ela me chama disso também.

– Ah... – disse.

– Ela só está sendo grosseira. Mais seis anos e ela vai embora daqui – Lisi disse.

– Seis? – perguntei. Fiz as contas com meus dedos. Significava que, quando eu completasse 12 anos, ficaria livre da Tasha.

– Sim. Ela vai para a universidade ou algo assim. O que será bom para nós.

– É.

– Você quer que eu leia o *Harry Potter* para você? – ela perguntou.

Eu me acolhi perto dela, e ela leu até minha mãe chegar em casa. O Mike saiu de mansinho pelas portas dos fundos, enquanto minha mãe tomava banho, e Tasha disse que precisava tomar banho também. Naquela época, eu não tinha noção do que ela e o Mike estavam fazendo. Não sabia nada sobre sexo e não entendia que alguém com 12 anos era provavelmente muito jovem para fazer isso.

Até agora, o sonho da Disneylândia da Tasha estava próximo de se tornar realidade. Parei de cagar nas coisas, exceto no banheiro. Todos nós cumpríamos com nossas tarefas. Às vezes, Tasha era até boazinha com a gente. Ela se oferecia para jogar um jogo de tabuleiro ou fazer alguma coisa divertida. Mas então voltava a ser quem ela era de verdade e começava a me bater ou me sufocar, e nos xingar. Lisi me contou que o problema de Tasha era *hormonal*. Não tinha ideia do que isso significava, mas Lisi dizia que isso deixava Tasha pior do que ela já era, então nós devíamos tentar ficar na nossa.

Naquele dia, quando Tasha estava de banho tomado e cheirosa, e minha mãe também, elas tiveram uma discussão homérica no andar de cima sobre algo. Nós subimos as escadas de mansinho, espiamos o quarto da Tasha e vimos o que ela estava fazendo.

Lembro dos meus olhos ficarem tão abertos que eu não conseguia piscar. Lisi ficou boquiaberta.

Tasha pressionava minha mãe na parede, com as mãos em volta do pescoço da minha mãe, e ela gritava: *"Vagabunda! Eu te odeio! Queria nunca ter nascido!"*.

Minha mãe tentou dizer alguma coisa, mas Tasha estava apertando forte demais. Quando ela se deu conta disso, largou minha mãe. E então, Tasha deu um tapa forte bem na cara dela. Por anos, revivi aquela cena diversas vezes na minha cabeça. Pensei sobre como devia ter salvado minha mãe. Em como eu devia ter impedido isso de alguma forma. Mas sabia que não podia, porque não entendia tudo. Não entendia a palavra *psicopata* quando tinha 6 anos. Mas teria sido útil.

Ainda dava para ver a marca no rosto da minha mãe quando todos nós sentamos na mesa de jantar aquela noite. Lisi apontou para mim, para me lembrar. Meu pai não chegou em casa até tarde, quando minha mãe já estava na cama.

36

ACORDO E VEJO QUE meu rosto não ficou marcado por causa do gancho direito sortudo do Jacko. Está só um pouco vermelho. Minhas costelas? Outra história. Elas estão roxas, azuis, amarelas e pretas.

Se minhas costelas fossem minha cara, estaria seriamente encrencado.

Mas ninguém vai ver minhas costelas, então apenas engulo uns comprimidos para dor de cabeça e vou pra a escola. Entro no meu carro sem olhar para ninguém. Nem pra minha mãe. Nem pra Tasha. Pulo os tambores e a tinta de guerra. Depois de ontem, quando soquei o jamaicano falso no ringue, sinto que seria dissimulado.

Na hora do almoço, Hannah me encontra na porta da cantina, caminhamos juntos, nos sentamos num dos sofazinhos e fazemos uma pilha de livros na outra metade do assento. Ela despeja o saquinho de lanche dela e troco metade do meu sanduíche de presunto e queijo por um pacote de bolacha Oreo, da montanha de comidas nada saudáveis dela. Hannah tem até aquela bala que faz a língua formigar. Achava que nem fabricavam mais isso.

– Regra número três – falo de uma vez. – Nada de falar sobre TV. Especialmente reality show.

Ela me olha.

– Mas isso é tudo o que faço. – Ela percebe que isso me chateia ou me deixa preocupado, ou algo nesse sentido. – Digo, tenho que assistir ao que meus pais assistem, porque temos apenas uma TV, e isso é tudo o que eles veem. Mas não é de todo mal, Gerald.

– Não estou te dizendo o que assistir ou o que não assistir, mas só não fala sobre isso comigo. Não assisto à TV. Nunca.

– Nossa – ela fala.

– Não é tão difícil quanto você pensa – eu falo. – Tem muitas outras coisas para se fazer, sabia?

Ela tira seu caderninho e vira para a página em branco de trás.

– Então, regra número um, nada de dizer *retardado* – ela diz, e olha para mim. – Ainda não acredito que não se importa com essa palavra.

– Você vai me entender um dia, prometo – falo. Merda. Não sei ao certo se entendi isso que falei, então não tenho a menor ideia de como vou explicar para ela. Talvez através de uma carta.

Cara Hannah, não sou retardado de verdade. Minha mãe só insistiu que eu fosse retardado por algum motivo que ainda não sei qual é. Com carinho, Gerald.

– Qual era a regra número dois? – me pergunta.

– Nada de musicais.

– Certo – ela diz, e rabisca. – E a regra número três é não falar sobre TV ou reality show.

– Isso.

– Mas posso mencionar que assisti?

– Não.

– Não posso nem contar sobre alguma parte engraçada?

– Para mim, não *há* partes engraçadas – falo.

Ela faz que sim com a cabeça.

– Entendi. – Ela fica olhando para a lista. – Então, acho que a regra número quatro é que meus pais não podem saber, e nem meu irmão pode saber.

– Nem a minha irmã. Argh.

– Certo. Nem sua irmã – ela diz. – Ela não voltou para a universidade nem nada do tipo?

– Ela mora no nosso porão. E prefiro não falar sobre isso – digo. – Mas não é uma regra. Vou querer falar disso, acho. Só que não agora. – Ela faz que sim com a cabeça. – E qual é a do seu irmão? Ele vai vir atrás de mim para cortar meu pinto?

Ela ri pelo nariz.

– Ele está no Afeganistão. Mas é muito protetor comigo, e meus pais também são. – Ela suspira. – Parece que eles acham que vou me tornar uma estatística qualquer.

– Ah – eu falo. – Então funciona com minha regra seguinte. A número cinco. Nada de contato físico por dois meses.

Ela olha para mim.

– Caralho. Sério?

– Você acha que é muito tempo?

– Hum... sim? – ela fala. – Dois meses é tipo sessenta dias.

Balanço os ombros.

– Tenho dificuldade para confiar. Você também tem. Nós temos terapeutas e aquela merda toda. Acho que devíamos ir com calma.

– Mas *dois* meses? Você está usando crack – ela fala. Daí se inclina pra perto de mim. – Estava com esperança de beijar você mais tarde. Ou talvez no nosso encontro. Ou talvez no trabalho na quarta-feira. Noite do Dólar, certo? Quem não ia gostar de ganhar um beijo na Noite do Dólar?

– Ainda mantenho a regra número cinco – falo. Só não quero que algo dê errado. Quero que seja real. Não tenho certeza de como explicar isso à Hannah.

Querida Hannah, até agora minhas únicas opções eram cadeia ou morte. Com carinho, Gerald.

– Olha – ela diz. – Vou escrever, mas acho demais. E acho que é uma regra que podemos quebrar. Combinado?

– Combinado.

Ela fecha seu caderninho.

– Posso te fazer uma pergunta?

– Claro.

– Reality show é real?

– Você está mesmo me perguntando isso? – pergunto e, simultaneamente, penso, *não acredito que ela acabou de me perguntar isso.*

Ela faz que sim com a cabeça, com inocência, e olho para ela por um minuto, sentindo minhas costelas quebradas latejando por baixo da camisa. Já contei para vocês sobre as sardas dela?

– É tão longe da realidade, você não tem ideia – falo.

– Então, a criança que eu vi na TV não era você de verdade? – ela fala de um jeito estranho. – Tipo, você não fez aquelas coisas, ou fez?

Respiro profundamente.

– Fiz aquelas coisas. Mas vocês nunca viram quem nós éramos de verdade. Você viu apenas o que eles escolheram mostrar, para ter mais entretenimento. A Babá nem era uma Babá real. Ela era só uma atriz. Sabia disso?

– Você deu um soco nela mesmo?

Aquele episódio foi largamente divulgado.

– Sim – eu falo. – E faria de novo.

– Já vi no YouTube. A cena do soco. Cara, é engraçado – ela diz. – Tipo, tem seis milhões de visualizações até agora.

Balanço os ombros.

– Para uma criança de 6 anos, você tinha um soco do caramba – ela diz.

– Você está quebrando a regra número 3 – eu falo.

– Ah vai. Tenha senso de humor – ela diz.

Olho pra ela de um jeito irritado e sinto meu rosto ficar vermelho de raiva. *Olha aí, seu idiota. Não durou nem 24 horas. Falei para você.*

37

DEPOIS DA ESCOLA, Hannah me encontrou em frente ao meu armário e me pediu uma carona até a casa dela. Ainda estou nervoso com aquilo que ela disse depois do almoço. *Tenha senso de humor.* Só de pensar nisso meu rosto fica quente de novo.

– Claro – eu falo. E não digo mais nada.

Quando saímos, está mais frio do que estava de manhã, e, de repente, estou congelando e sem casaco. Conforme espero o aquecedor ligar, Hannah se senta no banco passageiro e lê mensagens no celular. Ligo meu celular e vejo minhas mensagens também. Tem uma da Lisi, a primeira de todas.

> O q vc quer de níver? Devo te dar só um vale-presente?

E uma do Joe Jr.:

> Vamos embora para Carolina do Sul hoje. Depois para Filadélfia. O palhaço-dentista ainda não é engraçado.

Respondo à mensagem do Joe Jr.:

> Até mais. Me passa seu endereço na Filadélfia.

Depois, respondo à mensagem da Lisi:

> Quero uma pá de presente. Estou cavando um
> túnel até a Escócia.

É o melhor que consigo fazer pela Lisi. Brincadeira. Sei que sabe quanta saudade sinto dela. Mas acho que ela não sabe o quanto *preciso* dela. Sei que é egoísmo, mas, às vezes, não entendo como foi tão fácil para ela me deixar aqui com essas pessoas. Como poderia ter feito isso e nem me ligar?

– Qual é o seu telefone? – pergunto para Hannah.

Ela dita os números sorrindo para mim, e sinto minha raiva diminuir. *Talvez eu precise mesmo de senso de humor.* Adiciono o número dela à minha lista de contatos e envio uma mensagem.

> Só porque criei a regra número cinco, não
> significa que não quero.

O celular dela vibra, ela lê a mensagem, me adiciona à lista de contatos e me responde por texto.

> Eu sei.

– Então, você lembra como chega na minha casa? – ela pergunta assim que saímos do estacionamento da escola.

– Sei.

– Não é um lugar fácil de esquecer, eu acho – ela diz. – Nem o fato de que agora está saindo com a filha do sucateiro.

– Você não é a filha do sucateiro – eu falo.

– Sei quem eu sou. Não precisa detalhar para mim, tá bom? Vivi aqui minha vida inteira – ela diz. – Estou muito de saco cheio.

Balanço a cabeça.

– Sabe quantos pais deixam suas filhas dormirem na casa da filha do sucateiro? Nenhum. Sabe quantos pais deixam suas filhas virem em casa brincar? É. Nenhum. E quantas crianças vêm dizer travessuras ou gostosuras? Isso seria... nenhuma – ela acrescenta.

– Travessuras ou gostosuras é um pé no saco, de qualquer forma – falo.

Ela balança a cabeça e pergunta se quero ouvir a música de punk rock dela sobre ser a filha do sucateiro, e depois ela canta para mim sem eu consentir. Não tenho certeza se posso qualificar como música, porque são só uns gritos, depois mais gritos e muito palavrão no meio, e depois um berro – como um grito de morte – no final.

– Muito legal – falo.

– Você devia ouvir essa música ao som de um violão. É muito melhor – ela responde.

– Você toca violão?

Ela passa os dedos pelos cabelos.

– Ah, não. Hum... Meu ex tocava.

– Ah.

– Desculpe.

– De boa – falo. – Nós tínhamos uma vida antes de nos conhecermos.

Mas, quando falo isso, percebo que eu não tinha uma vida antes de nos conhecermos. Bom, acho que tinha uma vida, mas... *Tenha senso de humor, Gerald.*

Assim que chegamos à estrada, Hannah me pergunta:

– Tem certeza que não quer parar no campo de basebol e dar uns amassos?

– Realmente não acho que deveríamos quebrar uma regra bem no dia em que a criamos – falo. – Isso só mataria a viabilidade de todas as regras futuras. – Mas a verdade é que não consigo imaginar a dor que sentiria se ela me desse uns amassos agora. Sinto que meu peito vai desabar, e não vejo a hora de chegar em casa e abrir o armarinho de remédios da minha mãe. Faço planos de tomar uns remédios de prescrição para dor.

– Você quer estacionar e só conversar? – ela pergunta. – Porque ainda estou sem vontade de ir pra casa. Minha lista de coisas para fazer está longa demais hoje. Ficarei acordada a noite toda, aposto.

– Sério? – pergunto enquanto estaciono no campo de basebol. – Esqueço como a escola normal tem tanta lição de casa.

– Já fiz minha lição de casa – ela diz. – A lista de coisas para fazer é a mesma merda de sempre de terça à noite. Limpeza, na maioria. Depois jantar. Depois lavar a louça. Depois dobrar algumas roupas, ver se tem alguma lição de casa sobrando, e depois limpar tudo. E ir pra cama. Antes da meia-noite, se eu tiver sorte.

– Você lava sua própria roupa? – Só a ideia faz com que eu me sinta um bebezão. Minha mãe ainda lava *toda* a minha roupa. Ela dobra meus shorts boxer em pequenos quadrados perfeitos.

– Lavo a roupa de todo mundo – ela diz. Depois ri. – Merda. Faço *tudo* para todo mundo. Período integral como a filha do sucateiro.

Sorrio para ela e me sinto o filhinho da mamãe que dobra cuecas boxer em quadradinhos.

– Exceto a sucata – ela diz. – Não vendo ferro-velho, não negocio, não empilho ferro-velho, não compro ferro-velho, nem tenho nada a ver com ferro-velho. Mas todo o resto eu faço.

– Ah. – Repenso os discursos de 1-2-3 da Babá sobre responsabilidade e sobre como cumprir tarefas nos torna pessoas independentes, mas soaria excessivo. – Por quê? – pergunto.

– Eles estão ocupados demais assistindo à TV e esperando a ligação, que nunca chega, da morte do meu irmão.

– Nossa.

– Sim – ela diz.

Um minuto se passa.

– É por isso que você vai a um psiquiatra?

Ela balança os ombros.

– Não. Minha mãe acha que o psiquiatra vai me ajudar a ser menos esquisita.

– Você não é esquisita

– Ambos somos esquisitos – ela corrige. – O que você quer dizer é: *Não tem nada de errado em ser diferente.*

– Total.

– É, minha psiquiatra não entende isso. Ela é tipo a Martha Stewart dos psicólogos ou algo do tipo. Ela vai me ensinar a me vestir direito e fazer um *scrapbook*, num piscar de olhos.

Dou risada.

– Nada de *scrapbook*. Devíamos fazer uma regra sobre isso – falo. – E não ouça o que sua psiquiatra fala. Você é perfeita do jeito que é. – Olho para ela por um segundo mais longo, ela percebe e olha para baixo.

– Acho que precisamos ir – ela diz. – Ou podíamos ir para a casa da Ashley e falar um "oi" para o peixe – ela acrescenta.

Quero mesmo fazer isso, mas não posso pular meu encontro com o Roger.

– Tenho horário marcado com meu psiquiatra em uma hora. Talvez amanhã? – falo pra ela.

Saio do estacionamento do campo de basebol e dirijo em direção à rua da casa dela. Quando chegamos à caixa do correio, ela fala:

– Me deixa aqui.

Ela se inclina como se fosse me dar um beijo rápido de tchau, depois afasta e diz:

– Psicopata. – E bate a porta do carro.

Coloco o aquecedor no máximo e saio para meu encontro com o Roger. Não sei por que sou tão frio. Assim, olho para o banco do passageiro, e a Branca de Neve está lá, segurando um pote gigante tamanho industrial de sorvete cremoso de pêssego.

– Meu Deus – falo. – Você me assustou.

– Assustei você? – Branca de Neve ri. – Porque acho que nunca assustei ninguém na minha vida inteira, Gerald.

– Merda – falo. Então vejo que ela sorri para mim e me sinto mal por falar palavrão na frente da Branca de Neve.

Meu Deus, Gerald. Tenha senso de humor.

38

– COMO ANDA SUA RAIVA? – pergunta Roger.

– Está irada, acho. Não sei dizer ao certo. Não a vi – falo.

Olhamos um para o outro.

– Nadinha de nada?

– Nada.

Olhamos um para o outro de novo.

– Sério?

– Sério – digo. Verdade: sinto-me um pouco chapado dos analgésicos que peguei do armarinho da minha mãe.

– Estou orgulhoso de você, cara. – Ele me dá um tapinha no braço e sinto esse tapinha vibrar até chegar às minhas costelas machucadas e doloridas. – No nosso último encontro você ainda estava trabalhando nos sentimentos em relação à sua irmã.

– Ela é um saco – falo.

– Nível de raiva?

– Talvez 3 ou 4 – respondo. – Nada de mais. Ela me chamou de perdedor ontem, e eu não liguei – menti.

Ele olha para mim como se soubesse que estou mentindo.

– Você está sob o efeito de analgésicos ou algo do tipo?

– Não.

– Sabe – a Branca de Neve diz. – Você devia contar a verdade.

– Alguma coisa acontecendo na escola? – Roger pergunta.

Cala a boca, Branca de Neve.

– Estou indo bem em álgebra – falo.

– Álgebra? Hum... Bom pra você, cara.

– Obrigado. – *Sim. Obrigado por não notar que a maioria dos alunos do colegial são bons em álgebra faz dois anos, e fui considerado retardado propositalmente pela minha própria mãe.*

Nota mental: *Bosta. Você precisa pensar sobre isso, Gerald.*

Por que minha mãe ia querer que eu fosse retardado?

E, o mais importante, a necessidade inerente dela de me colocar na sala de Educação Especial me tornou o arranca-pedaço-da-cara e agressor-do-Jacko, que sou hoje?

Branca de Neve destila: "*Você pode contar de um jeito que pareça que você e aquele menino estavam só lutando boxe no ringue. Não é uma má ideia, é? Ele não poderia esperar que você durasse tanto tempo sem entrar naquele ringue*".

Olho feio para ela.

– Há alguma coisa de errado? – pergunta Roger.

Tudo está errado. Tudo sempre está errado. Tudo sempre vai estar errado. Mas Roger não precisa saber de nada disso. Roger só precisa da minha melhora. O supervisor dele precisa ver um progresso anual nos pontos de acompanhamento de agressividade e uma diminuição de incidentes. É tudo que o Roger precisa.

– Aconteceu alguma coisa? – pergunta Roger.

– Não.

Ele semicerra os olhos, querendo dizer *Vai, fala.*

– Conheci uma menina – falo.

Meio que espero um tapinha nas costas e uma risada rouca, mesmo depois dos alertas que ele me deu. Homens falando de meninas. Meninas: a resposta para todos nossos problemas.

Em vez disso, Roger estremece.

– Cara. Toma cuidado.

– Ela é legal – falo.

– Entendi. Você tem, tipo, 17 anos e gosta de meninas. Eu realmente entendo – ele diz. Ele junta os dedos uns nos outros e procura algo mais para dizer. – Só tenha cuidado. Por mais que você goste dela agora, ela vai te colocar no limite um dia. Digo, essa calma que você sente... é temporária.

Branca de Neve dá aquela risadinha irritante que sai da garganta.

– Temporária. Oh, não. Nós não esperávamos por isso, não é?

– Oi? – É como se ele fosse o Cagão e tivesse acabado de cagar na minha alegria.

– Você me ouviu? – pergunta Roger.

– Ouvi. – *Estou cansado de pessoas que cagam na minha alegria.*

– Alguma coisa errada?

Olho para ele e consigo ouvir a pressão do sangue no meu ouvido. Olho para a Branca de Neve e depois para o Roger.

– Como qualquer pessoa poderia esperar que eu treinasse numa academia cheia de idiotas agressivos e não terminar no ringue lutando com um deles? Quero dizer, que merda. Onde vocês estavam com a cabeça? Por que não sugeriram tênis ou alguma merda desse tipo? Por que boxe? Eu já estava batendo nas pessoas, certo? – eu falo.

Roger balança a cabeça.

– Quero dizer, estou errado em achar que foi uma das ideias mais idiotas que já teve? E onde estavam meus pais quando eu voltei para casa e contei a eles que estava treinando boxe? Eles são burros?! Boxe? Sério?

Eu o estou fitando e percebo que ele nem parece tão decepcionado assim. Ele quase parece feliz por eu dizer isso. Branca de Neve está com um sorriso tão grande que quero bater na cara dela. *Tenha senso de humor, Gerald.*

Vejo a expressão contente no rosto do Roger e falo:

– Espera aí... Isso foi alguma espécie de teste ou algo assim?

– Volta – ele diz. – À briga. – Ele joga a cabeça para trás de leve e sorri. – Você ganhou?

Lembro que o Roger foi, um dia, um bobinho raivoso como o restante de nós em EF. Ele foi *salvo* e quer me salvar. Ou talvez não. Imbecil.

E ainda assim, não consigo segurar meu sorrisinho afetado. *Você também é um imbecil, Gerald.*

Branca de Neve parece decepcionada com ambos.

– Mostre suas mãos – ele diz.

Eu mostro. Ele inspeciona os rachados, machucados e inchaços. Levanto minha camisa sem ele pedir e mostro minhas costelas.

Quando estico meu pescoço para baixo para enxergar, vejo que minha pele está coberta de pontos vermelhos-roxeados tão escuros que me faz pensar se estou com sangramento interno.

Então nos observo de fora – a partir da perspectiva da Branca de Neve. Vejo um garoto retardado levantando sua camisa para mostrar a um adulto retardado o seu torso machucado. Vejo ambos comemorarem a vitória sobre o Jacko, o jamaicano falso. É como se eles gostassem de dor. É como se eles *quisessem* ficar nervosos e machucados. É como se tivessem orgulho disso.

Quando vejo a cena dessa forma, sei que é verdade. *Sinto* orgulho disso. *Fiquei* orgulhoso no dia em que mastiguei um pedaço da bochecha do Fulano-qual-é-o-nome-dele. *Fiquei* orgulhoso no sábado, quando mordi a mão da Tasha até sangrar. *Ficava* orgulhoso cada vez que cagava na mesa da cozinha.

Estou viciado em raiva.

E isso me faz sorrir.

Branca de Neve diz: *"Gerald, por qual motivo fica feliz com isso?"*.

O que mais eu tenho para me sentir feliz a respeito?

– Posso enumerar mil coisas – ela diz.

– Então, como está o outro garoto hoje? – pergunta Roger.

Deixo minha camisa cair e respondo:

– Destruído.

Olhamos um para o outro, dois refugiados de EF. Quero perguntar por que ele está tão preocupado por eu estar saindo com uma menina. O Roger era algum espancador de esposa? Ele batia nos seus filhos? Ele realmente acha que meninas só causam problemas?

– Destruído. Demais. Apostaria dinheiro em você, qualquer dia – diz Roger.

Branca de Neve e eu olhamos para ele. É como se acabássemos de presenciar uma borboleta saindo de seu casulo. Exceto que a borboleta não é bem a que esperávamos, pois o mundo todo é tão cheio de merda.

39

PASSO MEIA HORA assistindo ao vídeo de trapézio de Mônaco antes de me arrumar para a escola. Estou atrasado para o café da manhã e, enquanto tomo café, penso no Roger e em como ele pareceu feliz ao ver minhas marcas ontem à noite. Tasha chega ao andar de cima de roupão e fala umas coisas para minha mãe enquanto finjo que ela não está lá. Então ela se vira para mim.

— Ouvi dizer que conseguiu uma namorada, garotão. Vai morder ela também?

Ignoro o comentário da mordida e respondo:

— Do que você está falando? Não tenho namorada.

— Não foi o que ouvi por aí — diz Tasha.

— Você não tem, tipo, 21 anos? Por que anda por aí fofocando sobre garotos do colegial? Você é retardada ou o quê?

Levanto e saio da cozinha.

— Não sou eu que estou na Educação Especial — Tasha diz.

Viro e encaro as duas.

— Sim, bom... Não sou o perdedor que mora no porão da casa dos meus pais porque sou tão estúpido a ponto de nenhuma universidade me aceitar depois de ser reprovado três vezes.

— Parem com isso — diz minha mãe.

— Pode ter certeza de que a sua nova namorada vai ficar sabendo que você não gosta de meninas — diz Tasha. — Danny conhece o irmão dela.

Balanço minha cabeça e dou de os ombros.

– Não sei do que você está falando. Mas o que quer que seja, tenho uma puta certeza de que não vai fazer você arrumar um emprego, vai?

Assim, saio pela porta da garagem. Danny está lá. Quero pular no pescoço dele e socá-lo até ele se tornar o piso da garagem – uma enorme mancha vermelha pegajosa no concreto impecável que minha mãe faz meu pai lavar com jato de pressão duas vezes ao ano, como se a garagem devesse ser um lugar limpo, onde não tem poças de óleo nem ratos fazendo xixi.

– Ei – Danny diz pra mim.

– Ei – eu falo, andando da garagem até o meu carro, que está na entrada.

– Posso usar seu saco *speed*? – ele pergunta.

– Não – eu falo.

Entro no meu carro, ligo a ignição para aquecer, volto à garagem e o Danny ainda está lá, parado no mesmo lugar que estava um minuto atrás quando eu disse não. Acho que está tentando decidir se usa o saco enquanto eu estiver na escola. Percebo que ele pertence a este lugar, à família Faust. Ele é o filho tolo que sempre quiseram ter. Ele pode ficar no meu lugar.

Entro. Falo para minha mãe, que agora está só, na cozinha.

– Mãe, já sei o que quero de aniversário.

– Ah é? – ela diz.

– Que tal um vale-combustível? Sabe, daqueles pré-pagos. Assim posso economizar grana este ano antes de ir para a universidade.

Ela dá uma risadinha.

– Universidade?

Pego meu almoço e, quando volto à garagem, Danny ainda está lá, parado.

– Pode usar o saco *speed* – falo. – Só não transpire nas minhas luvas, beleza?

Ele ainda fica me olhando com olhos de rato enquanto fecho a porta da garagem atrás de mim.

✳ ✳ ✳

Não coloco nenhuma música tribal a caminho da escola. Verifico duas vezes se minhas calças de trabalho estão no banco de trás. Hoje escolhi as cáquis. Acho que elas fazem minha bunda parecer mais firme, e agora me importo com esse tipo de merda quando estou servindo fãs do hóquei no caixa sete.

Chego tão cedo que o estacionamento de alunos está vazio. Abro minha mochila e tiro uma edição de *Romeu e Julieta* da biblioteca, a versão que tem linguagem contemporânea de um lado e linguagem Shakespeariana no outro. Eu comecei a ler ontem à noite.

Conforme leio, fico surpreso em como assimilei tudo, e bravo por achar que não conseguiria assimilar.

Não sou retardado.

Minha mãe é quem tem um parafuso solto.

Ela precisa que eu seja burro para que Tasha fique feliz.

Ela não queria que Lisi fosse para a universidade, para Tasha ficar feliz.

Merda.

Tenha senso de humor, Gerald.

Tento ter senso de humor sobre isso.

Não é engraçado como tudo é uma grande bagunça? Não é você! É ela! São eles! Engraçado isso, né?

***

No momento em que Hannah chega à nossa mesa, ainda estou lendo *Romeu e Julieta*, e estou chegando à parte em que o Romeo diz *"Consigo ver minha sorte, na minha própria desgraça"*, e leio isso duas vezes. Leio a outra página, em linguagem atual, para ter certeza, e dou risada.

– O que é tão engraçado?

Não posso contar à Hannah que estou feliz por não ser retardado, então falo:

– Ah, nada. É só Shakespeare. Cara engraçado.

Ela faz que sim com a cabeça e escorrega para dentro do assento.

– Não é mentira. Já leu *Sonho de Uma Noite de Verão*?

– Não.

– É hilário – ela diz.

De repente, me sinto burro de novo. É tão fácil sentir-se burro. Não existe pressão na Vila dos Burros. Quando esperam burrice de você, então cagar nas coisas e nunca ter que ler *Sonho de Uma Noite de Verão* é tudo o mesmo enorme zero na sua vida.

– Gerald? – diz Hannah.

Estou olhando para ela, mas ainda pensando sobre como é mais confortável ser burro.

– Meu Deus – ela diz, e suspira. – Às vezes é tão difícil conversar com você.

– O quê? – falo, como se estivesse aborrecido, porque não quero que ela fale isso.

– Eu disse que é difícil conversar com você – ela fala. – Porque você se perde no seu próprio mundinho. – Ela fala isso folheando um livro, como se não estivesse brava. Ou talvez não esteja brava. Não dá pra ter certeza. – Você sempre fez isso também.

– O que isso significa? – pergunto. – Sempre fiz isso? Quer dizer, desde a semana passada?

– Não, Gerald, quero dizer desde que era criança. Na TV. Você fazia isso também – ela diz.

E percebo por que namorar não é uma boa ideia para Gerald Faust.

Namorar não é bom para Gerald Faust, porque todo mundo sabe os segredos dele.

E todo mundo já o analisou psicologicamente.

E todo mundo sabe qual é o problema dele.

E todo mundo sabe que ele tem bagagem.

E todo mundo acha que sabe como ajuda-lo.

Porque todo mundo acredita no que vê na TV.

Porque ninguém percebeu ainda que é tudo uma grande bosta.

– Você não sabe porra nenhuma sobre quando eu era criança, e isso não apenas quebrou a regra número três, mas foi uma coisa bem estúpida de se dizer, e você está completamente enganada!

Ela olha para mim. Parece surpresa.

– Quero que me peça desculpas – falo. Levanto e recolho minhas coisas do assento.

– Mas você fazia isso, Gerald. Você entrava no seu próprio mundo – ela diz. – E ainda faz isso.

– Você não sabe nada sobre nada – falo. – Você é uma babaca que passou por lavagem cerebral como todo o resto – falo. – Tá bom? – eu resmungo ao passar por ela a caminho da saída da cantina.

· 163 ·

Almoço no corredor, do lado de fora da sala do Fletcher, onde a Deirdre e a Jenny estão comendo e falando sobre programas de televisão.

Minha mãe embrulhou o famoso sanduíche de frango com salada hoje, e não tem o mesmo gosto que tinha na semana passada. Provavelmente porque estou percebendo que a necessidade dela de que eu tenha dificuldades de aprendizado pode se comparar à vontade dela de que eu estivesse numa cadeira de rodas... Tudo para que Tasha pudesse correr mais rápido.

Ia ter que ter muito frango com salada, e muito bem feito, para me fazer desperceber isso.

40

– VOCÊ ME CHAMOU de idiota sem cérebro – Hannah diz.

Ela está me acompanhando até o meu carro, e eu nem ofereci uma carona. Estou a ponto de falar para ela não entrar, quando ela entra. Lembrete mental: *Trancar o carro daqui para frente.*

– E então?! Não me chamou disso?! – ela grita.

– Não – eu falo, agora preso em um carro, sentindo frio e com uma adolescente berrando. Fico grato pela regra número cinco. Fico grato que isso não tenha ido longe demais. – E quem convidou você para entrar no meu carro?

– Você me chamou de babaca sem cérebro – ela fala de novo.

Olho para ela.

– Não, não chamei você disso. Falei que você é uma babaca que passou por uma lavagem cerebral, como o resto dos telespectadores que acham que conhecem o Gerald Faust, mas não conhecem *nada* sobre ele. E não, não estou me desculpando. Você quebrou a regra número três em grande estilo. Usando contra mim uma bobagem que viu uma vez na TV, está bem fora do combinado, Hannah.

Saio do carro pela porta do motorista, dou a volta por trás e abro a porta do lado do passageiro como um *gentleman*. Fico lá parado até ela sair, e, assim que ela anda em direção ao ponto de ônibus, dou a volta e entro no meu lado do carro.

E é quando vejo que ela escreveu CUZÃO no meu painel, com caneta prateada.

Dirijo acelerado no meu caminho até o trabalho.

Quando chego lá, Beth, que está pairando sobre os cilindros rolando, cheios de salsichas, diz:

– É Noite do Dólar. Tenho que preparar 400 desses antes de abrirmos. E eu nem comecei a fazer as outras coisas. – Neste momento, tento imaginá-la mergulhando nua e bebendo cerveja com os amigos dela, mas não consigo montar a imagem na minha cabeça. Vejo apenas as rugas de preocupação com a Noite do Dólar na sua testa.

Sinto meu telefone vibrar no bolso, e não quero olhar, porque tenho certeza de que é a Hannah jogando algum joguinho de CUZÃO comigo.

– Pode deixar o resto comigo – eu falo. E boto a mão na massa. Encho o balde de gelo, conto meu caixa, preparo o estande de condimentos, preparo o pote de queijo para os trilhões de *Nachos por um dólar* que estão por vir.

Na hora em que termino, Hannah já está no caixa um há dez minutos, contando o dinheiro. Ignoramos a existência um do outro. Está perfeito, até Beth pedir a ela para vir e ajudar com os embrulhos dos cachorros-quentes. Eu já estou os embrulhando, então ficamos lá parados, trabalhando em silêncio. Ela me olha feio, eu olho feio para ela, e voltamos a não nos olhar.

Passado um minuto, Beth diz:

– Caramba. Dá pra sentir o clima de tensão aqui. – Nem eu nem a Hannah falamos nada, então Beth dá risada sozinha e responde por nós. – Sim, Beth, está tenso. É porque somos adolescentes e não sabemos como conversar um com o outro.

– Ei! – diz Hannah. – Não sou uma idiota só por causa da minha idade.

– Isso mesmo – falo.

– Então, qual é o problema? – Beth pergunta.

Dou de ombros.

A Hannah diz:

– Pedi ao Gerald hoje que parasse de viajar no mundinho de sonhos dele, porque fica difícil lidar com ele quando faz isso, e daí ele ficou bravo comigo e me chamou de babaca sem cérebro.

– Não te chamei de babaca sem cérebro. Chamei você de babaca que passou por lavagem cerebral, porque você veio com aquela baboseira sobre o que viu na TV de quando eu tinha 5 anos. Meu Deus! Como você se sentiria se eu tivesse filminhos da sua casa, 24 horas por dia, quando você tinha 5 anos, e dissesse algo do tipo *Hannah, pare de ser tão sentimental. Você sempre foi tão sentimental! Não lembra daquela época, de quando você tinha 5 anos?* – Respiro fundo. – De qualquer forma, se você acredita que minha casa era daquele jeito, está errada. Então, julgar baseado naqueles programas de merda... ou até tocar nesse assunto de merda, não tem nada a ver, cara.

– Mas você sonha acordado – Hannah pressiona.

– Sonho mesmo, e daí? Quem não precisa de um minuto para si de vez em quando? Eu sonho acordado. Viajo. Saio de mim. O que seja. Quem se importa? E por que isso te dá o direito de me analisar psicologicamente? – eu falo.

Hannah suspira. Está com lágrimas nos olhos.

– Olha. Na hora do almoço, estava só tentando dizer que às vezes é difícil conversar com você. E você provou que estou certa de toda forma. Deixa pra lá. Seja imaturo como queira. Não ligo.

Ela sai de perto da mesa de embrulhar cachorros-quentes e deixa a Beth e eu lá trabalhando. Meu telefone vibra no bolso de novo e vejo que não é mensagem da Hannah, então paro e tiro minhas luvas de plástico para checar a mensagem.

É do Joe Jr.

Pode falar?

Essa é a primeira mensagem, de antes.

Cara, Pode falar?

Segunda mensagem.

Conto para Beth que tenho que ir ao banheiro e vou até o beco dos fumantes, onde encontrei o Joe pela primeira vez. Ligo para ele, mas ninguém atende. Deixo uma mensagem de voz.

– Ei, Joe. É o Gerald. Acabei de receber suas mensagens, mas estou trabalhando, então tenho que voltar agora, mas te ligo de volta no meu intervalo. – Merda. Lembro que é Noite do Dólar, e não há intervalos. Ok. – Vou te ligar quando estiver de folga. Ei, estava falando sério sobre te fazer uma visita. Quero ir. Daqui uma semana será meu aniversário e pedi para minha mãe um vale-combustível.

Desligo e, instantaneamente, me arrependo de quase toda aquela mensagem de voz. A mensagem de voz foi inventada por pessoas autoconfiantes para fazer pessoas sem autoconfiança dizerem merda que fica gravada e nos assombra para sempre.

Passo por Hannah para chegar ao caixa sete. Eu falo:

– Ah, e belo toque aquele de escrever *cuzão* no painel do meu carro. Sua maturidade está transbordando. Talvez precise passar menos tempo me analisando e mais tempo se perguntando por que vandalizaria o meu carro daquele jeito.

– Porque você estava sendo um cuzão – ela diz.

Viro para o caixa três.

– Tudo depende de como você olhar para isso. Porque, do meu ponto de vista, foi a pessoa *que escreveu no meu carro* que estava sendo uma *cuzona*. Tudo o que fiz foi te falar a verdade – eu falo. – Não é culpa minha se você não aguentou.

– Cara, era o que *eu* estava fazendo. Estava te contando a verdade – ela diz. Mais lágrimas nos olhos dela.

– Você não sabe nada sobre mim, Hannah. Nada – eu falo, e caminho até o caixa sete. E, por sorte, os funcionários vêm comprar suas refeições pré-show. Eu os atendo e fico ocupado enquanto a Hannah leva um tempo para absorver. De qualquer maneira, espero que ela tenha aprendido que fazer joguinhos mentais com alguém cuja vida inteira foi um joguinho mental diabólico é uma má ideia.

✳ ✳ ✳

Sempre esqueço como é chata a Noite do Dólar. Nós vendemos nossos 400 cachorros-quentes antes do terceiro tempo. Antes disso, aparece esse senhor reclamão nos dizendo que o cachorro-quente está frio, e falamos para ele que não está, só o pão está frio. Ele diz que o pão frio está deixando a salsicha fria, que deveríamos esquentar os pães no vapor e que ele gostaria de devolver seu cachorro-quente meio comido, além de querer seu dinheiro de volta. Roger tem um nome para esse tipo de coisa quando ele está em modo terapeuta. Ele chama de confusão de prioridades. Esse cara está tão irritado por causa da temperatura do seu cachorro-quente que não consegue enxergar o quanto está sendo irracional ao devolver um cachorro-quente meio comido. Todos nós passamos por confusão de prioridades ao longo de um dia. Alguns têm mais que outros, acredito eu.

Isso me remete às lições do Roger sobre enxergar com maior amplitude. Não apenas tive que desistir de algumas palavras de raiva – dever, merecer, etc. – mas também tive que começar a ter propriedade com relação minhas merdas. Então, por exemplo, não tenho o menor problema em confessar que mordi a mão da Tasha sábado passado. Não me arrependo disso. Francamente, no caso de hoje, ao chamar Hannah de babaca que passou por lavagem cerebral, também não me arrependo disso. *Mas*, como o próprio Roger ressaltou com esperteza, só de tentar enxergar maior amplitude, já é possível ver além. Então sei que parte do meu joguinho mental com Hannah será um pedido de desculpas. Dessa forma, o problema é dela e não mais meu. Roger chama isso de limpeza do quadro.

Temos uma trégua antes de começarmos a fechar o estande, então vou até Hannah, ela me olha com raiva e falo:

– Sei que sou difícil de conversar, às vezes. Sei que me perco no meu mundinho. Faço isso de propósito. – Mudo um pouco meu vocabulário, porque a expressão no rosto dela não mudou. – Porque eu não confio em ninguém. Porque... hum... você sabe. As pessoas não são realmente de confiança, e eles falam do meu passado e aquela merda toda, e não é muito confortável.

Ela não fala nada.

– Então, me desculpe pelo o que eu disse no almoço, mas tem muita gente que acredita no que vê na TV e não quero que você seja uma delas, tá bom? E, a qualquer momento, quando você se tocar de que estava errada, sinta-se à vontade para se desculpar por vandalizar o meu carro – eu falo.

Em seguida, saio para o estande de condimentos e começo a carregar os containers grandes de ketchup, mostarda e molho de churrasco.

As multidões da Noite do Dólar são emporcalhadas. Esta noite, tive que sair duas vezes para limpar a bagunça, e agora está cheio de novo – a maioria com embrulhos de cachorro-quente. Há latas de lixo por todos os cantos, mas eles simplesmente deixam os embrulhos lá como se isso fosse um comportamento aceitável.

E se tem alguém que sabe sobre comportamento aceitável, sou eu.

41

ESFREGAR A CHAPA DE cachorro-quente é um trabalho árduo, feito para alguém com muita força nos membros superiores. Esse sou eu. Assim que termino e levo a grade gordurosa à pia, tudo já foi feito, e o cara do caixa quatro está a ponto de passar o pano no chão. Hannah tirou a camiseta do Centro CEP de Serviços Alimentícios e está parada, com sua camiseta preta sem mangas de punk rock, que diz "Up Yours" na frente.

Conforme passo por ela com a travessa limpa e seca para o roller, falo:

– Você quer uma carona até sua casa ou seu pai vem te buscar?

– O que você quer dizer? – ela pergunta.

Continuo andando. Agora sou eu que estou limpo. Pedi minhas desculpas e vesti a camisa. Então, substituo a travessa, pego meu casaco do pequeno cabideiro próximo ao caixa sete e saio para o banheiro, onde faço xixi, lavo as mãos e vejo se não tem nenhuma gota de gordura ou molho de churrasco espirrada na travessa.

Quando saio do banheiro, no meio do caminho, trombo com uma conhecida, mas não consigo reconhecer seu rosto, até ela sorrir e abrir os braços para me abraçar, e então eu hesito um pouco, por causa das minhas costelas. Ela olha para mim e pergunta como estou.

– Estou bem – falo. Falo isso alto o bastante para Hannah ouvir, porque sinto que ela está me olhando.

– Que bom – diz a moça do hóquei. – Eu me preocupo com você.

– Vou fazer 17 anos em uma semana. Só mais um ano até estar fora daquela casa – falo.

Ela acena com a cabeça.

– O que você pediu de presente de aniversário?

– Um vale-combustível. Assim, posso economizar para a universidade em vez de colocar todo meu dinheiro deste trabalho no tanque de gasolina.

– Praticidade – ela diz. – Você puxou ao seu pai.

Se ser casado com uma maluca negligente folheadora-de-revistas for prático, claro, penso comigo.

Ela me abraça de novo.

– Bom, se não vir você antes da semana que vem, feliz aniversário, Gerald. Dezessete! – ela diz, e balança a cabeça. – Fico muito contente que chegou até aqui.

– Eu também – falo.

– Tive minhas dúvidas – ela diz. E isso ficou como eco na minha cabeça conforme ela ia embora. *Tive minhas dúvidas.*

Tiro a camisa do Centro CEP ao andar em direção ao estande cinco e sinto minha camiseta de baixo subir junto, o que significa que a Hannah tem uma vista plena das minhas costas musculosas e machucadas, e me arrumo de volta com calma.

Encontro Beth e pergunto se ela precisa de mais ajuda para fechar o estande.

– Não – ela fala.

– Tem certeza? – Nós sorrimos um para o outro. Tenho certeza de que ela sabe o que estou fazendo.

– Está tudo bem? – ela pergunta.

– Tudo muito bem.

Ela sorri.

– Não olha agora, mas a Hannah está te esperando na porta – ela diz. – Quer que eu coloque você no caixa dois amanhã?

– Sete – falo, sério. – Sempre no sete.

Falo boa noite e ando nas pontas dos pés para não sujar o chão limpo. Vou até a porta e lá está Hannah, exatamente como Beth disse.

– Ei – falo, como se ela não tivesse escrito CUZÃO no meu painel.

– Ei – ela diz, como se ela não tivesse escrito CUZÃO no meu painel.

Então, antes de conversarmos, meu telefone vibra de novo e falo:

– Desculpa, Hannah. Tenho que atender, mas é rápido. Tudo bem?

Olho o número de quem está ligando. É o Joe Jr.

– Alô? – falo.

– Cara – ele diz. – O que está pegando?

– Nada importante. Só saindo do trabalho agora. O que foi, cara? Tudo bem por aí?

– Hum... não. Tem espaço para uma aberração de circo na sua casa?

– Você fugiu? – pergunto. Essa pergunta faz as orelhas da Hannah levantarem. Ela ainda está bem interessada em fugir. Para qualquer lugar. Aparentemente, com qualquer CUZÃO também.

– Ainda não. Mas estou pensando a respeito – ele diz.

– Bem que gostaria, mas acho que meus pais iriam enlouquecer – falo.

– Tenho capacidade de fazer mais do que limpar ônibus e andar por aí sendo o palhaço talentoso – ele diz. – Estou totalmente pronto para procurar um novo show e usar meu próprio talento, sabe?

– Você não é o palhaço-dentista, é? – pergunto.

Ele ri.

– Não.

– Então, o que você é?

Ele fica quieto por um segundo e depois diz:

– Qual é o seu endereço de e-mail? Vou te enviar um link. Você pode olhar quando chegar em casa.

– Legal – falo. – Vou sim. – Passo meu e-mail.

– Às vezes não consigo entender o que estou fazendo aqui – ele diz.

– Sinto o mesmo – falo. – Mas sem a parte do palhaço-dentista.

– Foda-se essa merda, cara.

– Foda-se essa merda – respondo e desligamos.

Não consigo perceber se o ajudei ou não, mas só de falar com ele me deu vontade de fugir hoje à noite.

– Então? – diz Hannah.

– Então... o quê?

– Ele vai fugir?

Paro e olho para ela. Cara, as sardas dela são lindas.

– Por que está tão interessada em fugir? – pergunto.

Ela balança os ombros.

– Só estou.

– O seu pai não vem te buscar? – pergunto. – Tenho que ir até o estacionamento – falo, apontando. – Você devia estar mais lá frente.

Ela olha para baixo.

– Falei para ele que tinha carona – ela diz. E olha para mim entortando a boca para o lado, como se estivesse mordendo a bochecha por dentro.

– Com o cuzão – acrescento.

– É – ela diz. – Vou pegar carona com o cuzão.

Não sorrio. Vários pensamentos passam pela minha cabeça. Pensamentos doidos. Por um lado, quero beijá-la cheio de paixão, um beijo de filme, de a paralisar com o esse enorme sentimento que tenho de querer cuidar dela. Por outro lado, de alguma maneira, ela é como a Tasha. Ela é uma menina, em primeiro lugar, e escreveu CUZÃO no meu painel. E ela não se desculpou, então, se eu a deixar entrar no meu carro para levá-la para casa, serei como meu pai e minha mãe, que nunca puniram Tasha por escrever aquilo no meu painel.

– Olha, desculpe – ela fala. – Vou limpar isso amanhã. Prometo. Fiquei tão brava com você!

– Não significa que você tinha que fazer alguma coisa louca – eu falo.

Ela levanta as mãos para cima.

– Eu não sou louca, caramba!

– Não falei que você é. Eu disse que escrever um palavrão no meu carro foi loucura – falo. – Mas no sábado à noite, antes de te dar uma carona, você estava caminhando em direção à central dos assassinatos para ir para a casa da Ashley, e você não ligou, então talvez você seja louca. Não sei.

Agora estamos parados, acho que é porque não especifiquei que vou, na verdade, levá-la para casa. Começo a descer um quarteirão em direção ao estacionamento e faço um gesto para ela vir comigo. O vento está nos cortando. Fecho o zíper do meu casaco até o pescoço e ela enrola mais apertado o cachecol em volta do queixo. Então escorrega o braço dela no meu, e caminhamos, conectados, com nossas mãos no bolso.

Quando entramos no carro, ligo o motor e o aquecedor no último. Ela fala:

– Cara, isso não está quente ainda. Agora você simplesmente ligou o ar frio.

Desligo o ar e esfrego minhas mãos para esquentar. Fico olhando para o que ela escreveu no painel. Procuro alguma coisa para dizer, mas não encontro nada exceto a verdade sobre como estou me sentindo, que é: *como um cuzão*. Eu suspiro.

– Que dramático – ela fala.

– O quê?

– Esse suspiro que você acabou de dar.

– Você está sentada na frente da palavra *cuzão*, que *você* escreveu no *meu* carro, e me acha dramático? – digo. – É o sujo falando do mal-lavado.

– Que bobagem – ela diz.

– Não é – falo.

– É sim, total.

– Beleza. Então você é a neve, chamando as nuvens de brancas. Que seja! – falo.

O carro fica aquecido, eu ligo a ventilação e nós colocamos nossas mãos em cima para esquentar.

– Sabe – falo. – Você também não é a pessoa mais fácil de se conversar.

– Ah, é mesmo?

– Sim, mesmo. Você podia ser mais legal – digo.

– Bom, pelo menos eu não me perco em outro planeta como você faz. Porque isso é bem estranho – ela diz. – E quero que a gente tenha uma relação legal.

Dou ré no espaço do estacionamento e desço pela rampa de saída.

– Você também não quer que a gente tenha uma relação legal? – ela pergunta.

Aponto para a palavra CUZÃO. Mas dou um sorriso, então ela me bate de leve no braço e diz:

– Prometo que vou limpar isso amanhã de manhã, quando você vier me buscar para ir à escola. Sei exatamente como limpar isso.

– Amanhã de manhã? Então parte desse relacionamento é eu ser seu *chofer*? – falo ainda sorrindo.

– Isso. E prometo nunca mais quebrar a regra número três – ela diz. – A não ser que queira falar sobre isso. Porque tenho certeza que o assunto vai surgir em algum momento, considerando que isso deve ter deixado você bem zoado.

– Sim, deixou – falo. – Mas não sou mais tão zoado quanto era.

– Que bom – ela fala. – Porque fico cada vez mais maluca morando com meus pais, e tem espaço limitado neste carro com cuzões para nossa bagagem emocional.

Dou risada, ela dá risada e não me sinto mais como um cuzão.

Até ela ir embora.

Dirigindo para casa, sozinho, me sinto como um cuzão. Na verdade, quanto mais me aproximo de casa, mais sinto isso, como se me aproximar da minha mãe e da minha irmã me fizesse exatamente o que elas querem que eu seja.

Foda-se essa merda, Gerald.

Quando chego em casa, abro o e-mail do Joe Jr. e clico no link de vídeo do YouTube, com o título *Espetacular Ato de Trampolim*. A legenda do vídeo diz: *Dois acrobatas em um trampolim em Bonifay, FL.*

É o Joe num trampolim dando saltos e giros, e outras coisas legais com outro cara vestido com a mesma roupa. Acredito que seja o irmão dele, porque eles se parecem. Eles fazem uma apresentação que dura uns dois minutos. Foi filmado em um grande celeiro vazio sem assentos nem pessoas assistindo, mas eles estão fantasiados e fazem reverência ao final de cada grande truque, como se tivessem uma audiência.

É minha vida inteira, bem ali – fazendo reverência, como se houvesse um público. Ainda não consigo cutucar o nariz no meu quarto, apesar de os caras do canal de TV terem vindo e tapado os buraquinhos das estruturas das câmeras nas nossas paredes há 10 anos.

42

É SEXTA DE MANHÃ e eu estou na sala de terapia da Branca de Neve, no Dia B.

— Quero sair da sala do Sr. Fletcher.

Branca de Neve, a terapeuta-guia, parece preocupada.

— Digo, eu amo o Sr. Fletcher — falo, e olho para ele, que está sentado à minha direita. — Mas eu não deveria estar na sala de Educação Especial. É uma longa história. É só que... Toda aquela coisa do meu passado e como meus pais lidaram com isso, coisa e tal. Mas estou bem aqui em cima. — Coloco meu dedo indicador na cabeça. — E quero ir para a universidade.

— Suas notas não estão lá essas coisas. E você sabe do seu histórico disciplinar, não preciso contar isso a você. — Branca de Neve, a terapeuta-guia, tenta manter seriedade enquanto finge ser severa.

— Mas consigo isso, né? Consigo chegar à universidade?

— Tentaremos, Gerald — ela diz. — Mantenha essa postura positiva, fique longe de problemas e é totalmente possível.

Faço que sim com a cabeça, porque meu diretor interno me disse para fazer isso. É essa cena que quero na TV. Menino faz algo bom para si mesmo. Menino pega um sanduíche de merda e transforma numa refeição suntuosa. Menino chama ele mesmo pelo *walkie-talkie* e diz, *Cara, você é melhor que isso. Por que está deixando eles fazerem isso com você?* Menino encontra menina. Menina escreve CUZÃO no painel do carro dele e depois apaga com solvente mágico na manhã seguinte. Menino percebe que a vida vale a pena.

Isso devia ser um reality show. Exceto que ninguém assistiria, porque não tem graça assistir a pessoas normais fazerem coisas normais. Porque histórias felizes não são tão interessantes. Porque todo mundo quer comer aquele sanduíche de merda, ou assistir a outras pessoas comendo esse sanduíche, junto com insetos exóticos, ovos podres, gasolina, e tudo o mais que produtores puderem bolar para manter a audiência longe dos botões do controle remoto.

Eu não.

Já comi sanduíches de merda o suficiente, obrigada.

* * *

Hannah me encontra no meu armário no fim do dia. Ela segura o celular em uma mão, lendo mensagens de texto, e diz "oi" enquanto troco alguns livros por outros e enfio na mochila. Passei o dia todo no Dia B, fingindo conversar com o terapeuta. Passei o dia todo procurando a Lisi, mas não a encontro em lugar algum.

– Pronto para a grande noite? – pergunta Hannah.

Faço uma cara de perdido.

– Rivais. Deve ficar lotado. Hóquei, lembra? Nosso trabalho? – ela diz.

– Ah, sim – falo. – Merda. Esqueci minhas calças.

Ela dá risada.

– Não... Quero dizer... Esqueci minhas calças de trabalho. Vamos nos atrasar – falo. – Bosta.

– Podemos ir até sua casa pegar suas calças? Não vai demorar, não é?

Nós e *sua casa* simplesmente não soam bem na mesma frase. Não posso levar a Hannah na minha casa.

– O shopping. Podemos parar no shopping. Sei aonde ir e sei meu tamanho. É mais fácil – digo.

– Mais fácil que o quê? Ir até a sua casa para pegar suas calças? Fala sério, Gerald. Você já viu onde eu moro. Não dá pra ser pior que isso.

– Ah. Você... hum... Olha, se sairmos agora, posso parar no shopping. Nada de mais.

– Me escondo no carro, se quiser – ela fala. – É *tão* ruim assim? Você com uma namorada?

Caminhamos pelo corredor em direção às portas de saída e Hannah parece triste agora. Quero perguntar o que há de errado, mas não quero brigar de novo. Só quero que este dia continue bem. Direto para a universidade. Quero que este dia apenas me direcione à universidade.

– Isso tem alguma coisa a ver com o seu peito?

– Meu peito?

– Os machucados. Eu vi. Ontem à noite.

– Ah – falo. – Merda. Não. Eu faço boxe. Isso é de uma briga que tive na segunda-feira na academia. O cara era como uma locomotiva.

– Hum – ela diz. Assim que entramos no carro, ela pergunta: – Sou eu, né?

– O quê? Não. Que merda. Claro que não.

– Sou a filha do sucateiro.

– Você não é a filha do sucateiro – falo.

– Então por que não podemos ir até sua casa pegar um par de calças idiota? – ela diz.

Olho para o meu painel limpo. Fico preocupado com o que vai escrever se eu disser não.

– Tá bom. Você está certa. Vamos até minha casa. Posso entrar rápido, pegar as calças e sair correndo de novo.

– Exatamente – ela diz. – Você pode agradecer à filha do sucateiro por economizar cinquenta dólares também.

Dou risada.

– Sim. Obrigado.

Enquanto dirijo, finalmente encontro Lisi no trapézio. Conto a ela sobre a universidade e sobre como a Branca de Neve disse que eu deveria ir.

– Gerald?

– Sim?

– Você ouviu o que disse? – pergunta a Hannah.

– Merda. Desculpe. Estava viajando de novo. O que você disse?

– Disse que eu nunca entrei num condomínio fechado antes – ela diz.

– Ah – falo. – Não tem nada de especial. Digo, tem uma portaria, com uma guarita onde o segurança fica. É só isso.

– Bem parecida com a minha casa, hein? – Ela ri.

– Sabe, sua casa não é tão má assim. É estranho para você, mas não é uma aberração ou nada do tipo.

– Se fizessem um reality show na televisão sobre nós... daí você veria como somos esquisitos – ela diz.

Paro na entrada da portaria. O segurança me conhece, então ele faz o portão subir sem que eu digite minha senha na caixa. Ele acena. Hannah acena para ele, e ele sorri. Acho que ele, talvez, esteja feliz por mim.

Hannah fica no carro, eu corro para dentro de casa e pego minhas calças. Levo dois minutos. Hannah diz:

– Que rápido.

Quando volto, pego minha mãe olhando pela janela do andar de cima, como uma daquelas mulheres de contos antigos que nos fazem ler na escola. Como se ela quisesse saltar dali.

43

EPISÓDIO 2
CENAS 23-35

MIKE, O MENINO QUE mora duas casas abaixo de nós, que agora estava "namorando", apesar de fazer meu pai estremecer toda vez que minha mãe falava disso, estava na minha casa. Os pais dele assinaram uma autorização para que ele pudesse fazer parte do show.

Ele e Tasha estavam fazendo biscoitos na cozinha.

Meu pai ainda estava no trabalho. Minha mãe estava na mesa da cozinha gritando as medidas de ingredientes como o adulto responsável que era esperado que ela fosse.

Quando entrei na cozinha, Tasha e Mike estavam se divertindo muito, jogando colheres de farinha um no outro. E açúcar. O diretor fez sinal com a mão para eu parar e ir embora. Dei uma de bobo e continuei andando. Vi no quadro branco perto dele que eles estavam na tomada três da mesma cena, então eu entrei nas pontas dos pés, fingi ser inocente e assisti ao desdobramento da cena.

Apenas quando Tasha pegou uma espátula suja de massa e a esmagou na bochecha de Mike é que a coisa começou a ficar feia. Ele fez o mesmo depois, com uma colher. Ela disse "Ou!" e olhou para ele como se isso fosse um aviso. Ele pediu desculpa, mas não foi sincero. Então, depois, ela disse:

– Acho bom você ficar esperto, porque posso despejar essa travessa inteira de massa dentro das suas calças.

– Corta! – disse o diretor. Ele olhou para a Tasha. – Calças? Fala sério. Você tem 12 anos!

– Droga – disse a Tasha. – Quis dizer camisa, mas calças parecia mais real. Desculpa.

– O Mike sempre deita na cama da Tasha sem as calças – eu falo.

Todo mundo ficou quieto e olhou para mim. Depois eles olharam para a Tasha e para o Mike, que olharam em volta. O Mike parecia estar decidindo para que lado correr. Tasha procurou pela primeira pessoa para bater. Mike estava mais perto.

Ela deu um tapa de mão cheia na cara dele, correu para minha mãe e enterrou a cabeça no ombro dela, deixando um pouco de massa de biscoito no agasalho dela.

Minha mãe segurou Tasha nos braços e perguntou:

– Isso é verdade?

– Claro que não! – disse Tasha. – Você sabe que o Gerald é retardado. Você mesma disse.

– Não sou retardado – falei.

– É sim – disse ela. – E é gay.

A Babá se transformou naquele momento. De repente, ela não se importava com seu cabelo ou se o vestido tinha a cor certa para a cena. Ela não se importava de onde era o designer da bolsa ou se a garrafa d'água dela era da marca certa.

Ela falou para as câmeras pararem de filmar e levou minha mãe e eu até a sala de estar, longe do Mike e da Tasha, que ainda estavam brigando na cozinha.

– Chamar uma criança de gay é *péssimo!* – disse a Babá. – É uma palavra inteiramente inaceitável.

– O moleque caga no meu sapato e você diz que a Tasha usar a palavra gay é maldoso? – pergunta minha mãe.

– Jill!

– O quê? – disse minha mãe.

– Ele está sentado *a-aqui!* – disse a Babá.

– E daí? – disse minha mãe. – Você percebe por que eu acho que tem algo de errado com ele, não é? – Minha mãe levantou e voltou para a cozinha, bem quando o Mike estava saindo correndo pela porta.

A Babá se virou para mim e me olhou com empatia.

– É verdade o que você disse, sobre ele sempre estar na cama da Tasha?

– Sim – falo.

– E você estava aqui também? Você e a Lisi?

Eu concordei com a cabeça.

– Certo – ela disse. – Acho que sei o que fazer aqui, Gerald. – Ela olhou para mim com um sorriso. Como uma babá de verdade.

* * *

O dia seguinte foi o último dia de filmagem. Tínhamos que fazer o encontro familiar de sempre para o último episódio. Meu pai havia chegado do trabalho fazia uma hora, no máximo, ainda vestido com a roupa de trabalho e fazendo aquela coisa com os calcanhares que ele faz quando fica estressado. Tipo o que fazemos com golas rolê, mas com os calcanhares. Dando voltas e voltas. Sentido horário, e depois sentido anti-horário. Os ossos do torso dele estralavam toda vez, como pipoca. Lisi e eu nos sentamos próximos a ele.

Minha mãe e Tasha estavam juntas no sofá. Desde o dia anterior, quando Mike, o vizinho, terminou com ela, Tasha estava agarrada à minha mãe. As câmeras continuavam filmando e o diretor já tinha falado que deveríamos simplesmente fazer a cena, que ele cuidaria disso na sala de edição.

– Vamos *começa-r* com o Gerald dessa vez – disse a Babá. – Acho que Gerald trilhou um caminho longo, não acha?

Ninguém disse nada.

– Bom, vamos lá, família Faust. Falem alto! – disse a Babá. – Gerald não soca uma parede faz quanto tempo? Mais de um ano?

– Verdade – disse meu pai. – E ele arruma sua própria cama todos os dias, fica pronto para a escola e faz muitas tarefas de limpeza dentro de casa. Isso é verdade.

– Isso mesmo, Doug. Ele melhorou muito, se você lembrar onde estávamos no ano passado, estou certa?

O diretor fez que sim com a cabeça, então todos copiaram o gesto – exceto Tasha, que parecia querer chorar de novo.

Tinha me esquecido sobre socar paredes. Isso foi no primeiro episódio. Quando tornei-me o Cagão desde então. Socar paredes era para covardes.

– Acho o Gerald incrível – disse Lisi. – Eu sempre achei o Gerald incrível.

– Bom, ele nunca cagou nas suas coisas, por isso tem essa opinião – Tasha disse.

Todos nós olhamos para Tasha e para minha mãe, que ainda estava fazendo cafuné na Tasha como se ela fosse um cachorro premiado ou algo assim. Ela não parecia nada intimidada, mas então, de novo, eu cagaria nas coisas dela também.

O diretor andou até nós e disse:

– Olha. Temos que ter essa gravação pronta até as 4 horas. São 3 horas agora. Você teve tempo o suficiente para arrumar esse negócio familiar na noite passada. Você tem o resto da vida para continuar dando um jeito nisso. Podemos nos concentrar apenas nas coisas boas que o show fez para sua família enquanto estávamos aqui?

Ele não estava fazendo uma pergunta. Ele não esperou por uma resposta. Só se virou e voltou para sua cadeira.

Mas a mera menção sobre ontem à noite fez o lábio inferior da Tasha tremer de novo. Não sei o que eles disseram ou fizeram com ela, mas minha mãe e meu pai a levaram para a caverna do meu pai por mais de duas horas, e depois minha mãe e meu pai brigaram a noite toda – ou pelo menos até eu cair no sono.

O assunto era Mike, o vizinho. Eu sei disso. Sei porque meu pai fez umas perguntas a mim e a Lisi antes do encontro. *Tasha o convidou para entrar? Ele já tocou em qualquer um de vocês? Tem certeza que ele estava sem as calças? Por quanto tempo eles ficaram no quarto dela? Por favor, descreva os barulhos que você ouviu, Gerald. Tasha estava vestida? Descreva esses barulhos de novo?*

A Babá acelerou a cena.

– Vocês dois fizeram um lin-do trabalho mantendo as regras da casa em ordem. Essas crianças sabem das suas responsabilidades – disse a Babá, olhando para a Lisi. – O que me lembra... Acho que tenho um presente de aniversário atrasado a-qui para você, Lisi – ela disse, enfiando a mão numa sacola, que estava atrás dela, e tirando um papel de embrulho.

Lisi sentou mais para frente.

– Posso abrir agora?

– Claro – disse a Babá.

Quando ela abriu e encontrou um conjunto de *walkie-talkies*, Lisi berrou. A gente queria isso há anos e o Papai Noel nunca havia trazido para nós. Ela pediu ajuda ao meu pai para abrir a embalagem e colocar as baterias, e entregou para mim.

– Lisi para Gerald, pode me ouvir? Câmbio – ela disse do hall.

– Não dá pra saber. Você está muito perto – falei. – Vai mais para longe.

Uns segundos depois, a voz dela saiu do alto-falante do walkie-talkie.

– Lisi para Gerald.

A Babá estava sorrindo. Meu pai estava sorrindo. Eu estava sorrindo. Pressionei o botão amarelo do lado do aparelho.

– Isso é muito legal!

– Agora – disse a Babá. – Gerald, vai brincar com a Lisi lá fora. Quero um tempo com o restante da família.

Eu concordei com a cabeça e saí em disparada em direção à porta do porão, mas então parei. Fiquei parado quietinho onde ainda conseguia ouvir a conversa e apertei o botão do *walkie-talkie* para que a Lisi pudesse ouvir também.

– Tasha, acho que já conversamos o bastante sobre o que aconteceu aqui com o menino que você convidou para casa – começou a Babá. – Mas não conversamos sobre seu compo-r-tamento com seus irmãos. Gostaria de saber o que pode ser feito para melhorar isso.

Ouvi meu pai suspirar.

– Não consigo me relacionar com eles – Tasha disse.

– Lisi e Gerald são muito mais novos que a Tasha – minha mãe disse.

– Já conheci muitas famílias com diferenças de idade bem maiores e as crianças não têm tantos problemas de relacionamento entre irmãos – disse a Babá. – Pelo menos eles não são grossos um com os outros. Tasha, você é muito grossa com seus i-r-mãos. Queria saber o porquê.

Ouvi Lisi segurando a risada no andar de cima. Se ela não ficasse calada, estaríamos encrencados.

– Eles não me amam – disse Tasha. – Ninguém me ama! – Ela começou a choramingar de novo.

– Que papo bobo – disse a Babá. – Todos nós te amamos. E sei que ter 12 anos não é tão divertido, mas seria bem melho-r se você tratasse bem as pessoas e pensasse no lado delas um pouco. Não é tão difícil, é?

Não escutei nada por um minuto, e depois a Tasha disse:

– Como posso me relacionar com uma criança retardada e uma menina que não faz nada além de ler livros? Sério! Sou uma mulher agora, entendeu? Tenho outras coisas para pensar.

– Como aquele... – disse meu pai, mas parou no meio da frase. Mas acho que todo mundo sabia que ele quis dizer Mike.

– Não há crianças com dificuldade de aprendizado nesta casa – disse a Babá. – Todo mundo aqui está bem! Posso levar vocês para verem alguns ambientes familiares muito difíceis, e vocês perceberiam como são sortudos. Fico tão brava quando vocês falam essas coisas!

– Ela tem razão – disse meu pai. – Todos os médicos disseram que não tem nada de errado com ele.

– E outra coisa – disse a Babá. – Você *não* é uma mulher, Tasha. Não por um bom tempo ainda. Não deveria pensar que é uma mulher.

Então Tasha começou a chorar. Minha mãe disse:

– Pare de fazê-la se sentir mal! Nada disso é culpa da Tasha. Ela não fez nada de errado!

– Sim, ela fez – disse meu pai. – Ela trouxe um menino para dentro de casa e você sabe!

– Não causou nenhum mal, Doug – minha mãe disse.

– Ele poderia ter nos roubado. Poderia ter machucado a Lisi. Poderia ter feito coisas piores do que ele já fez – meu pai falou. – E o que ele fez foi ruim o suficiente. Pelo amor de Deus, ela tem *12 anos*!

Ficaram em silêncio por vinte segundos. Tasha deu umas choramingadas a mais, e a Babá falou para ela ir para o quarto, então ela foi.

– Jill – disse a Babá. – Olha para mim. Você tem que fazer algo a respeito do seu próprio compo-r-tamento. Todo mundo aqui mudou, menos você. Gerald faz a cama dele todo santo dia. Lisi não causa problemas. Até o Doug faz mais coisas em casa e tentou ajudar você nesse processo. Mas, realmente, agora é com você.

Silêncio. Então minha mãe começou a falar. Acho que estava chorando.

– Quando fiquei grávida da Lisi, ela foi, você sabe... uma surpresa – ela disse. – Não achei que poderia amar outra criança tanto quanto amava Tasha. Ela tem seus problemas, eu sei, mas sou a mãe dela. Mas... digo... Como é possível ter tanto amor por *duas* crianças? Apenas não pensei que tinha tanto. Muitas mulheres se sentem assim. Já li artigos sobre isso – ela disse. – E Doug estava trabalhando o tempo todo, então éramos só nós duas. Mas daí veio a Lisi, e eu não sentia nada por ela, nada.

Foi aí que desliguei o botão vermelho na lateral do *walkie-talkie*. Se Lisi ainda estava ouvindo, então eu não queria que ela ouvisse isso.

– Eu tentei – disse minha mãe. – Digo, eu realmente tentei. Mas não tinha mais paciência para toda aquela coisa de bebê. Fraldas. Babadores. Noites sem dormir. Doug, você lembra? Ela nunca parava de chorar.

– Jill teve um pequeno ataque nervoso. Ou dois – ele disse, suspirando. – E Tasha não gostava de ficar de fora também.

– Então, assim que tirei Lisi da fralda, veio o Gerald. Meu Deus – disse minha mãe. Daí ela começou a chorar *mesmo*. – É normal famílias tentarem ter um menino. Todo mundo falava com o Doug sobre isso. Como se tivéssemos que continuar tentando ter um menino! E olha quem tivemos. Olha para *aquele menino*.

Não precisei ouvir nada mais. O jeito com que ela falava sobre Lisi e eu... Era como se fôssemos bichos de estimação, mas sem todas as razões para se ter bichos de estimação.

Estava preso na cozinha. Se eu me movesse, eles saberiam que eu estava lá. Então fiquei lá parado e tentei não ouvir o que meu pai falava sobre as idas da minha mãe ao psiquiatra e sobre o quanto o casamento deles sofreu com isso.

Deu para ouvir a Babá Ossuda dar um abraço na minha mãe. Era como um sino de vento feito de ossos.

– Ainda há tempo – falou a Babá. Só porque eles têm 6 e 8 anos de idade não significa que é tarde demais. Tasha precisa de mais disciplina, e aqueles dois só precisam de amor.

– Eles nunca vão me amar – disse minha mãe. – E eu não os culpo.

Quando ouvi isso, me dei conta de algo. Tinha 6 anos, mas me dei conta disso naquela idade e enterrei essa percepção lá no fundo, até eu ficar maduro o bastante para lidar com isso.

Aquela percepção: *o amor dela era uma mentira, justamente como todo o resto.*

O dia em que fiquei maduro o bastante para lidar com isso: no meu aniversário de 17 anos.

PARTE TRÊS

44

HOJE, NO MEU ANIVERSÁRIO de 17 anos, acordo pensando na Hannah. Não pensando naquilo. Tá bom... naquilo também. Ontem à noite, a caminho de casa para o trabalho, quase falei para ela que a amo. Nossas idas ao Centro CEP nas últimas noites foram divertidas. Colocamos música alta e Hannah cantou. No fim de semana, paramos várias vezes no campo de baseball, nos deitamos no gramado e observamos as estrelas. Na segunda-feira, paramos no McDonald's e tomamos sundae com calda quente de caramelo. Ontem à noite, ela estava comendo uma bala comprida de caramelo e sorriu para mim de um jeito que não consigo explicar. Tive que me lembrar de não apressar as coisas. Faz só, tipo, duas semanas.

Ela não vai corresponder a seu amor, Cagão. Ninguém fez isso até agora.

Quando desço as escadas, encontro meu almoço embrulhado e um cartão na mesa da cozinha dentro de um envelope azul, que diz *Gerald* na frente. Minha mãe não está em casa, e não ouço nenhum barulho de roedores se reproduzindo no porão sei que meu pai saiu às 6 horas da manhã hoje, porque o ouvi sair quando estava me levantando. Então pego meu almoço, o cartão e enfio dentro da mochila.

Feliz aniversário, Gerald.

Agora que busco Hannah toda manhã para irmos à escola, acordo mais cedo, e minhas manhãs têm perfume de cereja. Temos que estar na escola até às 8 horas, mas eu a busco às 7h15 para passarmos um tempo juntos. Ela me espera no final do caminho para a garagem, e saímos em direção às ruas de trás.

– Feliz aniversário! – ela diz.

– Obrigado – falo. – O que você vai me dar de presente?

– Gosto da sua camisa – ela fala.

– Obrigado. Comprei no shopping este fim de semana.

– Você fica gostoso com ela.

– Não começa... – eu falo.

– Certo. Regra número cinco. Eu lembro agora. – Conforme ela fala isso, coloca a mão na minha perna. Perto do joelho. E ainda assim, mexe comigo. Ela começou a fazer isso duas noites depois que limpou o CUZÃO do meu painel.

– Sabe o que gosto em você? – ela pergunta.

Não digo nada.

– Você é um mistério, Gerald. Não tenho a menor ideia do que está pensando na maior parte do tempo, e não consigo dizer quando você está presente e quando não está.

– Estou aqui – falo. – Dirigindo o carro.

– Mas a parte misteriosa... Eu gosto dessa parte – ela diz. – Tipo, sou a filha do sucateiro, e todo mundo sabe disso, o que faz de mim facilmente reconhecível. As pessoas olham para mim e pensam *ferro-velho*. Eles não precisam falar comigo, até baterem o carro e precisarem de uma porta do lado passageiro de um Honda 2001 ou algo assim, sabe?

Dou uma risada que sai pelo nariz, porque ela está desconsiderando que sou o Gerald, o Cagão. As pessoas olham para mim e pensam em cocô.

– Tá vendo? Quando você faz isso, você pensou em alguma coisa, mas não falou. Misterioso.

– Só dirigindo. Para a escola, lembra?

– Vamos cabular!

– As aulas?

– Escola *e* trabalho. Por que não? Vamos passar o dia fora e ir para algum lugar legal.

– Que seria onde?

– Não sei. Que tal Filadélfia? Leva duas horas. Podemos andar de braços dados, ir a um cinema *cult* e tal. Comer cachorro-quente na rua.

– Seria legal – falo. Penso no meu Dia B com a Branca de Neve como orientadora educacional. – Mas eu realmente deveria ir à escola.

– Nem tão misterioso agora.

– A escola é importante no momento.

– Que afirmação brochante.

Suspiro.

– Posso te perguntar uma coisa?

– Dã.

– Por que quer tanto fugir? Entendo seu problema em ser a filha do sucateiro e tal, mas é só isso?

– É só isso? – ela diz. – Cara. Sou a Cinderela original. Cozinho, limpo, lavo, esfrego merda de mofo do azulejo no chuveiro. O tempo todo, estou limpando merda. *Merda deles.* Eu literalmente tenho que limpar *a merda deles.* É nojento. – Ela gesticula bastante. – E, ainda por cima, trabalho e tenho que atender àqueles idiotas do hóquei no centro CEP e ir à escola com um bando de babacas. Fala sério. Por que alguém ia querer ficar?

– Foi mal.

– É. Minha vida está uma bosta no momento. As coisas vão melhorar quando o Ronald voltar para casa. – Ronald é o irmão dela, que está no Afeganistão.

– Como assim? – pergunto.

– Bem, contanto que ele não chegue dentro de um saco, então minha mãe talvez tire a bunda do lugar e faça alguma coisa de novo. Seria um começo.

Ficamos em silêncio no carro o caminho todo até a escola. Silêncio contente de aniversário. Olhando pela janela, em silêncio. Ignorando-a-insistente-dor-de-uma-semana-nas-minhas-costelas-que-estão-talvez-quebradas. Quando paramos no estacionamento, na minha vaga, ela abre o zíper da mochila e tira uma caixinha de CD embrulhada e um pequeno cartão.

– Abra só quando eu sair – ela diz. Depois fecha o zíper da mochila, sai do carro e entra na escola.

Abro o presente primeiro. É um CD que ela gravou, com uma capa com estilo clássico que diz: *Músicas Que Me Fazem Pensar no Gerald. Filha do Sucateiro.* Sei que não vou ter tempo de ouvir agora, então enfio no porta-luvas e abro o cartão.

A letrinha miúda dela – aperfeiçoada pelos anos escrevendo naquele caderninho, imagino eu – forra todo o interior do cartão, mas me dou conta de que também não tenho tempo de ler o cartão agora. Porém, algumas palavras chamam minha atenção conforme o fecho. No canto direito, embaixo, vejo as palavras. Há algo nelas que traçam um formato conhecido. Mesmo impressas em letras miudinhas, que é o jeito que ela escreve. Fecho o cartão e enfio no porta-luvas, junto com o CD.

* * *

Na hora do almoço, ela parece tímida.

– Ei.

– Ei – eu falo.

Nos espalhamos no banco e ela joga a mochila dela. Duas barras de Kit Kat, um punhado de amendoim, um pirulito e uma barrinha de *beef jerky*. Largo minha mochila. Fico com vergonha, porque minha mãe embrulhou cada pedaço do meu almoço com papel de presente. Ela até amarrou uma fita e fez um laço no sanduíche, que vem num pão de hambúrguer, então está o dobro do tamanho.

– Oooh! – diz Hannah.

Começamos a desembrulhar meu lanche. Balanço a cabeça para os lados como reação ao que minha mãe fez esta manhã. Ela gastou todo esse tempo embrulhando meu almoço, quando poderia estar na terapia ou botando a Tasha para fora de casa, ou lendo um artigo de autoajuda sobre como a cabeça dela está fora do lugar. Ela podia ter escrito *Eu te amo* num cartão de aniversário, como a Hannah fez.

Em vez disso, ela escreveu: *Quem ama meu garotinho?*

Se eu tivesse recebido essa mensagem de aniversário por e-mail, eu clicaria em RESPONDER e escreveria *Não sei. Quem?*

– Você abriu meu cartão? – Hannah pergunta, mordendo metade do meu sanduíche de frango com salada.

– Não tive tempo – menti. – Pensei em fazer isso mais tarde... Antes do trabalho.

– Legal – ela diz.

– Mas obrigado. Foi muito legal da sua parte.

Ela pega o caderninho, começa a escrever nele e não percebe que estou sorrindo para ela, pois seu cabelo cai no rosto.

– Mas abri o CD. A capa é irada. Você quem fez?

– Foi.

– Ficou demais – falo, apesar de estar pensando no cartão dela esse tempo todo. *Ela não pode amar você, Gerald. Você é incapaz de ser amado e você sabe disso. Ela vai descobrir isso logo.*

– Obrigada. A Donzela da Sucata que vos fala aprecia elogios.

Ela ainda está debruçada, escrevendo.

– Então, se eu falar para a Donzela da Sucata que acho ela linda, tudo bem? Ela não viria atrás de mim com um para-lama velho e enferrujado ou com uma peça de maquinário de fazenda?

Ela olha por entre seus cachos.

– Não. Ela não iria atrás de você com um para-lama enferrujado.

– Que bom. Isso é bom – eu falo.

Ela olha para mim por mais um segundo e depois volta a escrever. Está de óculos, mas eles são falsos, sem grau. Ela usa eles no Centro CEP agora porque diz que as pessoas a tratam melhor quando está de óculos. Ela me contou isso no sábado. Não acreditei de primeira, mas agora ela me mostra o gráfico que começou a desenhar.

– Está vendo? – ela diz, virando as páginas do caderninho. – Na média, sou maltratada trinta por cento do tempo quando estou sem eles.

– É esse tipo de coisa que escreve no seu caderninho? – pergunto.

Ela coloca de volta no bolso de trás.

– É. E outras coisas.

Almoço mais rápido porque quero encontrar o Sr. Fletcher sozinho e perguntar se ele acha que consigo sair da sala de Educação Especial e tentar me esforçar para chegar à universidade. Não conto isso à Hannah. Conto a ela que tenho que ir ao banheiro.

– Vou dar uma passada rápida no banheiro – falo.

– Não vá rápido demais – ela diz, ainda rabiscando.

Deirdre está na sala do Fletcher, almoçando sozinha. Ela come devagar e toma sopa de um copo térmico por um canudinho. Tentamos jogar conversa fora, mas ela fica falando sobre televisão, e continuo contando que não assisto à televisão.

– Enfim, qual é o seu problema, caralho? – ela pergunta depois de alguns minutos de silêncio.

– O que quer dizer?

– Por que você está aqui? – ela pergunta. – Você parece ser inteligente.

– É uma longa história – falo.

– Tenho o dia todo – ela diz. – Não tenho para onde ir. – Ela faz um gesto largo com seus braços em volta da cadeira de rodas, querendo dizer *Está vendo? Não tenho para onde ir*.

– Não sei. Fiquei sem jeito, por causa do… você sabe.

Ela olha para mim com a cabeça inclinada naquele jeito Deirdre, com os lábios um pouco sujos de comida, enquanto tenta mastigar mais rápido para falar alguma coisa.

– Sente vergonha do quê? – ela pergunta.

– Cara… – eu falo. Mas só falo isso. Ela me olha como se fosse chorar… ou me matar. Não sei qual das duas opções.

– Tenho que cagar nas minhas *calças*, Gerald. Sabia disso? Tenho que *usar fralda!* Eles chamam de *shortinhos*, para soar melhor. Mas cagar nas calças é cagar nas calças.

– Desculpa, Deirdre. Não quis irritar você – falo.

– Você não me irritou. Só me tornou mais consciente de quanta vergonha *eu* deveria sentir se *você* sente vergonha.

Leva um minuto para eu entender o que isso significa. Enquanto tento descobrir, Deirdre fala:

– Sabe o que me parece? Que você sente prazer na decepção. – E ela acrescenta: – É disso que você sente vergonha.

Minha risada sai pelo nariz. Não uma risada ha-ha. Mais como uma risada: caramba-ela-previu-essa-risada.

– Merda.

– Você sente prazer em ser o maior perdedor do mundo, enquanto poderia, na verdade, dar um pontapé no traseiro da vida. Que desperdício.

Penso sobre dar um pontapé no traseiro da vida. Percebo que não tenho a menor ideia de por onde começar.

– Merda, você podia ser uma estrela de TV – ela diz.

Dou risada de novo. Uma risada ha-ha.

– É sério. Você já tem experiência, já tem um nome e as pessoas conhecem você. Você é famoso, porra.

– Sou famoso por cagar nos sapatos da minha mãe e por dar um soco em uma pessoa na TV. Isso não vai me arrumar um emprego na TV – falo.

Ela vira os olhos para cima.

– Obviamente, você não assiste muita televisão.

Fletcher chega bem na hora em que o sinal toca, então não consigo conversar com ele sobre nada, mas conversar com a Deirdre me ajudou mais do que esperava. Posso falar com o Fletcher amanhã.

***

Quando entramos no carro depois da escola, Hannah pergunta:

– Podemos pegar o caminho mais longo para chegar ao trabalho?

A resposta é sim. Sempre será sim. Sim. Sim. Sim. Balanço a cabeça e me estico para pegar o cartão e o CD do porta-luvas, mas ela me impede.

– Ainda não – ela diz. – Depois do trabalho, tá?

– Mas quero ouvir as músicas que me lembram da menina sucateira do Gerald.

– Cara, é a *filha* do sucateiro – diz ela. Depois, abre o porta-luvas e me entrega o CD.

– Espere para ler o cartão. Tem bastante coisa para ler.

Mas vejo que ela nota o cartão aberto.

45

NO TRABALHO, ESTÁ uma correria louca.

Hannah passou para o caixa seis e Beth se apressa por nós dois, porque ela fica dizendo que somos "divertidos", o que significa que não importa quantos fãs de hóquei famintos estão na fila na nossa frente nem quantas travessas de batata frita ela tem que buscar para nós, ainda tiramos um sarro e gostamos de falar bobagem, às vezes. Sinto vontade de perguntar a ela como é nadar pelado.

Perto da hora de fechar, chega esse cara ao caixa seis com a namorada e pede duas cervejas para a Hannah. Ela pede o documento dele e ele ri enquanto tira o documento da carteira.

– Gostaria de ver *seu* documento – ele diz a ela. Os pelos da minha nuca ficam eriçados quando ele diz isso. O tom de voz dele não é legal. Saio do meu caixa e vou até o caixa da Hannah. Fico pronto para o confronto. *Sou Gerald e nasci pronto para lhe dar um pontapé na bunda.*

Ele entrega o documento para Hannah. Beth sai para tirar os chopes.

– Precisa de ajuda para fazer as contas, garota? – ele diz.

Hannah olha por cima de seus óculos e diz:

– Então você tem 22 anos. Parabéns.

– Dizem que os homens melhoram com a idade – o cara fala.

Beth termina de tirar a cerveja e olha para a namorada do cara, que está olhando para o espaço como um coelhinho.

– Sério? Acho que as mulheres também.

– Então qual é a *sua* desculpa? – ele diz.

Beth entrega as cervejas a ele e fico torcendo para ela derramar uma delas em cima dele. Ou derrubar as duas. Ou jogar na cara dele. Hannah está apenas processando o momento. Vejo pelas sobrancelhas franzidas dela.

– O tempo não vai fazer nada por você, cuzão – falo. Viu? Sou bom nisso. *Tenho um interruptor que pode me ligar.*

Ele bufa e diz:

– O que você falou, garoto?

– Eu disse – falo. Levanto a voz, então as veias no meu pescoço saltam. – O tempo não vai fazer merda nenhuma na sua cara feia de cuzão, seu cretino de merda. – Dou um sorriso. – Você me ouviu desta vez?

Ele fica lá parado, segurando suas duas cervejas. Sua namorada diz alguma coisa que não consigo ouvir. *Vamos. Vamos lá. Estamos perdendo o jogo.* Ele também não ouve. Só me encara.

Ele não tem ideia de quão rápido posso mandá-lo para um hospital.

Ele coloca as cervejas no balcão.

– Cadê seu chefe, porra?!

Beth levanta a mão.

– Posso tornar isso mais fácil para você e socar você primeiro. Quer essa opção? – pergunto. Realmente sinto vontade de bater nele, então aproximo meu rosto do dele.

Ele olha para a Beth.

– Quero que demita ele.

Beth vira a cabeça de lado para se aproximar dele e faz uma concha com a mão.

– Desculpe. Sou feia demais para ouvir você. Pode falar de novo?

Ele encara nós três por uns segundos, depois pega as cervejas e sai.

Beth me dá um toque com a mão.

– Tudo bem com você?

Balanço a cabeça.

– Você é linda – falo. – Não dê ouvidos àquele imbecil.

Hannah concorda. Mas ela está numa espécie de estado de choque. Percebo pelo jeito que as sobrancelhas dela franzem. Como se ainda estivesse vivendo no minuto que já passou. Sei sobre viagem do tempo quando vejo uma acontecendo.

* * *

– Você me assustou naquela hora – ela diz, a caminho do estacionamento.

– O quê?

– Você me assustou – ela diz. – Você é... hum... muito mais. Não sei. Nada. Esquece.

Caminhamos pelo quarteirão em silêncio.

Ela olha para mim enquanto andamos sob a luz da rua.

– Você é muito bonito, sabia?

Não sei o que dizer. Acho que ninguém mais usa a palavra *bonito*. Sinto humildade nisso. Porque é uma palavra antiga que vovós usam. É clássica e real, e me sinto... bonito. Me faz sorrir. Sinto muita vontade de beijar a Hannah, mas não a beijo.

No carro, tiro o cartão do porta-luvas antes que a Hannah me impeça, porque parece que é isso o que ela quer fazer.

Começo a ler a caligrafia dela.

Querido Gerald,

Sei que é um pouco cedo para falar isso, mas acho que você é, provavelmente, o melhor amigo que já tive. Isso não diz muito porque nunca tive um melhor amigo. Uma vez, achei que tinha uma melhor amiga, mas ela começou a se interessar por roupas e acabamos não sendo mais amigas.

Gosto muito de você porque você se importa comigo e está "cagando e andando" para o que as pessoas pensam, Gerald. Você realmente se importa. Sei que não conversamos muito sobre as coisas, por causa das regras, mas nunca achei que alguém poderia se importar com a Hannah McCarthy. Todo mundo sabe que sou a filha do sucateiro, e decidi, há algum tempo, que estou de boa com isso, porque não há nada que eu possa fazer a respeito. E você é o menino da TV, e não há nada que possa fazer a respeito. E, hoje, você completa 17 anos, e acho que está na hora de saber que é o menino da TV e, até ir embora daqui, você sempre será *o menino da TV, e eu vou sempre ser a filha do sucateiro. Sinto uma ligação com você por isso, pois não estamos felizes morando aqui e quero encontrar um jeito de ir embora. E parece que você também quer.*

Conheço essa menina do meu trabalho anterior que queria sair de casa também, então ela se casou com um cara quando tinha 17 anos. Não se preocupe. Não estou pedindo você em casamento. Mas acho que poderíamos encontrar um jeito de sair daqui mais cedo. Não vou aguentar mais um ano na escola. Não vou aguentar mais um dia como Cinderela. Não aguento mais um dia sendo a filha do sucateiro. Quero ser a Hannah. E quero que você seja o Gerald, e não um garoto qualquer da TV.

De qualquer forma, feliz aniversário. Sei que é meu melhor amigo e espero que não fique assustado, porque preciso de você na minha vida neste momento, nunca precisei tanto de alguém. Porque tenho certeza de que amo você.

Hannah

É um cartãozinho pequeno. Eu o seguro perto dos olhos para ler e fico olhando por uns segundos depois que termino, enquanto penso no que dizer.

– Hum – ela diz. – Estou com muita vergonha.

Coloco o cartão entre os assentos.

– Não fique com vergonha. Você também é minha melhor amiga. Também nunca tive uma. Só fico com medo porque, se apressarmos as coisas, podemos... você sabe... estragar tudo.

– Merda.

Olho para ela.

– Eu acho que te amo também, Hannah. Tudo bem? Tenho muita certeza, na verdade. Mas vamos com calma.

Damos uma pausa e olhamos para baixo por uns segundos. Parece que Hannah quer falar alguma coisa.

– Algo errado?

– Você me deu um susto naquela hora – ela diz. De novo. Ouvi ela dizer isso da primeira vez, a caminho do carro.

– E?

– E não posso amar alguém que... sabe... bateria nas pessoas e tal.

– Meu Deus – falo. Falo isso porque instantaneamente me sinto como o Cagão.

– Desculpa.

– É meu aniversário – falo.

– Eu sei. Não quero estragar seu dia.

– Tarde demais.

– Mas é sério. Não estou pronta para visitar alguém que amo na cadeia, entendeu?

– Meu Deus! – falo de novo. – Que diabos está tentando fazer?

– Estou só te contando.

– Bem, eu te ouvi, tá bom?

– Tá bom.

Ela parece assustada agora. Caralho.

– Eu nunca, tipo, bateria em você nem nada disso.

– Merda – ela diz. – Não é o que quero dizer, Gerald.

– Acho que é.

– Não é – ela diz, e vejo os olhos dela se encherem de lágrimas, porque as luzes do estacionamento estão refletindo nelas. – Olha. Vamos tentar de novo.

– Vamos – falo.

– Vai, não fique bravo.

– Cara, você acha que vou bater em você um dia. E eu acho isso um saco. Seria um saco para você, se você fosse eu, garanto.

– Não falei isso.

– Você não precisava ter falado.

Saio do estacionamento e desço a rampa. Hannah começa a chorar um pouquinho.

Feliz aniversário, Gerald.

Assim que saímos da garagem, vamos em direção à ponte, ela começa a divagar.

– Olha, foi culpa minha e peço desculpas. Mas você me assustou. Deu pra ver que quase matou aquele cara. Tinha uma veia saltando do seu pescoço. E sei que seu peito ainda está todo zoado do boxe, e me assustou, não sabia que lutava boxe, não gosto de luta de boxe porque é muito violento, e não entendo por que alguém ia querer bater em outra pessoa, então todas essas coisas me assustaram, tá bom? E, antes que você fale isso de novo, não acho que vai me bater – ela diz. – Acho que somos almas gêmeas. Almas gêmeas não fazem essas merdas.

– Agora somos almas gêmeas? – Não sei por que estou sendo tão sarcástico. Mas estou. E a estou machucando. E não consigo parar. *Porque você é um cuzão.*

– Na verdade, pensei sobre isso há três semanas.

– Três semanas atrás nós nem falávamos um com o outro – falo.

Ela tira o caderninho.

– Posso provar. Quer que eu leia pra você essa parte?

– Não – falo. – Eu acredito em você.

– Então não está bravo?

Suspiro. Estou bravo. *CEP 00000.* Mas não com ela.

– Estava apenas aproveitando o dia do meu aniversário e não quis assustar você. Estava só zoando. Nunca bateria naquele cara. – Que mentira.

– Vou ler para você – ela diz. – Bem aqui. Há três semanas.

Levanto minha mão.

– Não faça isso. Isso quebra a regra número... qual é a regra de não ler o caderninho? Por que não criamos essa regra?

– Porque é uma regra sagrada.

– Então não pode ler pra mim. Coloque de volta no seu bolso.

Nenhum de nós dois falou sobre isso por um tempo, mas ela coloca a mão sobre a minha perna de novo – perto do joelho – e isso também mexe comigo de novo.

– Almas gêmeas, é? – falo.

– Sim – ela diz.

Dou um sorriso.

Se ela é minha alma gêmea, então acabei de economizar anos de procura. Mas não sei dizer se ela é ou não, porque estou envolto numa embalagem falsa de polietileno que me impede de ver qualquer possibilidade da verdade.

Nós paramos na entrada da garagem dela.

– Você já escreveu sua lista de exigências? – ela fala.

– Tentei começar – digo. – Sem sucesso. Nada que exigi fez nenhum sentido.

– E daí? Faça de qualquer jeito. Se eu fosse você, já teria uma lista extensa.

– Acho que não sou muito bom em exigir coisas.

Ela sai do carro.

– Obrigado pelo cartão – falo. – Achei engraçado quando disse que estou cagando e andando para o que as pessoas pensam. Pois, você sabe, né, é a minha vida... cagar para as pessoas. A única coisa é que aquelas pessoas nunca valorizaram isso. – Dou risada. – Mas, não. Sério. Obrigado pelo cartão. Achei bonito.

– De nada. E não esqueça de ouvir o CD.

– Não vou esquecer. E aquela merda toda do amor – falo.

– A merda do amor? Que romântico.

– Digo, vamos continuar indo devagar, tá bom? Essa merda me assusta.

***

Quando volto para casa, vou até a mesa da cozinha e encontro meu presente de aniversário e um bilhete. *Desculpe, sentimos sua falta!*

É um vale-combustível de trezentos dólares. Ouço o volume alto da TV vindo do porão, penso em fazer as malas agora mesmo e ir para onde quer que trezentos dólares possa me levar.

Assim que chego a meu quarto, assisto duas vezes ao incrível número de trapézio de Mônaco antes de ir para a cama. Conto os giros e os saltos mortais. Os trapezistas são como pássaros. Provavelmente, eles foram forçados a praticar no trapézio desde o minuto que nasceram, 24 horas por dia, 7 dias por semana, mas eles parecem livres. Pelo menos no ar eles parecem livres.

46

EPISÓDIO 3
CENA 2
TOMADA 2

O TERCEIRO EPISÓDIO não era completo. Era um desses episódios de "vamos nos comparar com nossa família no passado e ver como nos demos bem", e eu não conseguiria pensar por nada no mundo que alguém na minha casa tinha se dado bem.

Ninguém se deu bem.

Minha mãe ainda tratava Tasha como uma princesa, apesar de Tasha bater nela toda hora e inventar a brincadeira da almofada para assustar ainda mais a Lisi e eu. A brincadeira era pegar uma almofada do sofá e colocar na minha cara até eu começar a me debater e gritar, até quase perder a consciência. Então ela tirava a almofada e eu ficava no Dia B, deitado com ela, invisível, e a Lisi ao meu lado, com cara de preocupada. Então Tasha corria para a minha mãe e dizia que eu tinha feito algo errado. Minha mãe vinha e me dava bronca enquanto eu ficava mudo, olhando para o nada e tomando sorvete, vendo meu personagem de desenho animado preferido ou algo assim.

Meu pai ficava ainda mais fora de casa. Se é que isso era possível. Naquela época, o mercado estava bom, as casas estavam vendendo. Ouvi umas conversas sobre guardar dinheiro como os esquilos armazenam nozes. Ele falou sobre nos mudarmos porque naquele momento muita gente nos conhecia. Estrelas de reality show. Os fotógrafos vinham até a entrada da garagem para tirar fotos. Faziam artigos no jornal local. As pessoas escreviam cartas para o editor. Eu tinha 6 anos, então não sabia. Li algumas dessas cartas, muitas cruéis, algumas não. Tenho certeza de que uma delas foi escrita pela mãe dos meus sonhos, a moça do hóquei, coberta de ketchup.

Lisi não estava bem. Ela tinha medo que morrêssemos. Achava que podia evitar a brincadeira da almofada ficando o tempo todo em seu quarto, onde Tasha não podia pegá-la. Ela leu todos os livros que tinha umas cem vezes. Escrevia umas coisas em um diariozinho com chave e fazia adiantado as lições das apostilas.

Mamãe não estava bem. Seus olhos estavam vazios, translúcidos. Ela começou a caminhar por horas seguidas. Até tentou procurar emprego, mas ninguém queria contratá-la, já que não sabia fazer nada a não ser foder com sua família. Ninguém disse essa parte. Essa parte era minha.

A Babá Lainie Church/Elizabeth Harriet Smallpiece e a equipe chegaram no primeiro dia, entrando como se fossem donos da situação. A Babá nem se importou em vestir a roupa de Babá. Ela estava com um vestido que mostrava todas as suas curvas e o decotão. A equipe não instalou nenhuma câmera secreta nas paredes. Eles disseram que seria uma visita de três dias, só uma vez e pronto – uma forma de restabelecer as regras e ver se a família estava bem.

A primeira cena com a gente, as crianças, era a segunda. Estávamos de banho tomado e vestidos, sentados na mesa da cozinha com mamãe e papai sentados nas pontas e a Babá ao meu lado, Tasha e Lisi na nossa frente. Eu só conseguia enxergar meus cocôs invisíveis no meio da mesa. Fiquei pensando em quando eu os botava lá. Eu tinha 5 anos, o que, parecia ser séculos atrás.

Eu sentia que tinha mais de 7 anos de idade. Que outra criança de 7 anos poderia dizer que escapou de ser morta pela própria irmã ao menos uma dúzia de vezes? Que outra criança de 7 anos poderia dizer que quando ia à escola, era vista parte como estrela de cinema e parte como maníaca? Eu não entendia se essas crianças do primeiro ano tinham visto mesmo o programa ou se seus pais tinham falado para elas. Acho que os dois. Os pais deixam as crianças a assistir tudo quanto é porcaria que não deveriam.

– Que bom verrr vocês de novo – começou a Babá. – Quero verrr o progresso de vocês. – A Babá disse "ver" com aquele erre vibrante.

Eu acabei gostando do seu sotaque, apesar de querer estapeá-lo para fora da sua boca por ela ser tão ingênua de pensar que eu estava *melhorrr*.

– Tasha tentou me matar de novo semana passada – disse na tomada um.

Eles não gostaram. Tasha protestou e começou a gritaria.

Então alguém gritou: "Corta!". Começamos de novo e me mandaram não falar até que me perguntassem algo.

A Babá estava preocupada. Ela olhou para Tasha. Ela sabia.

– Ação.

– Que bom *verrr* vocês de novo – começou a babá. – Quero *verrr* o progresso de vocês.

Minha mãe sorriu e disse que estávamos nos comportando melhor. Disse que estava sentindo que conseguia lidar melhor com a família, agora que havia regras na casa e estávamos fazendo as tarefas.

Meu pai disse que o trabalho estava mais pesado que o normal e que as "crianças" estavam indo muito bem. Disse que ele e a minha mãe podiam sair juntos mais vezes – agora era possível saírem uma vez por mês por causa da nova babá.

– Gerald, como está a escola, agora que você está no primeiro ano? – a Babá perguntou. Essa era minha deixa para dizer algo que não arruinasse a cena e pudesse seguir tranquilamente para a terceira cena, que seria uma entrevista sobre nossos diagramas e tarefas, e de tudo que a Babá havia feito para a gente. Me falaram para dizer que *A escola é ótima. Minha professora é muito legal.*

Mas eu pensei sobre a pergunta. Gerald, como você está indo na escola? Pensei na minha resposta. Como você *acha* que estou indo? E por que acharia que você *realmente* se importa? Quanta bosta.

– A escola seria melhor se a Tasha não tentasse me matar toda hora – disse.

– Corta!

47

EU *EXIJO* UMA MÃE que não seja esta pessoa.

Quando digo a ela que estou doente hoje e não vou à escola, minha mãe responde:

– Bom, não vou deixar isso mudar os planos com seu pai. – Ela franze a testa em formato de W.

Meu pai fica lá, confuso. Eu levanto ombros e peço desculpas.

– A gente confirmou presença nesse casamento há séculos – minha mãe resmunga. – E temos que sair às 10 horas.

– Desculpa – digo de novo.

– Vai se arrumar, Jill – meu pai diz. – Quero falar com o Ger a sós.

Ela sai, evidentemente decepcionada com meu comportamento, mesmo que eu não tenha cagado em seus sapatos.

Eu exijo cagar em seus sapatos. Uma. Última. Vez.

– Tudo bem? – meu pai pergunta.

– Tudo. Só estou me sentindo doente – digo, apontando para minha barriga.

– Ressaca das comemorações de aniversário?

– Isso faz dois dias. E eu trabalhei, lembra?

Ele concorda com a cabeça.

– Tem alguma coisa que você quer falar?

– Não.

– Você não está usando drogas, né?

– Meu Deus, não.

– Bebendo?

– Não se você não estiver presente – eu disse.

– Está saindo com alguma menina?

– Talvez – disse. – Nada sério. – Minha cara de paisagem é perfeita.

– Você não vai trazê-la aqui quando não estivermos, né?

– Nunca – digo, pensando no rodeio de trepadas dos ratos no porão.

Ele olha para mim preocupado.

– Tem certeza de que não tem nada de errado?

Olho para ele, preocupado.

– Tenho certeza que *tudo* está errado – digo. – Eu só tenho que esperar, como a Lisi fez.

– Ahn – ele diz. Como se eu tivesse sendo irracional.

– Ou nós podemos comprar aquela casa com piscina – digo.

Ele suspira.

– Pense sobre isso – digo.

Ele olha para o relógio e faz um gesto para eu segui-lo até sua caverna de homem, fechando a porta e abrindo o armário de bebidas. Ele se serve de uma pequena taça de licor e murmura sobre como é minha mãe quem vai dirigir mesmo. São 9 horas da manhã.

– Odeio ir a casamentos – ele diz. – Todo mundo está sempre feliz. E tudo é sobre futuro e comemorações, e toda essa gente agindo como se casamentos fossem um bem-casado recheado de sonhos.

– E não é?

Ele me dá um sorrido forçado. Antes de dizermos mais uma palavra, a barulheira começa. Começa manso. *Ba-bang-ba-bum-ba-bang-ba-bum*. Devagar.

– Mamãe vai deixar Tasha cuidar da casa. Eu sei que é um saco. Se quiser dormir na casa de algum amigo, não tem problema – ele diz, virando o copo.

Ele sabe que eu não tenho amigos.

– Me liga se ela fizer alguma coisa errada – ele diz. *Ba-bang-ba-bum-ba-bang-ba-bum*.

– Você tem minutos ilimitados? – pergunto, e nós dois damos risada.

***

Quando eles finalmente saem, pego Hannah na escola (ela saiu de fininho pela porta da sala de música e me encontrou na rua), e vamos de carro até a Rua Franklin. No caminho, conto a ela sobre o que descobri.

– A aula do Sr. Fletcher não é pra mim. Nunca foi. Estou bem – digo.

Ela concorda.

– Mas minha mãe queria que eu fosse retardado para que a Tasha fosse feliz. E ela queria que a Tasha fosse feliz porque a Tasha batia nela toda hora, e na Lisi e em mim, e tem mais nessa história, mas podemos falar sobre isso outro dia. Quero dizer, que mãe quer que seu filho seja retardado?

– Por favor, podemos dizer *alguém com deficiência de aprendizado* ou algo do gênero?

– Mas é disso que ela me chamou – digo. – Dói, merda.

Você sabe como é sua mãe.

– Isso é um saco, sabia? – Ela aperta meu braço.

– Mas eu estou bem, né? Não sou re... Não tenho deficiência de aprendizado, né? – Olho para ela enquanto dirijo. – Né?

– Gerald, você já pensou que ela chamar você disso pode ser o jeito, tipo, de ela se safar de todas as merdas que já fez com você? Tipo, as coisas do programa?

– Como assim?

– Isso vai quebrar totalmente a regra número três – ela diz.

– Vai em frente.

– Bom, talvez ela precisasse de um motivo para você fazer... o que fazia? Daí ela decidiu que tinha alguma coisa errada com você, não com ela.

– Quer dizer, um motivo para eu cagar?

– É – ela diz.

– Ahh... – digo. Então meu cérebro acelera. Minha mãe precisava que eu ~~fosse retardado~~ tivesse deficiência de aprendizado, porque isso explicaria por que eu cagava durante a Liga das Babás.

Merda.

Minha mãe queria que eu fosse retardado porque era mais fácil do que ela virar uma boa mãe.

Merda.

***

Nathan e Ashley estão assistindo a uma minissérie da *National Geographic* sobre o fundo do mar. É a folga deles.

Ashley não está assando nada e o Nathan diz que é muito cedo para tomar cerveja. Eu acho isso irônico porque vi meu pai tomar uísque puro hoje às 9 horas da manhã.

Exijo que o Nathan e a Ashley me adotem.

Hannah se aconchega em uma cadeira que fica no meio de três aquários e fala "oi" para Lola e Drake. Ela percebe que está faltando um peixe.

– É. Um dos Plecs morreu hoje de manhã – diz Nathan.

A Hannah franze a testa.

– Coitado do Louis. Ele era o melhor limpador do mundo.

Sento no sofá sozinho e observo Hannah. Ela nem sabe que estou olhando. Não nota quando a Ashley lhe oferece um refrigerante antes de ir para a cozinha. Ela não vê que Ashley e Nathan olham para ela e dão uma risadinha. Não percebe quando seu telefone toca no bolso. Ela está dentro daqueles aquários, nadando ao redor do castelo artificial, cheio de algas, e do tronco, com seus amigos peixes.

É como se a Hannah tivesse um Dia B.

Quando a vejo, percebo que estou cansado e fecho os olhos. Cochilar não é algo que eu faço. Cochilar era perigoso na minha casa quando eu era criança. Cochilar me tornava um alvo fácil. Aqui ninguém parece se importar, então eu tento.

De repente, só vejo a Hannah me acordando, perguntando o que quero para o almoço.

– Eu pago – diz o Nathan. – Tenho desconto em um chinês.

– Não estou com fome – digo. Cochilar fez com que eu não ficasse com fome. Bocejo.

– Ele pode dividir comigo – diz a Hannah.

Meia hora depois, estamos todos comendo comida chinesa na mesa da cozinha da Ashley e do Nathan. Ele fala sobre seu trabalho de motorista de uma empresa de ferramentas local. Ashley pergunta à Hannah se ela gosta de trabalhar no Centro CEP.

– É normal – Hannah diz. – Meu chefe é legal, o que é uma novidade.

– Você também trabalha lá, né? – Ashley me pergunta.

Eu ainda estou cansado. Meu estômago está embrulhado depois da soneca.

– É – digo.

– Quer um rolinho primavera? – pergunta Nathan.

Quando digo "Não, obrigado", ele oferece para Hannah, que come em três mordidas.

Vejo os três conversarem sobre alguma notícia que viram na TV, sobre uma estudante do ensino médio que foi expulsa por ter feito uma ameaça de bomba. Nathan não concorda com a Ashley sobre uma parte da história, e a Hannah concorda. Eles riem enquanto discordam. Há uma tranquilidade – como se os 99 peixes da casa tivessem ensinado a essas pessoas como viver no mesmo aquário sem recorrer ao drama. Eles só estão nadando, comendo, vivendo.

Talvez era o que precisávamos na casa dos Faust quando eu era pequeno, um aquário.

Talvez isso tivesse melhorado as coisas.

E é muito difícil cagar em um aquário. Estou olhando para o grandão agora e tentando imaginar como o pequeno Gerald teria feito isso. Quase impossível.

– Gerald?

Olho para eles na mesa e eles não são Ashley, Nathan e Hannah.

Eles são a Branca de Neve, Pato Donald e Cinderela. Eu não queria que isso acontecesse, então digo "Oi?".

– O que você acha? Acha que ela deveria poder voltar à escola depois do que fez?

Estou olhando para Ashley, que fez esta pergunta, mas ela é a Branca de Neve, com aquela droga de passarinho azul no ombro.

– Gerald não vê TV – a Cinderela diz.

– Ótimo – responde o Pato Donald. Ele levanta a asa direita como em um "toca aqui". – Essa merda só te deixa idiota mesmo.

Eu dou um toque na sua asa e consigo sentir as penas.

Tento beliscar minha perna, mas não importa o quanto eu faça, não consigo sair do Dia B.

– De qualquer forma, ela só fez a ligação de um atentado de bomba. Não é que colocou uma bomba de verdade. Se bem que ela tinha todo o motivo do mundo para explodir a escola, eu acho. Todos a tratavam como merda – a Cinderela diz.

– Isso não é motivo para aterrorizar as pessoas – diz o Pato Donald.

– Então aterrorizar as pessoas agora é crime? – diz a Branca de Neve.

– Hum, sim – Donald responde. – Ameaças de bombas são ilegais.

Belisco minha perna mais forte. Pisco. Inspiro. Expiro. Bato meu pé. Enfio as unhas na palma da mão.

Ainda estou sentado na mesa com a Branca de Neve, Donald e Cinderela. Então pergunto onde é o banheiro, tranco a porta e me olho no espelho. Eu não sou um personagem da Disney. Eu sou o Gerald.

Eu sou o Gerald e nunca serei ninguém mais além do Gerald.

Jogo água no meu rosto, dou a descarga e olho para mim mais uma vez. Eu não quero socar o Gerald. A violência parece tão fora de lugar aqui.

Quando volto para a cozinha, fico aliviado de ver Hannah, Nathan e Ashley limpando a mesa. Sem patas amarelas nem vestidos bufantes de bailes.

– Você quer o resto? – Nathan pergunta enquanto me oferece o yakissoba.

Eu aceito, sento e como de garfo na embalagem branca. Eles falam empolgados sobre assistir *Tubarão* depois – uma tradição de sexta-feira. Hannah vai até a poltrona em frente ao aquário grande de água salgada e toca o vidro onde uma estrela do mar está grudada. Me sento ao seu lado, no braço da poltrona.

– Ele tem nome? – pergunto.

– Não é *ele* ou *ela*. Essa espécie é hermafrodita. – Eu pareço confuso, então ela acrescenta: – Cria espermatozoides *e* óvulos.

– Eu sei o que hermafrodita significa. Eu só quero saber o nome – digo.

– Ah, desculpa – ela diz. – Eu chamo de Sal. Pode ser apelido de Sally, sabe?

– Saquei.

Nós ficamos olhando para Sal por um tempo e ela me diz o nome dos outros peixes. Harry, Sadie, Kingsley, Bob e o grande peixe-porco-palhaço chamado Bozo.

– Eles não te dão uma sensação de esperança? – ela diz. – Digo, de como um dia nós seremos livres?

Não consigo ver como um peixe preso em um tanque de vidro de 700 litros pode me dar esperança. Eu diria que liberdade para Harry, Sadie, Bob e Bozo seria mais como o mar, onde eles pertencem. Mas eu não digo isso, eu digo:

– Livre?

– Eles têm a própria casa. Eles têm trabalho. Eles têm tudo o que querem. Nas férias de verão, eles viajam para a praia. É tão... É tanta esperança.

– Eu achei que estávamos falando sobre os peixes – digo.

– Ah.

– Mas sim. Eles me dão esperança, eu acho. Eles são tão legais – eu digo. – Eles são sempre legais assim?

– Sim.

– Não estou acostumado com isso – eu digo. – Como eu disse no carro, sabe?

Ela olha para os peixes e pensa um minuto.

– Merda – ela diz. – Aquilo que eu disse sobre hermafroditas. Era algo que sua mãe diria, né?

Eu dou risada. É um riso de verdade. Eu verifico se é verdade. Isso também faz ela rir.

– Minha mãe provavelmente não sabe o que é um hermafrodita. Não se não tiver um artigo na revista – eu digo.

– Vocês estão perdendo o começo – Ashley diz. – Você não pode passar uma sexta aqui e não assistir a *Tubarão*. É uma regra da casa. Você também, menina dos peixes. Vamos.

Hannah e eu nos sentamos em duas poltronas diferentes. Ela senta onde consegue ver os peixes e a TV ao mesmo tempo. E eu sento no sofá onde cochilei. No meio do filme – bem quando o tubarão começa a perseguir o barco do Quint – Nathan vai para a cozinha e traz cervejas para todos, e ficamos sentados lá, hipnotizados, até o final.

Quando passam os créditos, Hannah diz:

– Quero ser bióloga marinha.

– Isso aí – Nathan diz. – Faça isso. Você seria muito boa nisso.

Ashley confirma.

Ninguém dá aquela risada depreciativa e diz *bióloga marinha? Há*.

O que me ocorre nesse momento é: tem um mundo enorme lá fora. Eu só conheço a minha família idiota, minha casa idiota, minha escola idiota e meu emprego idiota. Mas tem um mundo enorme lá fora... E a maior parte dele está embaixo d'água.

48

QUANDO DEIXO HANNAH na entrada da garagem da casa dela, conto que meus pais não estarão em casa esta noite.

– Você acha que seria seguro se eu fosse para sua casa?

– Não sei – falo. – Provavelmente não.

Exijo quebrar a regra número cinco.

Exijo beijá-la hoje. Agora mesmo, até.

Então eu me inclino e a beijo nos lábios, e ela abre meus lábios com sua língua e quebramos a regra número cinco. Por dez minutos.

A caminho de casa, no carro, penso nela de um jeito que não consigo explicar. Mas são pensamentos picantes. Então fico macio por dentro. Como se eu fosse recheado de creme de avelã ou de doce de leite cremoso. Sinto vontade de contar para alguém. *Acabei de quebrar a regra número cinco. Estou feliz. Acho que tenho uma namorada.*

Não tenho ninguém para compartilhar isso. Não tenho amigos. Joe Jr. me acharia um pudico por beijar uma menina somente aos 17 anos. Beth não é minha amiga, ela é minha chefe. Ninguém na sala de Educação Especial ligaria – ou eles apenas fariam comentários bobos a respeito. Deirdre faria eu me sentir mal porque ela provavelmente nunca vai quebrar a regra número cinco na vida.

Há apenas uma pessoa para quem quero ligar neste momento, ela mora na Escócia, me deixou nesta merda de bagunça e nunca me liga. Meu creme de avelã endurece. Meu doce de leite fica crocante. Por que estou bravo com a Lisi? *Por quê?* Tudo o que ela fez foi seguir seu caminho. Tudo que ela fez foi exatamente o que ela disse que faria. Ela foi embora.

E, tipo, não é como se eu não tivesse um telefone. Eu tenho dedos para discar o número dela. Eu poderia ter ligado para o número dela cem vezes se eu quisesse. Só que eu não disquei porque... o quê?

Achei que conseguiria fazer isso sozinho.

Exijo não fazer isso sozinho.

Quando passo pela portaria e aceno para o segurança, ele levanta uma sobrancelha para mim e não percebo o motivo até ver nossa garagem lotada de carros. Talvez vinte deles, desde a garagem até o caminho até a rua. Os outros estão espalhados pelas ruas laterais.

Paro, abro a janela do meu carro e ouço a música *Twanging away*, pulsando as casas vizinhas. Imagino por quanto tempo essa festa está rolando. E quão cedo os policiais virão.

Exijo não estar aqui quando os policiais chegarem.

Estaciono e caminho até o jardim da frente. Quando abro a porta, a primeira coisa que faço é tirar uma foto da cena com meu celular e enviar para o celular do meu pai.

Subo as escadas, passando pela galera de estranhos na minha casa. Tasha está bêbada. Há dois barris na cozinha e muitas garrafas de licor na mesa. Algumas pessoas estão umas sobre as outras no sofá se amassando. Outras estão dançando do outro lado da sala onde o Danny montou seu aparelho de som. Acho que tem uma menina dançando de sutiã. Fico sem saber o que fazer.

Chego no meu quarto, fecho a porta, tranco e fico olhando fixo para o meu celular. Há um minuto, eu não sabia para quem ligar para falar como tudo é lindo. Agora não sei para quem ligar para falar como tudo está uma merda.

Disco o número da Lisi.

Enquanto chama, faço as contas e lembro que são, tipo, 3 horas da manhã onde ela está. Mas, antes que eu consiga desligar, ela atende.

– Lisi – falo.

– Gerald? Está tudo bem?

Deixo o barulho filtrado da festa subir e espero que ela ouça.

– Preciso sair daqui – falo. – Tipo, agora.

– O que está acontecendo?

– Tasha está dando uma festa. Tem caras esquisitos pela casa toda. O pai e a mãe saíram. Acho que vi duas pessoas transando no sofá quando entrei.

– Que merda.

– Podemos falar disso agora? – pergunto.

– Claro. Sobre o que quer falar? – ela pergunta. Ouço um isqueiro acender.

– Sobre a vez em que ela quase me afogou.

Silêncio do outro lado da linha.

– Lisi?

– Estou aqui – ela diz.

– Lembra da vez que ela tentou me afogar?

– Lembro.

– Você disse alguma coisa aquela noite. Eu lembro disso.

– Você tinha, tipo, 3 anos, não? Como você se lembraria de qualquer coisa de quando tinha 3 anos?

– Lembro de muita coisa – falo. – Você disse: *Agora você pode tomar banho sozinho, como eu.*

– Disse?

– Sim.

Silêncio. Bom, não silêncio, a festa ainda está bombando lá embaixo.

– Ela fez isso comigo também – Lisi diz. E dá um trago no que quer que esteja fumando. – Mamãe nos colocava para tomar banho juntas, para economizar tempo. Tasha segurava minha cabeça debaixo d'água. A última vez, a mamãe a pegou. Ou... sei lá. Eu estava tossindo e vomitando porque ela tinha me segurado por muito tempo. Acho que tinha inalado água.

– Que merda.

– Ela tentou nos colocar juntas na banheira de novo depois daquilo e eu surtei. Simplesmente surtei. Mal lembro disso. Você era um bebê. Eu não tinha nem 4 anos, acho. – Ela dá uma tragada, e eu tento bloquear o som de música country que acabou de aumentar pelo menos dez decibéis. – Mas leio sobre pessoas como ela nas minhas aulas de psicologia, Gerald. Ela é uma psicopata. Sempre foi. Sempre será.

Eu achava isso, mas nunca disse. Psicopatas são tipo os caras do *Um Estranho no Ninho*, certo? Psicopatas são *serial killers* e assassinos de massa. Fico imaginando se caras como eles nunca tentaram afogar seus irmãos na banheira da casa.

— Uma psicopata? – pergunto.

— Acredite. É isso o que ela é – diz Lisi.

— Não consigo imaginar o que nossa mãe seria então – falo.

— Acho que ela seria a mãe de uma psicopata – ela fala e dá risada. Sinto tanto a falta da risada dela.

— Sinto saudades de você – falo.

— Eu também – ela diz. – Mas não sinto saudades daí. Óbvio.

— Sim.

— Você tem um plano?

— Você diz, para hoje à noite?

— Hoje à noite. Amanhã. Pra vida – ela diz.

— Não sei – falo. *Exijo fugir com o circo.* – Tenho uma namorada.

— Que ótimo! – ela fala. – Qual o nome dela?

Meu celular vibra quando chega uma mensagem. Peço para Lisi esperar um segundo e vejo que é mensagem do meu pai.

Sai daí agora. Estou ligando para a polícia.

— Merda – falo. – É uma mensagem do papai. Ele está ligando para a polícia. Tenho que sair daqui.

— Você tem para onde ir?

— Claro. Tenho uma montanha de amigos que abrirão as portas para mim às 10 horas da noite. – Pego minha mochila e enfio umas roupas para durar uns dias. – Não. Sério. Vou ficar bem – digo. – Falo com você depois. Preciso ir.

— Amo você, Gerald – ela diz.

— Também amo você.

Falo isso enquanto estou saindo pela porta do meu quarto e Tasha ouve, porque ela surgiu bem na frente da minha porta e estava ali parada, me perseguindo.

— Sua namoradinha? – ela pergunta.

Fecho minha porta e tranco. Passo por ela correndo. Ela agarra meu braço. Eu me sacudo para me soltar e desço as escadas. Em 17 anos, aprendi a fina arte de evitar que a Tasha desça as escadas atrás de mim.

– Cara! – ela fala. – Para. Tem uma menina aí. Quero que você a conheça.

A caminho da porta, dou a volta para a cozinha para pegar comida na geladeira. Sei que minha mãe fez uma travessa grande de frango com salada, e eu vou passando pelos bêbados em zigue-zague para chegar até lá.

Enquanto agarro a travessa de plástico e um saco de pão, tem alguém enterrado nas minhas costas. Me viro e vejo uma garota tatuada com henna, com não mais de 15 anos. Tasha está atrás dela e percebo que ela está no controle.

A menina está completamente bêbada. Ela sorri. Tasha diz:

– Ela gosta mesmo de você. Só é muito tímida para falar para você na escola.

Não a reconheço da escola.

A garota chega para frente e me beija, com a Tasha tão perto que sua mão está quase no traseiro da menina, como se fosse uma marionetista do mal, fazendo-a me beijar.

Fico com a boca fechada e tento me desgarrar dela, mas Tasha a conduz. *Vai, Stacy! Beija ele!* É um desafio, aposto. *Beije o Cagão.* Consigo me contorcer e me tirar dali, saio pela porta da sala.

É aí que me deparo com Jacko, o jamaicano falso. Ele está sorrindo para mim do jeito que fazia na academia, antes de eu o arrebentar ele. A cara dele ainda é um aglomerado de machucados, inchaços e cortes. Sorrio de volta porque ainda estou orgulhoso do que fiz com ele.

– Aquela é minha namorada, a menina que você beijou, cuzão – ele diz.

É a última coisa que ouço antes de ele pular em mim.

Tudo fica esbranquiçado. Não sinto nada. Estou tomando sorvete com a Lisi num trapézio. Estou sapateando com um passarinho azul no meu ombro. O único som da realidade que adentra o Dia B é a risada incessante da Tasha.

Exijo nunca mais ouvir aquela risada de novo.

49

NÃO SEI O QUE ACONTECEU, mas, quando dei por mim, estava em cima do Jacko, o falso jamaicano, metendo a mão na cara dele. Minha mão está grudenta. Sinto minha pele grudar na pele dele no milésimo de segundo em que me afasto e me aproximo de novo.

Alguém me puxa para longe dele.

Ele está consciente, mas assustado. Sua namorada, a de cabelo preto, está chorando.

Tasha ainda está rindo.

Exijo que Tasha pare de rir.

Eu me jogo para cima dela e agarro seu pescoço, e então ela para de rir.

Ela olha para mim cheia de loucura e medo. Um animal da floresta, parte homicida, parte ferido. Penso no que a Lisi me disse pelo telefone. Penso sobre ser julgado por matar uma psicopata. Penso sobre como a mãe da psicopata passou a vida toda defendendo sua pequena psicopata. Então penso sobre toda aquela cena que foi filmada, em que estou cagando, cagando, cagando. Nenhum júri em plena faculdade mental escolheria o Cagão em vez da Tasha.

Eu a solto e pego minha mochila, minha travessa de frango com salada e o pão, que agora estava esmagado, e saio correndo pela porta, pela garagem abarrotada, até meu carro. Saio de carro com a travessa de frango com salada entre as pernas para não virar. Não olho para trás.

A rua é um sorvete sabor tutti-frutti. É branca com bolas de chicletes de diferentes cores. É esburacada. Coloco o CD da Hannah e aumento o volume no talo, fazendo meus tímpanos vibrarem e meus ouvidos zumbirem, e então eu me abaixo. Sinto algo como suor escorrer pela minha cara, passo a mão para secar e sinto que é mais grudento que suor.

– É sangue, Gerald – diz a Branca de Neve. – Encoste o carro e veja se não se machucou.

– Eu não sei onde estou – digo.

– Você está perto do shopping. Pode encostar no estacionamento – ela diz. Branca de Neve sorri bastante. Ela parece feliz de viver em um conto de fadas. Ela parece feliz em fazer todo o trabalho de casa para aqueles anõezinhos bagunceiros.

– Por que você não ensina aqueles filhos da puta a fazer as coisas sozinhos? – pergunto a ela. – Eles tinham que saber como fazer as merdas sozinhos, porra.

A Branca de Neve fica confusa.

– Siga à esquerda, Gerald. Acione a seta e entre na faixa.

Aciono a seta e entro na faixa para entrar à esquerda. A rua é feita de doce de leite amanteigado. Quero puxar o freio de mão, sair e lamber a rua.

– O sinal está verde. Pode virar, Gerald.

Eu viro e encontro um estacionamento enorme e vazio. O shopping está fechado, e os únicos veículos aqui são os carros da segurança. Eu ainda vejo sorvete e a Branca de Neve.

Ela acende a luz interna e eu abro o espelho do visor. Vejo um pequeno corte na sobrancelha. A Branca de Neve me passa o kit de primeiros-socorros do porta-luvas e eu abro.

– Você vai *precisarrr* de um *curativo-ah* – diz.

Olho para ela.

– O quê?

– Eu disse que você vai pre-ci-*sarrr* de um cu-ra-tivo-*ahh*, Gerald.

Eu abro um Band-Aid e coloco no corte. Não está sangrando tanto assim. Me olho no espelho e vejo que meu nariz também está sangrando, mas, até onde sei, não há caroços nem sinal de fraturas em lugar nenhum. Ainda estou me sentindo um pouco aéreo. Estou tão doido de adrenalina que tenho uma sensação esquisita por todo o corpo.

– Você é daqui – digo à Branca de Neve. – Por que falou assim?

A Branca de Neve fica confusa de novo.

– Aqui não dizemos *curativoahh*. Dizemos curativo.

Olho para a rua, na direção dos faróis. É evidente que é de asfalto. Olho para a travessa entre minhas pernas. É claro que é frango com salada. De repente fico morto de fome, então viro para trás, pego um pão que guardei na mala, coloco um monte de salada de frango com uma das metades e cubro com a outra metade.

Exijo comer um sanduíche de salada de frango agora.

Meu telefone toca com uma mensagem de texto do meu pai.

Você saiu?

Decidi não responder.

Decidi que essa pergunta é maior que qualquer uma que ele tenha me feito.

Eu saí? Sim e não.

Saí de onde? Você realmente acha que eu tenho chance de sair dessa merda?

50

– VOCÊ ME ACORDOU – Hannah diz.

– É uma longa história – digo.

– Que história?

– A história que vou te contar em meia hora, quando te buscar.

– Estou dormindo.

– Estou indo embora. Neste momento – digo.

– Para o circo?

– Qualquer lugar. Qualquer coisa. Não vou voltar.

Ouço ela se sentar e acender a luz.

– Sério?

– É.

– Quer que eu vá com você?

– Esse é o plano – digo.

– Eu te sequestro. Você me sequestra?

– Claro.

– Você já tem uma lista de exigências? – ela pergunta.

– Com frente e verso – minto.

– Eu ainda não tenho – ela diz. Sua voz aparenta vergonha.

– Temos todo o tempo do mundo.

– Sério mesmo, Gerald? Nós vamos fazer isso?

– Sério mesmo, Hannah. Nós vamos fazer isso.

Ela suspira.

– Você vem daqui a meia hora?

– Vinte minutos – digo.

– Faço as malas para ficar quanto tempo?

Essa pergunta me assusta. Pois ela me lembra que ainda não falei com Joe Jr., e me lembra que pode ser um fracasso total. Me lembra que tenho 17 anos e Hannah, 16. Menores de idade fugitivos. *Ingratos encarcerados. Namorados presos.*

– Gerald?

– Oi?

– Faço as malas para ficar quanto tempo?

– Não sei – digo.

Ela diz "Ok." e desliga.

* * *

Eu ainda estou puto com a Branca de Neve por ter falado daquele jeito. Ela não deveria ser outra coisa que não um personagem famoso de desenho animado que lava todas as roupas, a casa e remenda os uniformes de sete anões. Ela deveria ficar feliz por ser americana. Ela deveria ficar feliz por ser famosa, mesmo que seja escrava de sete pessoazinhas.

Mas enfim, a fama não é isso? Ser escravo de pessoazinhas? Meu nome de escravo era Cagão. Meu trabalho de escravo era cagar e fazer milhões de pessoazinhas felizes.

Meu outro nome de escravo era Gerald. Meu trabalho de escravo era fazer a louca da minha irmã Tasha parecer esperta, deixando minha mãe me chamar de retardado minha vida inteira.

Estaciono em um posto de gasolina para matar tempo. Estou uns dez minutos adiantado. Pego meu telefone e mando uma mensagem para o Joe Jr.

> Onde você está, na Flórida?
> Você não me enviou seu endereço.

Eu mando a mensagem, apesar de me sentir um idiota. Eu daria meu endereço a ele? Hannah daria seu endereço a alguém? O Joe Jr. não vai me mandar seu endereço. Então, tudo o que tenho é a marca de seu vídeo no YouTube: *Bonifay, Flórida.*

Mando mensagem para meu pai.

> Saí.

Faço outro sanduíche de frango com salada e como. Então vou para a casa da Hannah. Quando chego, ela está esperando junto à caixa de correio, com uma mochila vermelha, sua jaqueta de couro e um jeans rasgado.

Quando ela pula no banco do passageiro, diz:

– Caralho, o que aconteceu com você?

Isso me lembra que acabei de ter o que Roger chama de "incidente", então eu conto tudo a ela. Explico até quem é Jacko, o falso jamaicano. Sobre a academia de boxe. Sobre Roger. Congelo quando minha boca tenta contar sobre a Tasha e como ela tentou afogar a mim e a Lisi quando éramos pequenos, e como eu escapei várias vezes de ser morto. Algo me faz engasgar quando tento falar isso.

– Eu não sei dizer se isso que estamos fazendo é idiota ou não – Hannah diz enquanto vou em direção à estrada.

– O quê?

– Isso – ela diz.

– Se você não gosta disso, posso levar você para casa – digo.

– Não sei.

Reduzo a velocidade e faço um retorno no estacionamento de um banco. Volto em direção à casa dela. Posso te contar que meu coração está se partindo? Meu coração está se partindo totalmente.

– Eu não disse para você voltar – ela diz.

– Eu não quero fazer nada que você não queira – respondo.

– Você pode parar o carro?

Eu paro o carro.

– Não quero que você fique bravo, ok? – ela diz.

– Ok.

– Mas você estava certo. Eu menti sobre uma coisa. Não acho que podemos fazer isso se não conversarmos antes.

Meu coração continua se partindo e estou tão ocupado pensando nisso que não paro para pensar sobre o que ela poderia ter mentido.

– Quando eu disse que não tinha medo de que você pudesse me bater, eu menti. Eu tinha medo. Você ficou muito bravo, e tão rápido, e eu tenho uma tia que o marido fez isso. Eu fiquei com medo. Desculpa. Não quero dizer mais nada sobre isso. Mas eu precisava dizer.

Cacete. Meu nível de EF sobe e eu faço tudo o que o Roger me ensinou para baixá-lo de novo, mas não sinto que está certo. Não tem jeito de eu fugir com a Hannah agora. Ela acha que posso bater nela. Como se eu fosse um animal ou algo assim.

Em primeiro lugar, você foi um imbecil em pensar que ela pudesse amar um perdedor como você. Além disso, Gerald? Ela pode estar certa. Não tem como saber.

– Gerald?

Eu vou para o Dia B e encontro a Lisi no trapézio. Mas não é ela que está lá. É a Tasha que está lá, com uma fantasia azul brilhante, e então eu saio do Dia B a tempo de ouvir o que a Hannah diz em seguida.

– Eu acho que amo você – ela diz. – Eu só não consigo pensar no que irá acontecer se nós formos embora, entende?

Minha voz está um pouco mais alta do que eu gostaria.

– O que irá acontecer se formos é: nós teremos ido. É isso que você disse que queria, não é? Você escreveu no cartão de aniversário. Você me azucrinou com toda essa história por duas semanas, não foi?

– Porra. Você não tem que ser um cuzão.

No meio dos bancos, pego uma caneta permanente.

– Vá em frente. Escreva de novo. Ao menos você tinha coragem quando fez.

– Eu tenho coragem.

– Mas?

– Mas não sei – ela diz. Paro o carro em frente à sua garagem, onde a busquei cinco minutos atrás.

– Eu tenho que cair fora daqui. Aquele moleque provavelmente chamou a polícia. Aquilo não era um ringue de boxe. Tenha uma boa vida, ok?

Ela suspira.

– Olha, eu não quero *outra* pessoa tomando decisões por mim. Eu só preciso de um minuto para pensar sobre isso.

– Eu não tenho um minuto.

Ela sai do carro com a mochila vermelha e fica parada em frente aos faróis do carro, então tenho que dar ré até a rua e retornar na garagem do vizinho. Então, quando eu passo de volta, ela está lá parada, na rua, e eu não consigo desviar porque ela fica se movendo na mesma direção do carro.

Tento não ficar frustrado, mas fico.

– Eu não tenho tempo pra isso! – grito da janela.

– Deixe eu entrar – ela diz.

– Não.

– Deixe eu entrar, Gerald!

Paro o carro. Ela entra. Então diz:

– Você está sendo muito cuzão agora.

– Eu acabei de tomar porrada.

– E daí?

– E daí que estou cansado. E estou fugindo. Não tenho tempo para suas bostas de gente louca agora.

– Pare de me chamar de louca!

– Eu não te chamei de louca. Chamei suas coisas de loucas.

Ficamos olhando um para o outro.

Nós partimos. De novo.

* * *

Ficamos quietos na primeira parte da viagem. Deixo que meu nível de adrenalina caia. Tento não pensar em como a Hannah acha que posso bater nela.

Acho que a Hannah dormiu, mas quando olho para o lado, ela está acordada, olhando pela janela no escuro, para as placas de quilometragem.

– Por que você me ama, Gerald? – ela pergunta.

– Nossa, que pergunta – digo. *Cacete*.

Ela não diz nada engraçadinho nem argumenta, e continua a olhar pela janela.

– Eu te amo desde o momento em que vi você no caixa número um. Você estava rabiscando no seu caderninho e não percebeu. Eu gostei disso.

– Você me ama porque eu não reparei que você me olhava?

– É. E porque você é engraçada, sarcástica e não liga para o que os outros pensam – digo. – Você sabe por quanto tempo eu liguei para o que os outros pensam? – Minha risada sai pelo nariz. – E pelo jeito como você gosta de peixes. Eu adoro.

– De peixes?

– Os peixes do Nathan e da Ashley – digo.

– Ah.

Olho para ela.

– Está tudo bem?

– Sim.

– Mesmo? Quer dizer, nós estamos fugindo juntos. Você tem que estar bem ou eu pego a próxima saída e volto de novo.

– Eu estou bem. Mesmo. Só estou tentando entender que porra está acontecendo – ela diz. – Não sei se você ama o eu real ou o eu falso.

Vejo uma placa de PARADA DE EMERGÊNCIA. Encosto o carro.

Vejo que a Hannah está chorando e a abraço enquanto ela me lembra da regra número cinco, o que me faz abraçá-la mais forte. Viro seu rosto em minha direção.

– Eu amo o seu eu real. Não sei nem o que você quer dizer com seu eu falso.

– Tenho uma notícia chocante – ela diz. – Eu ligo para que os outros pensam.

Balanço a cabeça.

– E quando eu sair do ensino médio, quero fazer algo divertido, como eles fazem nos filmes ou nas músicas punk. Não quero fazer algo só porque um grupo de pessoas decidiu que este é o método de criar os filhos. Como uma receita. Pré-aqueça em forno alto e asse por 16 anos ou até dourar.

– Sabe, nós estamos fugindo com o *circo*. Isso pode ser considerado divertido e não está na receita para cozinhar filhos perfeitos.

– Mas nós temos que voltar para a escola, Gerald. Estamos no segundo ano. Ainda é dezembro. Temos um tempo pela frente, antes de conseguirmos fugir com o circo.

Suspiro.

– Você é uma estraga-prazeres.

– Provavelmente só preciso dormir – ela diz. – Me acorde quando ficar cansado e eu dirijo um pouco.

– Você dirige?

– Cara, sou a filha do sucateiro. Claro que eu dirijo. Eu dirigi uma escavadeira uma vez.

Ela se acomoda e põe um moletom entre a cabeça e a janela, e reclina o banco um pouco para dormir. Eu recuo o carro um pouco na passagem e continuo.

Percebo que não faço ideia de *para onde* estou indo, mas penso que na direção sul está bom. *Sul. Estou indo para o sul.*

A pergunta da Lisi fica passando pela minha cabeça. *Você tem um plano?*

51

EPISÓDIO 3
CENA 12
TOMADA 17

ATÉ O FINAL DO SEGUNDO dia, a Babá começou a ficar furiosa. Nenhuma dessas ladainhas de psicologia de merda funcionavam comigo. Eu rasgava cada diagrama de comportamento que ela fazia para mostrar como era ótima. Interrompia toda vez que ela tentava mostrar como éramos uma família que tinha sido corrigida. Eu transformei isso em um jogo.

– Você está arruinando o programa! – Tasha gritou depois da tomada 10. – Faça só o que estão pedindo para você fazer!

Lisi me puxou para um canto depois da tomada 12.

– Você quer que eles vão embora, Gerald? Para sempre?

– Sim.

– Então faça o que estão pedindo e eles irão embora daqui. Para sempre.

Eu adorava a Lisi. Mas não conseguia fazer isso. Não conseguia fazer o que eles pediam. Eles estavam errados e eu estava certo. Eles queriam uma criança obediente e carinhosa. Eu poderia dar uma a eles se parassem de me dizer o que havia de errado comigo e me deixassem falar. *Estou vivendo com uma maníaca homicida.*

Mas eles não calavam a boca. Então eu fiz a festa da cagada. A última festa da cagada.

– Tomada 17! – o cara disse e bateu a claquete.

– Gerald – a Babá falou com a voz mais suave possível. – Você sabe que todos nós te amamos, não é?

Decidi tornar aquilo divertido. Fazê-los pensar que estava seguindo suas instruções. Fiz que sim.

– E já que todos te amamos, queremos que você fique *melhorrr*. E para ficar *melhorrr*, deve escutar o que a Babá fala para você. Entendeu?

Fiz que sim de novo enquanto a Babá olhava seu cabelo no espelho que levava para lá e para cá.

– Entendi – disse.

O diretor pareceu aliviado. Minha mãe olhou para Lisi e fez um sinal de positivo.

– Certo. Vai acontecer o seguinte. Você vai se desculpar com a Tasha pelo que fez com a boneca dela, então subimos juntos para pensar sobre como limpar seu quarto.

Eu até a segui escada acima e fiquei parado na porta durante toda a tomada das paredes cobertas de merda da Tasha. O cheiro era impressionante. Repulsivo. Assim como a Tasha.

– Por onde você acha que devemos começar? – ela me perguntou. – Talvez as paredes?

O diretor insinuou algo à minha mãe, que disse:

– Acho que eu poderia chamar profissionais para fazer isso. Posso chamá-los. Eles podem vir em algumas horas.

A Babá ergueu a mão.

– Esta é a bagunça do Gerald. Ele deve limpar. Faz parte do aprendizado da responsabilidade. Ela olhou para mim e se ajoelhou para ficar na minha altura. – Por que você tortura a Tasha assim? Ela ama você, não sabia?

Eu tinha tantas coisas a dizer.

Eu tinha tantas coisas a dizer.

Em vez disso, eu soquei o nariz da Babá tão forte, que começou a sangrar na mesma hora.

– Corta!

As pessoas se reuniram em volta dela. Minha mãe segurou meu braço e me levou até meu quarto. Tudo o que conseguia ouvir era a Babá berrando, "Foda-se! Foda-se!". Eu a ouvi arremessar coisas e bater portas. Minha mãe e eu só ficamos dentro do meu quarto, ouvindo.

Então minha mãe se curvou e disse:

– Gerald, acabou. Acho que estão indo embora. Nós teremos que devolver todo aquele dinheiro.

Chacoalhei os ombros.

– Nós precisamos daquele dinheiro, Gerald – ela disse, sacudindo-me. – Você tem que pedir desculpas. Faltam só algumas cenas para filmar. Você tem que pedir desculpas.

– Eu não tenho que fazer nada – disse.

Ela me agarrou pelos braços e me apertou tão forte que eu fiquei com a marca por uma semana.

– Você vai se desculpar, e então vai para o seu quarto e ficará lá até o final do dia.

Então saímos, sua mão ainda esmagando meu braço direito, e procuramos a Babá. Os *cameramen* e a equipe estavam enfiando todos os equipamentos nas vans, que estavam estacionadas em nossa garagem.

Minha mãe encontrou o diretor na saída.

– Dê-nos uma última chance – ela disse.

– Nós temos filmagens o suficiente.

– Mas ele não foi corrigido! – minha mãe disse.

O diretor riu bastante e olhou para mim.

– Boa sorte – ele disse.

Eu lembro de olhar para o diretor e ver seus sapatos lustrosos, sabendo que eles foram pagos com meu sofrimento. As palavras da minha mãe passavam pela minha cabeça. *Nós precisamos desse dinheiro, Gerald.*

A Babá saiu da van da equipe de TV e minha mãe me arrastou até ela, e disse:

– O que você tem a dizer?

– Vai se foder – eu disse. Minha mãe me apertou mais forte. Nanny Elizabeth Harriet Smallpiece, ainda segurando um pacote de gelo no nariz, inclinou-se para a frente e disse:

– Mal posso *esperarrr* para *receberrr* suas cartas da prisão.

Então ela entrou em um carro e fechou a porta.

Minha mãe estava me apertando tão forte agora, que eu sentia agulhadas e pontadas na minha mão. Ela me arrastou para dentro e nós assistimos, todos os cinco, toda a equipe e aparelhagem do programa ser esvaziado de casa, do gramado e da rua. Tudo durou dez minutos. Minha mãe apertava o meu braço o tempo todo.

Ela suspirou.

– O Rob disse que conseguimos ficar com o dinheiro, então já é alguma coisa – meu pai disse.

Tasha me fuzilou com os olhos até eu olhar para ela.

– Peça desculpas à sua irmã. Agora – minha mãe falou.

Eu disse, "Desculpe, Tasha", porque eles tinham ido embora. A boneca da Tasha estava desfigurada. Seu quarto estava pintado de merda. Meu trabalho estava terminado.

Então fui para o meu quarto e tirei um cochilo. Um cochilo de dez anos. O Gerald que não fazia nada que não quisesse deu um cochilo de dez anos.

O Gerald que tinha controle sobre sua vida acordou novamente.

Bom dia.

Dormiu bem?

52

HANNAH DIRIGE COMO uma louca. Depois de Washington, D.C., quando fiquei muito cansado de dirigir, perguntei se ela tinha uma carteira de motorista válida. Ela me deu um soco no braço tão forte, que ainda dói.

– Já sei minha primeira exigência – ela diz. – Exijo que as pessoas parem de me subestimar.

– É meio abstrato para uma nota de sequestro – falo.

Ela me soca de novo. Me sinto desconfortável ao perceber como é fácil me dar soco daquele jeito.

– É – falo.

– Durma. Vou nos levar até D.C. e paramos para comer algo, tá bom? A não ser que planeje comer esse frango com salada o dia inteiro.

Pego o moletom dela e me aconchego nele, que é como enfiar minha cara em um canteiro de cerejas, e penso nas minhas exigências. Meu braço ainda dói, e percebo que terei que contar para ela que não pode mais me dar socos.

Exijo não levar mais socos. Nem de brincadeira.

* * *

Acordo com meu telefone tocando no meu bolso. É meu pai. Ignoro a ligação. Olho as horas e percebo que Hannah e eu estamos atrasados para o trabalho. Me sinto mal pela Beth. Podíamos pelo menos ter ligado para ela e contado que... estávamos sendo sequestrados.

O que não faz sentido.

– Bem-vindo à Carolina do Norte, menino no circo – diz Hannah. – Você dorme como um cara morto. Quem era?

– Meu pai.

– Desliguei o meu há horas.

– Podemos parar para tomar um café? Ou para comer alguma coisa?

– Você gosta de caranguejo?

Faço que sim com a cabeça.

– Gosto.

– Então, de acordo com as placas, estamos para encontrar o paraíso.

Pego o copão de café dela que sobrou e mexo para ver se ainda tem alguma coisa sobrando.

– Está frio – ela diz enquanto bebo o restinho como um *shot*.

– Tem textura – falo. – Merda.

– É.

– Mas me acordou – digo. Ajusto o assento para frente e respiro fundo.

– Talvez eles tenham registrado nosso desaparecimento e agora somos famosos – ela fala.

– Sei como é isso. É um saco. Acredite.

O Barracão do Caranguejo 2-4-1 é mesmo um barracão. Podemos comprar patas de caranguejo, duas pelo preço de uma, o dia todo se quisermos. Sem limites. É o que o cara com o avental atrás do balcão diz. Sem limites.

Pedimos umas coisas. Hannah pede os tradicionais bolinhos fritos também, dizendo que minha vida vai mudar quando comer meu primeiro bolinho. Finjo gostar mais do que realmente gosto, só para fazê-la feliz, porque ela está sentada ali, me olhando comer e, tá bom, é bom. Muito bom. Mas não mudou minha vida. *Bem-vindo à vida do Cagão.*

– Posso te pedir um favor? – pergunto. Ela concorda com a cabeça enquanto come mais um bolinho. – Sei que você acha que tudo bem e que é legal ou sei lá o quê, mas poderia parar de me bater? Passo a mão no meu braço para ela ver o que quero dizer.

– Ah, vai. Tenha senso de humor – ela fala.

Exijo que não me peçam para ter senso de humor.

Olho para ela, sério.

– Olha – falo. – Tasha me batia o tempo todo. Depois disso começei a bater nas coisas, certo? Isso faz sentido?

– Acho que sim.

– Então sem bater. Sei que faz isso de um jeito engraçado, e é, mas me lembra do que tive que passar e eu não gosto, tá bom?

– É por isso que aquele programa foi na sua casa?

Balanço os ombros e me sinto estranho.

– O programa foi até minha casa porque minha mãe escreveu uma carta para eles. Eu socava as paredes e deixava buracos. Era por causa da Tasha, que me batia – falo.

Isso faz a Hannah parar de abocanhar as patas de caranguejos. Ela olha para mim.

– Sabe, se o mundo soubesse o que acontecia ali de verdade, as pessoas entenderiam por que você era tão zoado.

– Não planejo contar para o mundo – falo. – Só pra você.

– Desculpe por bater em você – ela fala. Digo a ela para nunca mais se preocupar com isso de novo. Então ela vai até o balcão e pede papel e caneta ao cara de avental.

Olho para ela e me recosto na cadeira.

– Então, qual é sua primeira exigência?

– Mais manteiga – ela fala, apontando para o pote de plástico com manteiga derretida na minha frente. Passo para ela. Ela parece uma selvagem com as patas de caranguejo. É meio sensual. – Vou precisar de um banho – ela fala. – Logo.

– Estava pensando em parar em um hotel para passar a noite – falo.

– Estava pensando em quebrar a regra número cinco?

– Nós já quebramos a regra número cinco – falo.

– Gostaria de quebrar essa regra mais vezes – ela diz, sorrindo, mesmo com a boca cheia de caranguejo. Ela volta a mastigar.

Limpo a garganta.

– Minha primeira exigência é um lugar seguro para viver. Nada mais de Tasha.

Ela diz que sim e mastiga.

– Essa é boa – ela fala.

– Venho exigindo isso desde que nasci, acho – falo. – Não que tenha funcionado.

– Minha primeira exigência é lavar apenas as minhas roupas, e não ter que ser pedicuro da minha mãe mais. Os pés dela são nojentos e cheios de fungos.

Não tenho a menor ideia de como ela consegue mencionar isso enquanto come, mas eu preciso de trinta segundos antes de tentar dar uma mordida no caranguejo. Escrevo nossas primeiras exigências e penso.

– E minha segunda exigência é não ter que ir para a universidade logo depois da escola. Sei que eles têm boas intenções, mas quero um intervalo. Nem sei que diabos quero fazer, certo? E eles acham que bióloga marinha não é *prático*. – Faço que sim, e escrevo *Exijo* não ir à universidade logo depois da escola. – Qual é sua segunda exigência? – ela pergunta.

– Não sei. Seria bom se minha mãe parasse de ser tão sarcástica quanto ao meu futuro. Parece que quer que eu vá parar na cadeia ou algo assim. – *Ai, Deus.* – Ai, Deus – falo.

Sinto vontade de vomitar. Como eu não vi isso antes?

Puta merda.

– Gerald? Você está bem?

Estou no Dia B. No Dia B, sou uma família de três pessoas. Apenas Lisi, meu pai e eu. Não quero saber de sorvete ou trapézio. Apenas quero escapar desse pensamento. Então a Branca de Neve aparece e seu passarinho diz:

– Ela quer que você vá para a prisão porque isso vai fazer parecer que estava cerrrta todos esses anos.

Daí os anões surgem.

ZANGADO: Ela.
SONECA: Quer.
FELIZ: Que.
ATCHIM: Você.
MESTRE: Vá.
DENGOSO: Para a.
DUNGA: Prisão.

– Gerald?

Olho para a Hannah, mas não consigo responder a ela. É como se eu estivesse preso numa cápsula do tempo. Estou preso entre o Dia B, onde tenho 19 anos, e um filme da Walt Disney de 1937, de quando meus avós nem haviam nascido ainda.

Ela agarra no meu braço e aperta até eu conseguir falar de novo.

– Bosta. Sim, estou aqui. Nossa!

– O que foi aquilo?

– Acabei de me dar conta de um assunto pesado – falo.

– E?

– E preciso de um minuto.

Ela dá uma batidinha do meu braço, como se pudesse enxergar algo grande acontecendo no meu cérebro. Vou até o banheiro e faço xixi. Me olho no pequeno espelho sujo enquanto lavo as mãos e dou um sorriso. Não sei por que sorrio.

Sinto vontade de chorar.

– Estou começando a achar que esta merda de lista de exigências é bobagem – diz Hannah quando volto para nossa mesa. Ela está fazendo isso por mim. Posso ver isso. *Ela se importa com o Cagão.*

– É... O que uma lista de exigências vai nos trazer de bom se nunca voltaremos? – falo.

Hannah faz um barulho que sai de trás da sua garganta, que diz: *Gerald, você sabe que precisamos voltar.*

Ela tira seu caderninho e começa a rabiscar alguma coisa nele. Eu apoio minha cabeça com as mãos, fecho os olhos e penso sobre qual exigência quero fazer.

Pergunto a mim mesmo: *O que você exige, Gerald?*

Nenhuma das minhas respostas são possíveis.

Exijo uma infância diferente.

Exijo uma mãe que se importa.

Exijo uma segunda chance.

Quando olho para Hannah, ela é a Branca de Neve. Ela sorri e tem um passarinho azul em seu ombro. O passarinho azul assovia.

Exijo ter meu próprio passarinho que assovia.

A Branca de Neve me entrega o jogo de LEGO do *Star Wars* que meus pais tiraram de mim há 11 anos, depois que eu caguei na mesa da cozinha na última vez. É o *Millennium Falcon.* É real.

Fico pensando como vou explicar isso para a Hannah – o *Millennium Falcon* surgindo do nada.

– Maravilha – falo. – Que maravilha.

– O que é uma maravilha? – Hannah pergunta.

Não abro meus olhos. Ou talvez meus olhos estão abertos e não consigo ver a Hannah, porque a Branca de Neve ainda está visivelmente sentada perto de mim no banco.

– Gerald?

Abro meus olhos e é a Hannah. Nenhum jogo do LEGO do *Millennium Falcon*. Nem Branca de Neve.

– Merda. Desculpa – falo.

– Pra onde você vai? – ela pergunta.

– Não sei – falo. – Vou para onde sempre vou. Esse lugar legal na minha cabeça. – *Não conte à Hannah sobre a Branca de Neve e o passarinho azul.*

– O que tem de tão legal lá?

– Tasha não está lá – falo. – E tem sorvete. E um trapézio.

Damos risada disso juntos e sinto que consegui me safar de alguma coisa.

Exijo parar de me safar das coisas.

Pego mais um bolinho e enfio na boca. Penso sobre o quanto minha mãe deve ter uma cabeça confusa. *Minha mãe tem um parafuso a menos.* Sinto pena dela por um segundo.

Puta merda.

Minha mãe pede para sentir pena dela.

Talvez esses bolinhos possam *sim* mudar sua vida.

53

DIRIGIMOS EM DIREÇÃO ao sul. Pego de novo meu celular para ver se recebi alguma resposta do Joe Jr., mas não recebi nada. Tudo que sei fazer é ir rumo à Bonifay, na Flórida, e esperar que, se ele não me responder, eu encontre o número deles na lista telefônica. Não deve ser tão difícil achar um circo na cidade natal dele, não é?

Na maior parte do tempo, escutamos música, mas de hora em hora a Hannah abaixa o volume, me aborrecendo para que eu a deixe dirigir ou para fazer alguma pergunta. Ela está enrolando sobre a regra número três desde que falamos de nossas exigências bobas no Barracão do Caranguejo 2-4-1.

– Sobre minha mãe – eu disse, em algum lugar na fronteira da Carolina do Sul. – E Tasha. – Não sei o que dizer depois.

– Sim? – diz Hannah.

– Tipo, você poderia dizer, pelo programa, que tinha algo de errado? Tipo, quando você assistiu?

– Ahh, sim.

– Você podia ver que a Tasha era maluca?

– Ela era passiva-agressiva. Total. Eu percebia – disse ela. – É completamente *Schadenfreude*, cara. Assim, a maioria das pessoas assistia pelo prazer de sentir que são melhores que as pessoas do próprio programa.

– *Schaden* quem?

– *Schadenfreude* – diz ela. – É quando as pessoas têm prazer na dor ou humilhação dos outros.

– Nossa. – Jesus. Eu não podia imaginar que existia uma palavra para o que eu sofri a vida toda. É como ser asmático, mas ninguém contar a você até o seu aniversário de 17 anos o nome do motivo pelo qual você nunca conseguia respirar. – Eu não sabia que existia uma palavra para isso.

– É alemão.

– Percebi. – Pausa. – Minha mãe parecia maluca também?

– Não sei. Nunca pensei nisso – respondeu. – Ela é maluca?

Suspirei.

– Sim, bastante.

– Isso não quebra a regra número três? – ela pergunta.

Mantenho meus olhos na estrada e fico quieto por um segundo.

– Muita coisa é cortada – eu disse. – Do programa. Tipo, você só viu o que eles queriam que você visse.

– Muito?

– Tipo, quase tudo – eu disse. Incluindo toda merda que era importante.

Nós dois ficamos em silêncio por um momento.

Então eu pergunto:

– A Tasha realmente parecia louca no programa? Pois eu não conseguia entender por que eles não mostravam isso.

– Sendo honesta – ela diz. – Eles não fizeram que ela parecesse tão mal. Era realmente mais em você que eles focavam. Você sabe. Você era, tipo, a estrela da família.

– Ótimo.

– No entanto, nada que você já não sabia, certo?

– Sim. Ainda fico decepcionado. Minha vida. Minha vida é uma decepção.

✳ ✳ ✳

Depois de olhar no mapa enquanto Hannah dirigia, me dei conta de que Bonifay, na Flórida, ficava em Panhandle, então decidimos sair na I-95 e ir para o leste e achar um hotel no oeste da Carolina do Sul.

Nenhuma palavra de Joe Jr. ainda.

Meu pai tentou ligar três vezes, mas não deixou mensagem depois da primeira vez. A mensagem que ele deixou é o que me faz sentir que esse plano pode funcionar: sequestrar a nós mesmos, e ter uma lista de exigências até que algo mude.

Não é isso o que a Babá me ensinou? Não é essa uma das coisas essenciais para criar crianças responsáveis? Você exige comportamento adequado. E, quando desobedecem, são punidos. Eu fiz o que qualquer pai responsável faria... com meus pais.

Exijo que eles sejam punidos.

De qualquer forma, o que meu pai disse na mensagem me faz sentir como se isso fosse funcionar.

> Gerald, podemos encontrar uma solução.
> Como você quiser.

Eu nem mesmo enviei minha lista ainda.

Meu pai não sabe que estou em um hotel na Carolina do Sul, prestes a tomar um banho pela primeira vez desde ontem de manhã. Ele não sabe que apanhei na sala dele ontem à noite. Não sabe que minha vida tem sido uma série de derrotas que poderiam ter sido vitórias. A Babá está vindo! Estamos salvos! Não. A Hannah gosta de mim! Estou salvo! Não. Fuja com o circo! Estou salvo! Não.

– Gerald?

Ouço Hannah dizer, mas continuo olhando fixamente pela janela do quarto do hotel, pensando sobre tudo. *Nós podemos encontrar uma solução para isso. Do jeito que você quiser.*

– Gerald?

– Sim?

– Você quer tomar um banho comigo?

Olho para Hannah. Ela está nua.

Fico sem palavras. Fico sentado ali, olhando fixamente.

E, por mais doentio que pareça, não consigo tirar da cabeça aqueles pensamentos sobre a Tasha, meu pai e minha vida. Como a Hannah consegue ficar ali parada e pelada, e não pensar na sua família de sucateiros? Ela é um robô? Ou eu sou muito emocional?

Hannah, exijo saber se você é um robô.

– Gerald?

Levantei, arranquei minhas roupas e caminhamos juntos até o banheiro, onde o chuveiro está ligado. É como andar em um sonho nebuloso.

Não encontro palavras para descrever o que fazemos. *Beijando, tocando, amando*, todas soam íntimas demais. Não somos pessoas de contato íntimo, mas nos encaixamos, sabe? Estamos quebrando a regra número cinco, e nos balançando um no outro, como balões.

E a melhor coisa sobre estarmos no chuveiro juntos é que ninguém precisa dizer nada.

54

– MELHOR EU LIGAR PARA minha mãe – diz Hannah, depois de comermos a comida chinesa que pedimos para entregar. – Ela provavelmente está louca da vida.

– Não é esse o objetivo? – pergunto. Estou sentado próximo à mesinha redonda no nosso quarto segurando o papel do Barracão do Caranguejo 2-4-1 com nossas exigências bestas escritas nele. Estou tentando pensar em mais algumas.

– Você não entende. Minha mãe não consegue viver sem mim.

– Merda – falo. – Você nunca falou desse jeito.

– Você faz soar tão dramático – ela diz.

– Você tem que dar injeções especiais nela ou algo assim?

– Não.

– Então, tecnicamente falando, ela não vai *morrer* sem você, vai?

– Não. Mas ela vai ficar louca da vida comigo – diz a Hannah. – E não quero que a polícia venha enquanto estamos dormindo.

– Isso seria um saco.

Começo a suar frio só de pensar na situação na qual nos coloquei. Estamos num hotel na Carolina do Sul. Acabamos de tomar banho juntos. A polícia podia estar me procurando, porque soquei a cara do Jacko e o deixei destruído de novo, bem na sala de estar dos meus pais. E arrastei a Hannah junto comigo nisso.

– Seria um saco? – ela pergunta.

– Sim.

Confesso que não estou muito presente no momento. Estou imaginando a Hannah me vendo ser preso do lado de fora deste hotel, no meio da noite. A cena passa como um filme na minha cabeça. Um Martin Sheen jovem faria o meu papel no filme.

Hannah abre a porta, sai e fica parada na grade que dá vista para a piscina em formato de rim. Está fechada nesta temporada e colocaram uma cobertura em cima. Observo a Hannah pela janela da frente do nosso quarto e entro no Dia B, onde Gerald com 19 anos sabe como agir quando vê o corpo de uma menina. Gerald com 17 anos teve algumas dificuldades com isso, lá no chuveiro.

– Todos nós aprendemos ao longo da vida – diz a Branca de Neve. – Achei muito romântico aquele momento todo.

Não sei onde quero que a Branca de Neve me leve. Não quero ir até o trapézio. Não quero falar com a Lisi sobre tomar banho com a Hannah. Isso seria estranho.

Então, neste Dia B, desço a rua sozinho. Estou tomando sorvete cremoso de morango servido numa casquinha. Não tenho família nem amigos. No fim da rua, está a Hannah. Um passarinho azul pousou no ombro dela. Ela está vestida com uma jaqueta de couro com o alfinete de segurança que prende a manga junto, e não penteou os cabelos.

Na metade do caminho, Tasha sai de um beco. Ela está apontando o dedo para mim e gritando coisas horríveis com aquela voz insuportável de Tasha. Então ela saca uma arma.

Merda.

Branca de Neve, exijo que você me traga de volta para a realidade.

Quando olho para cima, vejo a Hannah real falando comigo. Percebo que ela parece estar gritando. O rosto dela está contorcido de raiva. Não escuto o que fala.

Ela pega sua jaqueta e o celular, sai e bate a porta atrás dela. Tentei ler seus lábios. Acho que disseram *Volto em um minuto.*

Suspiro. Olho meu telefone. Suspiro. Olho meu telefone de novo.

Envio mensagem para Joe Jr. *Me liga!* E apago a mensagem antes de enviar.

Ando em volta do quarto de hotel. Não há nada para fazer a não ser assistir à TV. E não assisto à TV, então ando em volta mais um pouco.

Saio e olho a noite. Faço uma anotação mental. Se a piscina estivesse aberta, eu podia pular da grade da sacada e aterrissar bem no meio. Penso quantas pessoas já fizeram isso antes.

E volto para dentro.

Sou desafiado pelos meus próprios pensamentos.

Tento encontrar algum sentimento de pena pela Tasha. Não acho nenhum. Tento roubar um pouco do sentimento que tenho em relação à minha mãe, mas não há o bastante para compartilhar.

Grito, "Foda-se essa merda!", chuto a cadeira para o lado, e saio em busca da Hannah.

Procuro na área do hotel primeiro. Máquinas de café e chocolate, academia, lobby – ela não está lá.

Começo a caminhar pela estrada escura e, depois de dez minutos de caminhada, percebo que isso é burrice, pois a Hannah podia ser sequestrada ou algo assim, então volto correndo ao hotel. Chegando lá, pego as chaves do meu carro e saio dirigindo.

Vejo algumas pessoas descendo a estrada a pé e sinto agonia. É sábado à noite. Não sei que tipo de lugar é esse. É o tipo de lugar onde garotas com perfume de cereja podem ficar desaparecidas?

Por meia hora, fico dando voltas de carro. Não volto ao Dia B porque, no Dia B, Tasha está com uma arma e está tentando me matar. Não volto ao Dia B porque o Dia B é um empecilho entre mim e a Hannah. Não posso ir lá mais. Tenho que ficar aqui se vou tomar banhos com uma menina linda, se vou me apaixonar por uma menina linda e fugir com uma menina linda.

A Branca de Neve não pode ser minha terapeuta-guia. As estradas não terão mais nozes nem pedaços de chiclete. Não consigo voar do trapézio.

Finalmente, encontro a Hannah descendo uma estrada de interior, a mais ou menos um quilômetro. Ela está com os fones de ouvido e balançando a cabeça. Diminuo a marcha e passo perto dela, que mostra o dedo do meio sem olhar para mim.

– Vem, Hannah – falo. Sei que ela não consegue me escutar. – Hannah!

Ela mantém o dedo do meio levantado, entra à esquerda numa estrada mais estreita e perco a entrada, porque ela faz isso no último minuto.

Grito "Droga!" e giro com o carro.

Ela está andando no meio da estrada quando chego lá. E não sai da frente do carro. Buzino. Muito. Aperto de leve a buzina, aperto mais forte. Ela levanta o dedo do meio de novo e continua balançando a cabeça conforme a música que está tocando nos ouvidos dela. A estrada fica estreita. Paro, olho em volta e percebo que onde a estrada termina começa uma trilha. Desço do carro e sigo ela a pé.

Ela começa a correr. Eu começo a correr. Isso está começando a ficar sinistro. Só quero que ela pare, mas sei que não consigo fazê-la parar. Começamos a correr lado a lado. Está escuro. Ambos tropeçamos algumas vezes.

– Não faz assim! – grito.

Ela continua correndo.

Então estico o braço, dou um puxão em um dos fios do fone de ouvido e tiro da orelha dela. O outro fone sai junto. Ela estica o braço e desconecta o cabo do fone do celular dela, então os fones ficam na minha mão.

– Hannah, não faz assim! Desculpa! Tá bom?

Ela para.

– Sinto muito mesmo – digo. – Eu entendi. Entendi totalmente, tá bom?

– Você não entende nada.

– Só volta para o quarto – falo.

Ela anda em direção a um poste de luz que fica fora da trilha. Não consigo entender por que haveria um poste de luz bem no meio de, aparentemente, uma floresta.

– Confiei em você – ela diz.

– Eu sei.

– Não tenho ninguém mais, só tenho você.

– Eu sei.

– Pare de dizer que sabe! – ela grita. – Você não sabe!

– Tá certo. Eu não sei – falo.

Ela joga as mãos para cima.

– Meu Deus!

Caminhamos. Ela está dois passos à frente; passamos pelo último arbusto em direção à luz. Chegamos a alguma versão de paraíso da

Carolina do Sul. Há um rio com uma série de cachoeiras perfeitas. O poste ilumina a placa de um parque estatal, com informações escritas para turistas. Ela parece não notar o paraíso. Ela se senta no asfalto, tira seu caderninho, e começa a escrever nele. Sinto meu rosto ficar quente.

– Hannah, quero conversar com você.

– Foi mal, Gerald, estou tomando sorvete no meu lugar feliz neste momento. – E continua escrevendo.

– Isso não é justo.

– Nada é justo – ela diz.

– Digo, não é justo usar aquilo contra mim.

– Eu sei. E nada é justo. Então, deixa pra lá – ela responde, rabiscando incisiva.

Minha pele fica mais quente. Me sento bem na frente dela e aproximo meu rosto do dela.

– Hannah, vamos conversar. Pare de escrever, vai. Isso está ficando bobo.

Ela me olha e, apesar de estar ofuscante, consigo imaginá-la no chuveiro, há duas horas apenas.

– Quer saber o que é bobo? – ela pergunta. – Boba sou eu, em achar que um moleque zoado como você poderia um dia ser meu namorado. Boba sou eu, em achar que uma menina zoada como eu poderia um dia ser a namorada de alguém.

Fico sem saber o que dizer.

– Então, você quer conversar? – ela pergunta. – Converse. – E volta a escrever no caderninho.

– Sinto muito – começo. – Sei que tem sido difícil conversar comigo. Sei que sou um cuzão e tudo o mais. Digo, sei que não posso mais fazer isso. Tenho que ficar aqui, no presente. Consigo fazer isso. Não quero estar em nenhum outro lugar. – Quero falar para ela que a amo, mas não falo.

Ela continua escrevendo.

– E toda aquela merda que aconteceu comigo, você não sabe de tudo, tá bom? Tem mais coisa na história que você desconhece, coisas estranhas e ruins, mas que não vêm de um lugar zoado, certo? Eu só... – Paro e a olho escrever. Ela não está ouvindo. Meu rosto fica mais quente. – Só quero que me ouça – falo e arranco o caderninho dela.

A primeira reação que ela tem é de me bater, bem no peito, onde minhas costelas estão machucadas.

Saio andando com o caderninho e ela grita.

– Devolve a porra do meu caderninho!

– Não até você conversar comigo.

Ela vem e tenta tirar de mim, mas o seguro com minhas mãos para trás.

– Devolve.

– Não até você conversar comigo. Olha. Pedi desculpas – falo.

– Você não se desculpou o bastante – ela diz.

Paro e olho para ela. Ainda é linda, mas essa coisa toda tirou o brilho dela. Ela é humana. Às vezes, é uma idiota. Às vezes, não tem um *porquê*.

Também sou humano. Lanço o caderninho para dentro do rio, como se fosse um disco de frisbee. Ambos, chocados, assistimos à cena, ele voando como em câmera lenta.

Não posso acreditar que acabei de fazer isso. Ela não consegue acreditar que eu acabei de fazer isso.

Quando bate na superfície da água, nenhum de nós diz nada. Apenas ficamos ali, estáticos. O som das águas correndo é alto, mas consigo ouvir a respiração dela segurando o choro.

– Por que fez isso?! – ela pergunta. E bate no meu braço bem forte. Não ligo que faça isso dessa vez. Queria que ela tivesse uma caneta prateada de ponta fina, para poder escrever CUZÃO no meu rosto todo.

– Não sei – respondo.

Ela fica olhando para mim, olho através dela e vejo as cachoeiras. Queria ser a água. Queria ser as pedras. Queria ser a gravidade que faz da combinação dos dois tão bela. A natureza tem tanta sorte.

As pessoas olham para a natureza e não acham nada. Ninguém analisa ela. Ninguém a culpa. Ninguém a subestima. A maioria das pessoas a respeita. Quando olhamos para um oceano depois de um vazamento de óleo, não damos um sorriso sarcástico e dizemos: "Bom, olha a merda em que estamos agora". Sentimos pena dele. Desejamos que aquilo nunca tivesse acontecido. Desejamos que ele melhore e que os peixes que moram lá não morram nem tenham filhotes de duas cabeças.

Talvez, se todos nós nos olhássemos como à natureza, seríamos mais gentis.

Hannah enxuga o rosto com a manga da blusa. Eu suspiro.

– Peço mil desculpas – digo. – Vamos voltar agora.

– Não quero voltar – ela diz. – Quero a porra do meu caderninho. – Ela tira a roupa e pula no rio. Simples assim. Tudo que consigo fazer é ficar lá parado, de boca aberta, mas nada saía dela.

Começo a ter uma série de pensamentos não relacionados. *Será que ela vai se afogar? Como será a Beth pelada quando ela mergulha nua? Há pedras em baixo da água? Devo pular e salvá-la? É por isso que ela fez isso? Por que joguei o caderninho dela no rio? Por que sou tão cuzão? Devo ficar aqui em cima e apontar para onde o caderninho foi parar para ela achar? Ela vai encontrar? E se houver quinze metros de profundidade? E se ela se afogar?*

Quando ela surge na superfície, está rindo. Ou chorando. Ou ambos. Aponto para onde o caderninho foi parar e ela nada na mesma direção da corrente, mas para outro lado. Ela nada para longe da luz. Fico com medo que se afogue, então começo a tirar a roupa também.

Não tenho a menor ideia se posso salvá-la, mas, pelo menos, se ela se afogar, eu também me afogo.

E então todos nossos problemas estarão praticamente resolvidos, certo?

Ou posso contar à Beth que também nadei pelado e talvez ela ache que sou legal.

Pulo no lugar onde a Hannah pulou e não tem pedras. E não tem onde dar pé, então nado por um minuto e me encontro. Consigo vê-la, a uns seis metros, indo em direção a um monte de pedras. A cachoeira fica a uns nove metros atrás de nós. O barulho é tão alto que parece um helicóptero perto de mim.

Ela me vê e sua boca se move como se estivesse gritando alguma coisa, depois ela sai nadando – em direção às pedras. Penso sobre redemoinhos. Aprendi sobre redemoinhos no oitavo ano, pois sentava perto do Tom Sei-Lá-O-Quê, antes de morder a cara dele. Redemoinhos ficam próximos a cachoeiras e podem te puxar para baixo da água em um segundo.

Hannah começa a berrar e não consigo vê-la muito bem. Nado em direção a ela para salvá-la, mas, quando chego lá, encontro apenas ela, agarrando seu caderninho no alto, chorando e sorrindo – do mesmo jeito que ela estava quando pulou na água.

Percebo, pela primeira vez, como sou frio.

Quero dizer, frio em temperatura, mas, digo, frio aqui dentro também, dentro do meu coração. Sinto-o bater lá dentro pela primeira vez em anos. Minha vida inteira, ele queria bater de verdade. Ele queria passar pela experiência *do que acontece depois.* Mesmo se fosse na cadeia. Mesmo se fosse a Babá me revidando o soco. Mesmo se fosse a Tasha finalmente me afogando. Mesmo se fosse eu mesmo me afogando neste rio, aqui mesmo, agora.

É como se minha vida tivesse passado como uma sequência de decepções bobas. Uma atrás da outra. E cresci uma pessoa tão fria que era capaz de morder um pedaço da cara do Sei-Lá-O-Quê. Cresci uma pessoa tão fria, pois o clima em EF é absolutamente ártico. Dizem que pessoas agressivas têm a cabeça quente, mas não temos. Somos frios. Por completo.

* * *

Olho à minha volta. *Como diabos saímos daqui?*

Hannah boia um pouco na direção do rio. Ela encontra uma abertura na beira. Tem um par de sapatos ali. Isso indica que não estamos em algum lugar remoto onde ninguém vai nos achar se nos afogarmos. Estamos em um local bem iluminado, um local onde as pessoas costumam vir nadar. Garanto que algumas pessoas quebraram a regra número cinco nesta mesma beirada.

Hannah fica ali sentada. Encharcada. Mas ainda assim sorrindo. Até mesmo para mim, o que é estranho considerando que sou o cuzão que jogou o caderninho dela na água. Conforme me aproximo, vejo que está olhando fixamente para os peixes dentro da água, e vejo um olhar familiar. Ela está falando com os peixes. Até com os que não consegue ver e os que ela não deu nome.

– Sinto muito – grito conforme saio da água e subo na pedra onde os pés dela estão.

Ela está olhando em minha direção, mas seus olhos fixam na água.

Ficamos lá sentados, nus e com frio por alguns minutos até que acho um jeito de voltarmos à beirada de onde saltamos. Levanto e acho um caminho para um local onde vejo algo como uma escada de pedras. Está escorregadio, mas dá certo. Hannah continua olhando para a água, então nem ligo que meu pinto esteja do tamanho de um amendoim. Começo a subir os degraus e, em cinco passos, consigo chegar à parte de cima. Caminho até onde nossas roupas estão e as pego, e volto para onde ela está. Chamo seu nome algumas vezes, mas ela não me escuta por causa da cachoeira.

Seco meu corpo com minha camiseta e visto minha cueca. Depois, me sento ali até ela estar pronta para ir embora. Parece que passa meia hora, mas não passa tudo isso. Ela só segura o caderninho molhado e olha fixamente para a água. E então ela se levanta, sobe quase todo o caminho sozinha e depois pega na minha mão, e a conduzo no resto do caminho.

Ela se veste mesmo encharcada. O humor dela é incerto.

Quando ela começa a andar, eu a sigo.

– Vamos – ela diz.

– Mas – falo. *Mas o quê? O que você vai dizer?*

– Vamos – ela diz de novo, pega na minha mão e me leva rapidamente de volta à trilha de onde viemos para chegar aqui. Não entendo por que não está gritando comigo. Não entendo nada. Chegamos no carro e vamos em direção ao hotel. Ela não diz nada, e só desembaraça seu cabelo molhado com seus dedos e olha para a estrada à frente enquanto deixa as lágrimas escorrerem devagar e pingar pelo queixo. Não falo nada, mas não vou ao Dia B também. Estou cem por cento *aqui*.

Quando avistamos o hotel na rua de cima, limpo a voz.

– Tem certeza que não quer ir para casa? – pergunto. – Podemos pegar nossas coisas e voltar amanhã.

Ela deixa passar um minuto.

– Sabe, pensei que isso seria a ideia perfeita – ela diz, e funga.

– Tá – respondo.

– Falei sério quando disse que pensava que te amava. Fui sincera. – Reparo no tempo verbal no pretérito nessa frase. Temo o que vem em seguida. – Não sei se fugir era a resposta, mas não vou voltar. Nem hoje, nem amanhã. Tenho minhas exigências, sabe? – ela diz.

– É, eu sei. Por isso fizemos isso.

Ela começa a chorar de novo e eu começo a chorar também. Acho que fica surpresa. Não tenho certeza se ela sabe o que fazer com um menino chorão.

Na natureza, chorar é bom. A cachoeira chora o tempo todo.

Nos abraçamos e, quando paro no estacionamento do hotel, choramos até a natureza nos fazer parar de chorar. Uma pressão saiu do meu peito. Sinto leveza. Mas Hannah não parece mais leve. Ela ainda parece preocupada.

Voltamos ao quarto e vestimos roupas secas. Hannah liga o aquecedor e coloca seu caderninho em cima, virado com as páginas para cima para secarem. Ela não diz uma palavra. Desligo todas as luzes exceto a do banheiro, e deixo a porta do banheiro aberta. Ela se senta à mesa, na frente da nossa lista de exigências estúpida, sem sentido e meio bem-humorada.

– Minha mãe provavelmente está me rastreando pelo celular – ela diz.

Caminho, me abaixo perto da cadeira dela e coloco meu braço em volta dela.

– Vamos ligá-lo e ver se ela enviou mensagem hoje – falo.

– Já fiz isso.

– E então?

Ela me passa o celular, as mensagens de texto da mãe dela alinhadas como soldados em campo de guerra. Centenas delas.

Onde você está?

Venha agora para casa!

Preciso de você!

Cadê o leite?

Cadê o cereal?

Cadê minhas meias rosa e azul listradas?

Seu pai está com dor de cabeça e não encontra a aspirina.

Vou ligar para a polícia.

Acho que foi raptada.

Você foi raptada?

É o seu irmão?

Ele veio te buscar?

Vocês dois, voltem já para casa.

Seu pai precisa do remédio dele para asma, onde você colocou?

A polícia disse que não posso registrar desapareci-mento até eu saber com certeza que você não está no trabalho. Liguei para aquele lugar, mas sua chefe não me diz se está lá ou não.

Sua chefe é uma vagabunda.

Eles não acreditam em mim, que você foi sequestrada.

SEQUESTRADOR! Devolve minha menina!

Preciso dela!

Não faça nada de mal a ela! E se for você, Ronald, volte para casa e traga a Hannah com você.

Onde você está?

A polícia diz que podem rastrear você pelo seu celular.

Eles me disseram para te contar isso.

Não conte ao sequestrador.

Onde está meu sutiã branco?

E as meias listradas do seu pai?

Esqueci como liga o fogão.

Pode me ligar e me falar como liga o fogão?

Hannah está comendo arroz frio com frango frito enquanto estou sentado na ponta da cama, lendo as mensagens da mãe dela. Paro algumas vezes e olho para ela, com a percepção de que isso vai muito mais longe do que piadas de Cinderela e CDs da filha do sucateiro. Acho que nunca havia percebido antes que Roger estava certo quando disse que não enxergo ninguém além de mim mesmo. Pensei que fosse algo que *podíamos tentar consertar.* Mas não é.

Nunca imaginei que alguém pudesse ter uma vida pior que a do Cagão. Nunca pensei que alguém pudesse ter um motivo tão bom para fugir quanto o Cagão tem. Nunca imaginei que alguém pudesse ter tantos motivos para chorar quanto o Cagão tem. Sei sobre crianças famintas na África, sobre refugiados de guerra e sobre apedrejamento até a morte de mulheres por colocarem o pé para fora da porta de casa. Mas esses fatos sempre estiveram distantes de mim. Ao ver o celular da Hannah e as mensagens da mãe dela, percebo que sou um cuzão egoísta. *Mas todo mundo também é.*

– Do que ela está falando aqui quando fala do seu irmão? – pergunto.

Hannah só balança a cabeça como se estivesse tocando música dentro da cabeça dela.

– Sem pressão. Você pode me contar o que quiser e quando quiser. Tem um monte de merda que não te contei ainda.

Ela continua balançando a cabeça com a música imaginária, chorando lágrimas silenciosas enquanto dá garfadas na comida chinesa.

– Quer que eu conte algo primeiro? – me ofereço. Ela continua balançando a cabeça conforme a música. – Tasha tentou me afogar na banheira quando eu tinha 3 anos. Talvez mais de uma vez. Não sei. Ela fez isso com a Lisi também. Ela tentava nos sufocar o tempo todo.

– Que bosta – diz Hannah.

– É. Lisi fala que ela é uma psicopata.

– Que bosta – ela diz de novo.

Ela continua balançando a cabeça, então começo a balançar a cabeça também, como se a mesma música estivesse tocando dentro das nossas cabeças. Ela para de comer frango frito com arroz.

– Meu irmão ficou ausente sem licença, antes de ser enviado para o Afeganistão. Ele está em algum lugar por aqui. No Sul. Não temos notícia dele faz mais de um ano.

– Ah – falo.

– Ele é mentalmente... hum... lento... só um pouco – ela acrescenta. – Então não tínhamos certeza se, você sabe, ele só se perdeu ou se realmente fugiu. Ou se alguma outra coisa aconteceu... Ninguém sabe nos dizer.

Exijo que Hannah e eu tenhamos segunda chances.

– Por isso detesto a palavra *retardado*.

Exijo que ninguém mais use a palavra retardado *de novo.*

– Por isso faço aquilo tudo para os meus pais – ela diz. – A coisa toda os deixou malucos.

Continuo balançando a cabeça até ela vir e sentar na cama perto de mim. Há duas camas cobertas com colchas cor de ferrugem, ásperas por serem novas ou por não estarem limpas; você escolhe. Quebramos a regra número cinco de novo. E de novo. E de novo.

55

NA ESTRADA, passando por Georgia, Hanna encontra uma estação de rádio que toca cem por cento do tempo músicas *motown* anos 60. Hannah parece conhecer bastante das letras de músicas *motown*. Fico surpreso que isso venha da filha punk rock do sucateiro, mas talvez nem tudo é bem o que parece.

Assim como eu.

Hannah coloca sua mão na minha coxa enquanto dirijo. Isso me faz lembrar do que aconteceu no quarto de hotel. Isso me dá vontade de ficar em outro quarto de hotel. Isso me faz querer casar. *Devagar. Devagar.*

Volta e meia, ela cutuca minha perna e fala, "Não acredito que salvei meu caderninho" ou "Não acredito que pulamos naquele rio" ou "Não acredito que você jogou meu caderno naquela porra daquela cachoeira, seu cuzão". Toda vez que ela menciona, peço desculpas, mas ela não liga porque o caderninho está em seu bolso, seco e seguro, apesar de algumas páginas estarem ilegíveis. Ela não está brava e acho isso impossível. *Como ela não está brava?*

Sinto vontade de falar para ela sobre meu coração plastificado e em como acho que ela o está desplastificando, mas acho isso bobo. De qualquer jeito, é mais do que meu coração que está plastificado. Minha boca está plastificada. Meu cérebro está plastificado. É assim que funciona quando você cresce na terra do faz de conta. Para sobreviver, você se embrulha, se embrulha e se embrulha até estar seguro. *O Dia B está cheio de bosta. Nada é real.*

O céu está um azul brilhante e as nuvens estão enormes. O sol está quente. Senti frio no Barracão do Caranguejo 2-4-1 ontem, é um contraste com o calor que sinto agora. Abro minha janela um pouco mais. Hannah continua cantando algo que acredito ser do Pequeno Stevie Wonder. Algo sobre tudo ficar bem.

Exijo que tudo fique bem.

Meu celular toca e Hannah diz:

– É seu pai.

– Merda – falo. – Deixa tocar.

Ela abaixa o volume da música.

– Estou começando a me sentir mal com isso.

Encontro um lugar para parar, em alguma das estradinhas do interior da Georgia. Dou um beijo nela – nada meloso como ontem à noite. Apenas um beijo amoroso nos lábios para fazê-la se sentir melhor.

– Vamos mesmo terminar essa lista? – pergunto. – Não quero voltar. Nada vai mudar. Nunca.

Ela olha para mim e sorri.

– Deixei no hotel. Na lata de lixo.

– Que bom – falo.

– Nenhuma das nossas exigências oficiais são sãs o suficiente para colocar no papel, certo? Digo, como posso escrever *Por favor, parem de ser loucos e me usarem como escrava doméstica?* – ela pergunta. – O que pode fazer para que sua irmã não seja uma psicopata?

– Tenho apenas uma exigência depois de ontem à noite.

Hannah parece intrigada.

– Quero que seja minha namorada de verdade.

– Ah, isso. – Ela parece blasé.

– Quero confiar em alguém, sabe? Quero que *alguém* confie em mim – falo.

Ela balança a cabeça.

– Quero uma vida normal – falo. – Isso faz sentido?

Ela olha para a estrada e responde.

– Quero ser Nathan e Ashley. Quero ter um emprego, uma casa, biscoitos e aquários – ela diz. – Lembra, como quando você brincava de casinha quando era criança?

Nunca brinquei de casinha quando era criança. A não ser que considere brincar de *pessoa na sua casa que quer afogar você*.

– Nunca gostei de aquários até irmos lá – falo. – Nunca tivemos bichos de estimação.

– Peixes não são bichos de estimação – ela diz. – Eles são como passarinhos, mas, tipo, na água, alguma coisa assim. Manifestações de liberdade.

– Em um aquário.

– Mas eles não sabem que estão num aquário – ela diz.

– Certo. Mas nós sabemos.

Sinto os olhos dela em mim quando falo isso, então dou um sorrisinho. *Seria bom ser um peixe e não saber que estou num aquário. Seria bom dividir meu aquário com a Hannah. Seria bom se guelras crescessem em mim, assim poderia respirar debaixo d'água.*

– Posso dirigir agora? – ela pergunta.

As estradinhas da Georgia fazem o carro chacoalhar bastante, e são cheias de curvas. Hannah dirige por todas elas em alta velocidade, o que eu não faria, e ela coloca o CD do Gerald/Filha do Sucateiro e tenta me dar uma educação punk rock, mas não consigo ouvir o que ela diz por causa da música alta e dos passarinhos azuis nos meus ombros.

Não viajo para o Dia B o dia inteiro, e nem quero. Os passarinhos azuis vêm para tentar me levar até lá voando, mas os ignoro.

Percebo que gosto de música punk rock. É tipo a trilha sonora da minha vida. Acho que as guitarras berrantes, os gritos e vocalistas incoerentes encaixariam perfeitamente como trilha para aqueles meus vídeos da Liga das Babás no YouTube – atuando, socando as coisas, cagando e chorando.

Envio mensagem para o Joe Jr. e minto.

> Cara, chegarei à Filadélfia em algumas horas.
> Perto de você. Podemos te visitar?

Vejo que meu pai me enviou mais uma mensagem.

> Uma mulher ligou dizendo que você sequestrou a filha
> dela. Apenas venha para casa. Encontraremos uma
> solução. Eu prometo.

Leio essa em voz alta para a Hannah. Ela fica surpresa que a mãe dela tenha sido capaz de encontrar o número dos meus pais.

– Não está na lista telefônica – falo. – Então ela deve conhecer alguém. – Depois penso. – Ou meu pai está mentindo. Não seria a primeira vez.

Ela aumenta o som da música de novo. Encontro uma posição para que ela seja a única coisa no meu campo de visão. Ela se livrou da jaqueta de couro e está vestida com uma camiseta branca masculina, o mesmo jeans rasgado e um par de botas de bico arredondado. Ela dobrou as mangas porque está calor. A janela está aberta e seus cabelos estão esvoaçantes, selvagens. Seu rosto é perfeito. As maçãs do rosto altas. Olhos grandes. Lábios carnudos. Olhar para ela me deixa sem ar às vezes.

Assisto a ela como se ela fosse uma TV. Não. Que insulto. Observo-a como se ela fosse uma grandiosa obra de arte num grande museu. Olho e tento desvendar o mistério.

O mistério: há outras meninas bonitas com pele perfeita, olhos grandes e aquela merda toda. Por que a Hannah?

Por que sinto falta de ar quando não estou com ela?

Um menino fez um discurso sobre feromônios no primeiro colegial. Acho que é talvez por isso que amo a Hannah. O perfume dela é ideal. Não o de cerejas, mas o da Hannah. O perfume da Hannah.

Abaixo o volume da música.

– Você acredita em feromônios?

– Isso não seria como acreditar em oxigênio?

– Mas você acredita que eles unem pessoas?

– Acho que sim. É o que dizem, certo?

– É. – Aumento de novo o volume da música, mas sei que é mais que isso. Mais que ciência. Amo a Hannah. Preciso dela da mesma forma que ela precisa de mim. Ela está aqui para me salvar e estou aqui para salvá-la. E, de alguma maneira, o Criador do Universo a colocou no caixa um e a mim no caixa sete.

56

PARAMOS NUMA LANCHONETE fora de Marianna, na Flórida. Tenho essa ideia besta na minha cabeça. Quero falar com meu pai. Quero ver o que ele está tão disposto a fazer. Ou, talvez, sendo mais específico, quero contar a ele o que não estou disposto a fazer. Quero que a Hannah ligue para a mãe dela e nos dê certeza de que a polícia não está atrás de nós. Admito que tive um pressentimento horrível na Georgia do Sul, quando vi um carro de polícia e me lembrei do mantra do Gerald, dos últimos três anos: *Cadeia não, cadeia não, cadeia não.*

Exijo um mantra melhor.

Hannah está tomando um café da manhã reforçado, com grãos, ovos e bacon. Estou comendo bacon, salada e batatas.

– Quero ligar pro meu pai – falo.

– Então ligue pro seu pai.

– Estava esperando até termos a lista – falo. – Mas jogamos fora.

– A lista era idiota. Não podemos exigir nada. Somos peixes no aquário, Gerald.

– Somos?

– Somos.

– Mas sabemos que estamos no aquário – argumento.

– Exato.

– Então que diabos fazemos? Continuamos correndo?

– Temos que voltar – ela diz.

– Merda.

Exijo fazer crescer guelras.

– Sim – ela diz. – Então, vamos ligar para eles ao mesmo tempo? – Ela olha para o telefone. – Tem sinal decente aqui.

– Não sei – falo. – Queria enviar algo simbólico para ele. Algo que diz que estou falando sério.

– Fugir não fez ele pensar que está falando sério?

– Não sei. Só achei que teríamos uma lista, acho.

Hannah pega um guardanapo do porta-guardanapos de metal e tira a caneta. Ela escreve:

Nós nos sequestramos.

Estamos seguros.

Não aguentamos mais o jeito com que vocês nos tratam.

Ela tira uma foto do guardanapo com o celular dela. Editamos a foto para ficar mais clara e legível por meio de um aplicativo que ela tem, cortamos as bordas, mas deixamos aleatoriamente o potinho de pimenta, pois parece compor a imagem toda.

Ela envia para mim.

Assim que recebo, anexo à mensagem para meu pai:

> Te ligo mais tarde.

Contamos até três e pressionamos ENVIAR.

* * *

Achamos outro hotel para ficar porque não me sinto confortável em barganhar uma cama com Joe Jr. mais tarde, para passar a noite. Além disso, me dá tempo de enviar a ele duas mensagens. Até telefonei duas vezes para ele, mas ele deixa tocar. Enquanto Hannah está no banheiro, tento acessar o site do circo pelo telefone dela, mas a conexão está péssima.

Quebrar a regra número cinco me põe num humor novo. Mágico. Código postal MG. Não precisa de CEP porque é muito longo.

Mas é como EF, segue você por aí.

* * *

Ao dirigirmos para dentro da cidade circense do Joe, a partir do endereço que anotei num guardanapo no lobby, hoje de manhã, ainda estamos em MG. Pretendo manter assim, não importa o que nos espera.

Ontem à noite liguei para meu pai.

Ele disse que não achou graça na nota de sequestro.

– Não volto até a Tasha sair de casa, ou posso morar em outro lugar – disse. – Estou disposto a mudar para meu próprio apartamento. Acho que consigo um amigo para dividir.

– Sua mãe e eu estamos brigando desde sexta-feira à noite – ele disse.

– Que bom pra você. Porém, um pouco tarde para isso, não acha? – perguntei.

– Vai me contar onde estão?

– Não.

– Você sabe que o carro oficialmente é meu.

– E daí?

– E daí que posso mandar te prender por roubá-lo.

– Nossa, pai.

Ele ficou em silêncio.

– Você levou mesmo uma garota com você? É isso que significa este *nós* no seu bilhete? – ele perguntou. Pude ouvi-lo espremendo os olhos.

– Não a raptei. Ela fugiu junto comigo. Tem uma enorme diferença.

– Você sabe que isso não vai ficar legal no seu histórico.

– Desde quando ter uma namorada fica registrado no meu histórico? – disse. – Estou cansado de ter uma vida tão maluca.

– Eu também – ele disse. Não tive certeza do que isso significava.

– Olha. Preciso ir agora. Mas te ligo amanhã à noite – falei. – Pense sobre como é a nossa vida naquela casa. Não é seguro, pai.

– Está exagerando um pouco, não?

– Liga pra Lisi. Ela vai te explicar. Não volto até não ter mais que morar com a Tasha. Desculpa por ser dramático, ou por ser um babaca, ou o que quiser me chamar, mas é tempo de me impor diante das merdas, sabe? Apenas converse com a Lisi. Ela vai te dizer a verdade.

Desliguei neste momento, achando bom terminar a conversa num ponto decisivo. Talvez assim ele não fique bêbado a ponto de entrar em estado de coma e esquecer que tivemos essa conversa. Talvez, se ele ouvisse isso da Lisi, ele saberia que era verdade.

A mãe de Hannah entrou em pânico quando leu o bilhete, mas ela escreveu coisas sãs também, dentre as coisas insanas dela.

Ainda não consigo encontrar meu sutiã branco.

Encontrarei alguém mais para ajudar.

Isso não é justo com você.

Estamos comendo cereal porque não sei usar o fogão.

Tenho medo do fogão.

Devíamos ter pedido ajuda para outras pessoas também.

Pedimos desculpas.

Hannah só olhava fixamente para as mensagens como se ela não pudesse ver a sanidade ali. Eu disse:

– *Isso* sim é progresso.

– Você acha?

– É melhor do que o que o meu pai disse.

– O que ele disse?

– Ele não está levando isso a sério, de jeito nenhum.

Ela passou os dedos nos meus cabelos e enrolou por trás das minhas orelhas, o que me colocou de volta em MG. MG é cem vezes melhor do que o Dia B. Em primeiro lugar, é real. E quebramos a regra número cinco mais algumas vezes antes de sairmos hoje de manhã, para a casa do Joe Jr.

Durante a viagem pela estrada em direção ao nosso destino, percebo que Joe Jr. não sabe que estou chegando ou não quer que eu apareça. Hannah não sabe disso, ou sabe e não está nem aí. Estou a ponto de foder com tudo, ou melhorar tudo. Esse deveria ser meu lema para essa viagem.

· 262 ·

* * *

Uma hora depois, Joe nos encurralou numa espécie de celeiro, onde o ringue de trapézio fica entre os trampolins, as redes e as fitas, e as paredes decoradas com fotos mostram décadas da história do circo. Não consigo parar de olhar para as fotos enquanto ele grita.

Hannah e eu ficamos de mãos dadas.

Acho que ela não gosta quando ele grita assim. Mas eu não ligo, porque gosto de como ele é honesto no que diz.

– Que $%#* estava pensando quando nos encontrou aqui, $%#*? Uma $%#* de emprego? Uma nova família? Viu aqueles cuzões ali fora? Quer mesmo que um bando de aberrações de circo sejam sua nova família? E que diabos vocês sabem fazer? Nada. Não sabem fazer bosta nenhuma. Trabalham num balcão servindo comida. Sabem dar troco e fritar coisas. O que ganhamos com isso? E o que vocês ganham ao trabalhar conosco? E da próxima vez que decidir aparecer nos lugares, por que não telefona primeiro? $%#*. Eu poderia pelo menos ter avisado a eles que viriam, para não parecerem tão loucos.

– Telefonei umas doze vezes. Você precisa olhar a $%#* do seu celular – falo. – De qualquer forma, gosto do seu pai.

– Então você é um idiota – diz o Joe Jr.

– Qual deles é seu pai? – pergunta Hannah.

– O maior filho da puta que você viu hoje.

– Pare com isso, Joe. Ele não é tão mal assim. Ele se salva com algumas qualidades.

– Como o quê? Poder $%#* com sua própria família por dinheiro? Nos fazendo trabalhar como animais, $%#*? – Joe olha para a porta como se estivesse com medo que alguém o ouça. – Olha, se eu fosse vocês, sairia dessa $%#* agora. Antes que ele coloque vocês para trabalhar e não consigam mais sair daqui.

– Vai, Joe. Não é tão ruim assim – falo.

– Cara, vá embora enquanto pode. Você tem todas as oportunidades para morar lá em Nova York.

– Pensilvânia.

– Certo – diz Joe.

Olho para a Hannah. Ela não parece estar preocupada com o fato de meu amigo não saber onde moro.

– Posso experimentar aquilo? – ela pergunta, apontando para o trampolim.

– Nem $%#*endo – Joe Jr. responde.

– Não precisa agir como um babaca por isso – Hannah diz. – Que bosta. O Gerald aqui achou que você era amigo dele.

Olho para ele e balanço os ombros.

Joe suspira e cruza os braços.

– É, bom, amigos contam um ao outro como são as coisas. E é assim que as coisas são.

Olho nos olhos do Joe. Tento entender o que eu estou fazendo aqui e por que vim. Por que arrastei a Hannah comigo. O que vamos fazer agora. Olho para o trapézio. Tento imaginar Lisi e eu. Tento imaginar o sorvete, mas tudo se esvaiu agora. Tudo aquilo do Dia G. MG me aterrissou completamente no presente. Nada mais de Gerald vindo do futuro com 19 anos. Mais nenhum passarinho azul.

Joe parece arrependido agora.

– Olha. Você pode ficar no nosso chalezinho. Mas só para passar a noite, tá? Big Joe vai me matar se achar que fui eu quem convidou vocês.

Só circenses podem dizer algo como "chalezinho" e não soar estranho.

57

TODOS JANTAM JUNTOS na família do Joe, sentados numa mesa enorme na casa principal. Há quatro chalés em volta, a uma certa distância, e um monte de celeiros e galpões. Somos apresentados por Joe como seus "amigos de Nova York", e somos apresentados a outros dois casais que estão de visita, um do Colorado e um da Inglaterra.

– Da Inglaterra para cá! – a mãe do Joe diz.

Eles têm o mesmo sotaque da Babá. Instantaneamente, sinto vontade de mergulhar os pratos deles em água de vaso sanitário.

Logo em seguida, Hannah coloca a mão dela na minha perna debaixo da mesa, como se ela percebesse que o sotaque me ofende. A mão dela me lembra que estou na Flórida, em 2016, não na TV em 2002. Às vezes, é difícil lembrar que é possível o Cagão ter uma vida normal. A família do Joe não me reconhece. Ainda.

– Acho que a \$%#* do número do francês está péssimo – diz Big Joe. – É cheio de \$%#* de fogos e luzes, mas não há talento nisso. E daí que uns caras saltam através de um aro pegando fogo? Deus! Isso já foi feito exaustivamente, \$%#*.

– Verdade – diz a esposa do Joe. – Já foi feito muitas vezes.

– Não sei – diz a moça inglesa. – Acho graça no jeito com que eles imitam os truques antigos com animais. Equilibrar com a bola e aquilo tudo. É bonitinho. Artístico.

Sr. Joe olha para ela como se ela fosse uma idiota e volta a comer seu rosbife.

Desde a última vez que foi feita a contagem, Joe Jr. tinha cinco irmãos. Parece que todos são casados. As únicas pessoas que parecem notar a Hannah e eu são as crianças, que estão jantando na sala ao lado, conversando entre eles em voz alta. Por duas vezes já, um menininho, de uns 4 ou 5 anos de idade, chegou para mim e me deu um pedaço da argila dele.

Há uma tensão no ar, na mesa de adultos. É como se eles estivessem a ponto de matar uns aos outros, mas algo os impede. Talvez pelo fato de terem a companhia de pessoas *da Inglaterra para cá!* Talvez pelo fato de terem uma TV ligada, de tela plana acoplada na parede atrás da cabeça da Sra. Joe, que está passando notícias da região. Alguma coisa sobre um jacaré. Alguma coisa sobre um tiroteio. Alguma coisa sobre um acidente. Alguma coisa sobre uma criança careca com câncer.

Em seguida, passa uma história sobre a final da noite de hoje de *Dance, América!*, um reality show, e a Sra. Joe diz:

– Meu Deus, se a Helen não ganhar essa competição, vou ficar muito brava.

– Ela merece ganhar – alguém diz.

– Gosto da Jennifer. Acho que ela vai ficar em primeiro lugar – uma das irmãs diz.

– Isso, a Jennifer.

– Ela mal consegue ficar em pé – alguém fala. – Com certeza a Helen merece ganhar.

Sra. Joe balança a cabeça e não consegue tirar os olhos do noticiário da semana passada. Duas mulheres em traje de dança de gala dançando passos das músicas pop mais recentes.

– Helen é velha demais – um dos irmãos diz.

Sua esposa dá um tapa no seu braço.

– Idade não deveria ser importante. Você é tão idiota.

– Ela não é tão velha assim – uma das cunhadas diz. – Ela só tem 29 anos, acho.

– Como se você tivesse 21.

– Vai se $%#* – diz a cunhada.

– Jennifer é boa com os passos mais sensuais. Helen é boa com os movimentos de mulher mais velha.

– Nossa – diz alguém. – Movimentos de mulher mais velha? Que $%#* isso significa?

– Significa que mais homens votarão na Jennifer – um dos cunhados provoca.

– Sem dúvida.

– Vocês não pensam em nada além de sexo?

A maioria dos homens balança a cabeça.

– Helen é mais talentosa. Se ela perder, vou perder a fé no mundo inteiro. Ela merece – diz a Sra. Joe.

Penso: *Nossa. E eu que pensei que era o único com permissão para basear minha fé no mundo inteiro em um reality show.*

– Sexo vende – uma das irmãs diz.

– Por isso você se casou comigo, certo? – diz o marido dela.

Ela esconde o rosto com as duas mãos e fala:

– Não na frente dos meus pais, Don.

– Como acha que todos vocês vieram para esta $%#* deste mundo? – diz Joe Jr.

O rosto da irmã fica ainda mais vermelho de vergonha.

– Ai, Deus.

– Só estou dizendo que a Helen dança melhor. O programa chama *Dance, América!* O objetivo é selecionar a melhor dançarina.

– Acho que a Jennifer é a melhor dançarina – diz um dos irmãos.

– Você diz isso porque é um homem.

– Você é um $%#* de um idiota – ele responde.

– E você é um $%#* preguiçoso – alguém diz.

Uma irmã, a que parece ser a caçula, com uns 20 e poucos anos, levanta e joga seu prato vazio no chão para fazer todo mundo calar a boca. Funciona. Todos paramos e olhamos para ela.

– Quem se importa com essa $%#* de *Dance, América! ?* – ela diz. – Todos olham para ela, prontos para retrucar qualquer coisa que dissesse. Depois, ela sorri e olha para seu namorado/marido, que está sentado perto dela. – Estamos grávidos, $%#*!

Após a reação com alvoroço, dos tapinhas nas costas e abraços, as mulheres começam a limpar a mesa. Peço licença e volto ao chalé. Hannah fica. Joe Jr. finalmente aparece, ele bate na porta antes de entrar.

– Desculpa – ele diz. – Minha família é um show de horrores.

– Nem tanto – falo.

– Total. Seríamos candidatos para algum reality show. As pessoas amariam nos assistir brigando sobre quem vai ganhar a $%#* do *Dance, América!*

Dou uma risadinha. Ele sente meu humor.

– Tudo bem com você? – pergunta.

– Tudo. Só dando um tempo. Essa semana foi estranha – falo.

Conforme Joe Jr. tira um cigarro, acende e procura por um cinzeiro na cozinha, tento lembrar que dia é hoje. Acho que é segunda-feira.

– Hoje é segunda? – pergunto.

– É.

– Merda – falo.

– Era para você estar em algum outro lugar? – ele pergunta.

– Tipo isso.

– Estava falando sério quando disse aquela merda toda hoje, Gerald.

– Eu sei.

– Você tem escolhas. Tem tantas coisas que você pode fazer – ele diz, abrindo bem os braços. – Tantas coisas.

– Você também – falo. – Você está acorrentado aqui? Acho que não.

Ele dá uma tragada no cigarro.

– O motivo pelo qual fiz amizade com você foi porque você era como uma válvula de escape – falo. – Quando a merda era jogada no ventilador, podia sonhar em vir até aqui com você. Podíamos limpar os ônibus juntos. Podíamos falar mal do seu pai, juntos. Você podia me ensinar a fumar.

– E é exatamente por esse motivo que você não deveria estar aqui. Você não quer aprender a fumar. Você não deveria querer essa vida – ele diz. – Ou você nasce dentro desta vida, ou não.

Penso sobre dentro de qual vida eu nasci.

Ele dá um trago no cigarro de novo.

– E nascer nessa vida não é tão legal como parece. Mas parece que tenho algo. Tipo raízes, mas não raízes.

– Você sabe quem eu sou? – pergunto. Sinto não ter controle da minha boca.

– O que você quer dizer? Tipo, eu deveria saber?

– Talvez. Depende.

Ele vem mais perto e olha para mim.

– Não te reconheço do programa *Os Mais Procurados da América* nem nada do tipo. Você não está metido em encrenca, está?

– Lembra de um menininho chamado Gerald? Da Liga das Babás?

Ele joga a cabeça para o lado para pensar melhor.

– Não. Não me lembro disso – ele diz. – Quando foi ao ar?

– Quando éramos pequenos, tínhamos uns 6 ou 7 anos – falo. – O moleque que cagava nas coisas o tempo todo.

Joe Jr. mostra um sorriso.

– Ah! O Cagão! Já ouvi falar dele, mas nunca vi. Meu pai faz piadas sobre como o talento dele é ruim, e diz que poderia escalar o Cagão para o número dois, etc. – Ele balança a cabeça como se isso fosse muito legal, até se dar conta que eu poderia ser o Cagão.

Levanto minhas sobrancelhas e dou um sorrisinho irônico.

Exijo ser o Cagão e sentir orgulho em ser o Cagão.

– Merda – ele diz. – Foi mal.

– Você não é o único que cresceu dentro de um circo – falo. – E talvez minha estadia aqui não seja tão ruim quanto você acha, sabe?

– Exceto que você não pode ficar. Digo, a temporada terminou. Não vamos a lugar algum até daqui um mês e meio ainda. Mandamos a equipe para casa. Não recebemos nada até começarmos tudo de novo.

– Ah – falo, e sinto um certo alívio, porque não quero limpar ônibus por um salário mínimo, de qualquer forma.

– Sim – ele fala, e apaga o cigarro no cinzeiro.

Está escuro quando saímos, e então ele fala:

– Fala sério, você é o Cagão?

– Sou.

– Nunca vi você no ato. Mas já ouvi histórias.

– Aposto que sim.

– Você não vai cagar no meu chalé, vai?

Dou um soco no braço dele.

– Cara, tenho 17 anos.

– E daí?

– E daí que não, não vou cagar no seu chalé – digo.

– Qual o motivo real pelo qual veio até aqui? – ele pergunta.

– Queríamos fugir, então este era o melhor lugar para vir. E mais, sempre assisto a esse vídeo... – Paro ali. Não quero que ele saiba da minha obsessão pelo vídeo.

– Pornografia? – pergunta.

– Não, merda – falo.

– O que há de errado com pornografia? – ele pergunta.

– É um vídeo de trapézio. De Mônaco – falo.

– É incrível pra $%#*, não é? Aquele com as chinesas?

– Isso, é incrível pra $%#*.

Caminhamos para a casa principal e não dizemos muito mais.

Tem algo no Joe Jr. que me faz saber que seremos amigos a vida toda. Consigo me ver levando meus filhos para o circo dele. Nos vejo bebendo cerveja juntos numa noite de verão no meu quintal, algo desse tipo. Paramos do lado de fora da porta de trás da casa dele e ouvimos sua família discutir. Em voz alta. Alguém bate numa mesa. Risadas e cacarejos. Há escândalos e mais risadas.

– Bem-vindo ao meu inferno.

– Sempre existe a opção de você vir para Nova York com a gente – falo.

– Pensei que fosse da Pensilvânia.

– Achei que você achava que eu era de Nova York.

Olhamos um para o outro. Penso: *Por que acabei de facilitar para ele dizendo que era de Nova York?*

Exijo exigir que eu venha da Pensilvânia.

Exijo parar de ser uma $%#* de pessoa que facilita as coisas.

– Esquece – falo. – Quero dizer, você sempre terá a possibilidade de desfazer suas raízes e nos visitar, onde quer que formos parar.

Caminhamos até onde ocorre a comemoração. Alguém encontrou uma garrafa de champanhe para comemorar a vinda do novo bebê. Alguém mais ainda está falando sobre como a Jennifer não devia ganhar e sobre como o mundo está uma bagunça sexualizada por causa de pessoas como a Jennifer.

Hannah está sentada no meio de tudo isso, sozinha, sorrindo. Quando nos vê chegar, abre ainda mais o sorriso. Me sento no meu lugar na mesa, ao lado dela, e damos as mãos.

– Sempre quis uma família grande – ela fala.

Não sei se isso é alguma estranha indireta sobre bebês e sobre nosso futuro, mas não ligo. Não há nenhum garoto de 17 anos que não se assustaria com esse comentário. Mas eu não. Posso nos ver tendo uma família grande. Vejo todo nosso futuro, como faremos o que bem quisermos. Cercados de aquários, comendo biscoitos e não sendo submissos.

58

Querida Babá,

Sei que vai ficar decepcionada, mas não estou escrevendo esta carta da cadeia. Estou escrevendo para você de um chalé onde estou passando as férias com minha namorada, Hannah, e meu único amigo, Joe. A razão pela qual tenho um único amigo é porque depois do que seu programa de TV fez comigo, ficou bem impossível fazer amigos.

Fui a um terapeuta para controlar a agressividade por um tempo e escrevíamos cartas para você, mas em nenhuma delas escrevi o que realmente queria dizer. Elas eram mais sobre o que ele achava que eu deveria escrever. Na maioria, sobre minha raiva. Tinha muita raiva. Sei que você sabe disso porque eu tinha isso muito antes de você ir à minha casa com toda sua equipe, câmeras e quadros de tarefas. Mas fiquei ainda mais irado depois que você veio.

Minha irmã, Tasha, fez coisas horríveis comigo e com a minha irmã. Ela tentou nos matar diversas vezes. Acho que você sabia. Não sei por que você não denunciou ou não fez mais a respeito disso, mas sei que está na sua consciência, e não na minha. Lisi está bem. Ela mora na Escócia agora. Eu também estou bem.

Espero que se lembre de como eu podia ser divertido. Ontem à noite estava brincando com um menininho de 5 anos de idade, e lembrei como é divertido ter 5 anos, pois, quando não há ninguém o perseguindo e tentando machucá-lo, o mundo é basicamente a Terra da Diversão. Eu era uma criança divertida, só que eles editaram essa parte de mim e cortaram do programa.

No mês passado, conheci uma mulher que me reconheceu e me abraçou, e ela disse que queria ter me tirado de casa e cuidado de mim naquela época, quando o programa foi ao ar. Contei a ela que deveria ter feito isso, mas que estou bem agora.

Por isso estou te escrevendo. Tenho idade o suficiente para ficar longe de todas aquelas pessoas da minha cidade que acreditavam no que vocês mostraram sobre mim, pessoas muito superficiais para enxergarem além. Babá, por que você acha que elas fazem isso? Você acha que elas gostavam de me ver sofrer? Por que elas ficavam felizes ao ver um garotinho sofrendo? Você acha que é porque isso tirava a atenção delas do sofrimento delas mesmas? Será que elas só eram burras e amavam Schadenfreude?

Pois nós estávamos sofrendo.

Eu e Lisi contamos para você.

Você perguntou e contamos para você.

E, apesar de você saber e não ter feito nada a respeito para me ajudar, estou bem. E quero que você saiba que espero que esteja bem também.

Atenciosamente,
Gerald Faust

* * *

Hannah ligou para a mãe dela enquanto eu estava escrevendo. Ela foi do lado de fora e caminhava enquanto falava. Sua mãe pediu à tia de Hannah para encontrar alguém para ajudá-la, inclusive com os problemas mentais que tem. A tia foi a alguns lugares e acha que poderá encontrar algumas soluções. Enfim, a mãe da Hannah não está mais enviando centenas de mensagens malucas por dia.

Ligo para meu pai, na frente da Hannah. Ela ouve o seguinte:
EU: É.
EU: Tá.
EU: Ah. Tá.

EU: Acho que sim.

EU: Tá, farei isso.

EU: Você está? Isso o deixa feliz?

EU: Ela provavelmente não quis se envolver no drama. Ela vai falar com você de novo. Não se preocupe.

EU: Que dia é hoje mesmo?

EU: Acho que até quinta, se sairmos daqui hoje.

EU: Obrigado.

Quando desligo, ela fica parada ali esperando saber da história, mas, em vez de contar a ela, dou-lhe um abraço e digo:

– Falei para Joe que vou encontrá-lo no celeiro. Volto em uma hora.

– Mas nós vamos sair daqui? Hoje? Você não acabou de dizer isso?

– Se você quiser, então sim. Se não quiser, então não. Podemos fazer o que quisermos.

59

– SÓ PULA – diz Joe Jr. – E segure-se na barra.

Ele está sentado em uma cadeira lá embaixo. Nove metros abaixo de mim.

Estou parado na pequenina plataforma segurando a barra nas minhas mãos. Minhas mãos suadas. Engancho a barra no gancho ao lado, e cubro minhas mãos com pó de giz pela quinta vez.

– Vai – ele diz. – Tem uma rede. Não se preocupe.

Fecho meus olhos e vejo a Lisi do outro lado. Prometo dar sorvete a mim mesmo se fizer isso. Qualquer sabor que eu quiser. Tudo que tenho que fazer é pular. Minhas mãos ficam suadas demais de novo, então engancho a barra na parte de cima e passo pó de giz de novo. Isso acontece umas quatro vezes pelo menos.

Joe Jr. começa a mexer no seu celular e para de me motivar. Ele parece tão pequeno lá embaixo, na sua cadeirinha. O celular dele está do tamanho de uma formiga. E ele está do tamanho de uma aranha grande. A rede está bem longe.

Olho para minhas mãos. Cheias de pó de giz, mas elas não tremem.

Olho para a outra plataforma, do outro lado da arena. Branca de Neve está lá sentada com seu passarinho azul. Ela também parece pequena, mas não tão pequena como Joe Jr. ou como seu celular. Sua imagem está sobreposta, irreal. Não está bem lá. Ela é apenas uma projeção.

Sento na plataforma e começo a pensar.

Tenho uma conversa na minha cabeça. É sobre nunca ter que ver a Tasha novamente, porque eu exijo isso.

Exijo nunca mais ver a Tasha de novo.

Tasha tem um parafuso solto e ninguém sabia o que fazer a respeito, então eles esconderam isso, alimentaram isso e acabaram escravos disso.

Fico mal. Por mim e pela Lisi. Pelo meu pai. Pela minha mãe, até. Talvez até um pouquinho pela Tasha, que tem um parafuso solto. Fico mal por todos envolvidos.

E agora a conversa na minha cabeça é sobre a Hannah. Sobre como tê-la na minha vida muda tudo. Antes da Hannah, ninguém me amava. Eu era bravo demais. Violento demais. Meu passado era ferrado demais. Não havia esperança no meu futuro.

Ninguém disse isso. Mas queriam dizer.

Espero suas cartas da prisão.

Mas a Hannah muda tudo.

Olho para baixo, para a rede, e depois para Joe Jr., que de vez em quando olha para cima para ver se estou em pé de novo. E volta a mexer no seu celular. Olho de volta para a projeção da Branca de Neve, e tudo que resta é seu passarinho azul. Se o passarinho pudesse falar, me contaria o que ele vê de lá. *Titica de galinha.*

Levanto, passo pó de giz nas mãos uma última vez e me agarro na barra. E então salto. Tudo em um movimento. Uma fração de segundo. Exatamente como quando fugi. Decisão confusa. Ação precipitada. Sem passar pelo cérebro. Sem prescrição médica. Apenas levanto, me seguro e salto.

No meu primeiro salto, percebo como aquelas garotas do vídeo de Mônaco devem ser mais fortes que cavalos. Mal consigo fazer o equipamento balançar. Na verdade, não alcanço nenhum *momentum*. Tento, mas pareço estar tendo alguma espécie de espasmo. Em questão de segundos, sou um menino de 17 anos, rijo, ainda dependurado na ponta de uma barra de trapézio no meio de arena de circo na Flórida.

É meio divertido, só que meus ombros estão para se separar.

Joe Jr. dá risada.

– Você conseguiu! Seu fracote da $%#*! Você conseguiu!

Dou risada do que ele disse, mas rir me faz perder a força, então paro. Daí percebo que estou a uma distância de seis metros do chão.

Exijo confiar na rede de proteção.

Mas não confio na rede de proteção.

Minhas mãos cheias de pó de giz seguram firme na barra. Na

verdade, sinto que elas *são* a barra. Minhas mãos se *tornaram a barra.* E tudo bem, porque não vou soltar.

– Você não vai descer daí nunca? – Joe Jr. pergunta. Aposto que ele já fez isso centenas de vezes. Nada de mais para ele, apenas se jogar numa rede de proteção que mal parece existir.

– Não – falo. – Acho que vou ficar aqui em cima pra sempre.

– Seus ombros vão queimar pra $%#* logo. E seus pulsos.

– Como você sabe?

– Apenas sei – ele diz.

– E seus dedos vão descascar um a um, e você vai cair. Não tem como parar a gravidade, cara. É ciência, $%#*.

– Cala a boca – falo.

– Vou embora agora e vou dar uns amassos na sua namorada – ele diz, depois levanta e caminha até a porta. – Quando você finalmente decidir se soltar, caia de bunda. E role até a borda – ele diz.

Dou risada porque acho Joe Jr. engraçado. Também fico apavorado, pensando se a rede está rompida, e que estou prestes a cair para minha morte por vontade própria. Pela primeira vez na minha vida, não acho isso engraçado. Não chacoalho os ombros diante da morte, como se estivesse me desafiando. Não quero morrer. Tenho um plano.

Solto.

Cair me faz sentir como o Dia B. Acho que dou um grito, mas não tenho certeza. Conforme caio, a camada de plástico sai de mim. Flutua pelo ar acima da minha cabeça, porque sou mais leve que ela, e a vejo se contorcendo no ar como fumaça, como a fumaça dos cigarros do Joe Jr. Aterrisso na rede, quico de leve. Fico lá deitado por uns minutos, olhando para a barra acima, que agora está suspensa no meio da tenda. Parece tão pequena. Depois de um tempo, ouço coisas do lado de fora. Um caminhão, trator ou alguma coisa assim. Ouço gritaria. É Big Joe gritando. "$%#*, $%#*, $%#*!"

Rolo até a borda da rede de proteção, giro meu corpo sobre ela e, depois, desço ao chão. Penso em subir de novo na plataforma, mas sei que tenho que voltar dirigindo para casa hoje.

– Já era hora – diz Joe Jr. assim que entro no chalé. Hannah está lá, de malas feitas, pronta para ir embora. – Ela não deveria me dar um beijo de adeus, cara. Ela é uma preciosidade do $%#*.

Eu mereço uma preciosidade do $%#.*

60

É SURPREENDENTE COMO a transição foi fácil. Meu pai mandou minha mãe e Tasha de férias por quatro dias para um resort *all inclusive*, nós nos mudamos de casa no fim de semana enquanto elas tomavam sol ou recebiam pedicuros ou quaisquer outras coisas que pessoas com um parafuso solto fazem num *all inclusive* no México.

– Acho que é o único jeito – ele disse. – Sua mãe não ouve nada do que falo há anos.

Meu pai e eu tivemos uma conversa sobre tudo na noite anterior. Depois ligamos para a Lisi e contamos a ela o que estava acontecendo. Ela nos falou que poderia vir para casa nos visitar no Natal, se pudesse ficar conosco na casa nova. Quando desliguei o telefone, meu pai e eu conversamos sobre a Tasha. Sobre como ela costumava machucar eu e a Lisi. Como ela provavelmente ainda bate na minha mãe. Parecia que ele estava anestesiado, não falava muito, e só escutava. Tinha uma lágrima no olho dele quando eu o abracei no final. Ele pediu desculpas.

– Sua mãe sempre disse que vocês dois estavam exagerando – ele disse.

– Eu não quero mais falar com nenhuma das duas de novo – falei. – Tudo bem?

Ele disse que tudo bem, mas acho que ambos sabemos que haverá momentos que terei que falar com elas de novo. Minha mente quase consegue imaginar o dia em que minha mãe estará em seu leito de morte e que falarei algo bondoso e comovente, como: "Sei que sua intenção nunca foi me machucar. Sei que fez o que pôde com o que tinha." *Que mulher grávida olha para sua barriga e espera uma psicopata?*

É domingo à noite e já nos mudamos. Meu pai não deixou barato também. Levou as coisas que eram deles. O carro, o equipamento de ginástica, o equipamento de som. Esvaziamos sua caverna e colocamos tudo dentro de um caminhão, esvaziamos também tudo do meu quarto e do quarto de visitas, que será a nova suíte do meu pai. Ele levou todas as suas roupas e a mesa de pingue-pongue, ele até entrou no sótão e levou tudo que a família dele dera de presente. Pegou o anel de noivado da sua mãe, que estava na caixinha de joias. E duas mantas do armário dele.

Meu quarto novo é o mais próximo da piscina. Hoje de manhã, nadei algumas voltas, fiquei na banheira de hidromassagem por quinze minutos antes de tomar um banho. Cheguei à cozinha para o café da manhã antes das 6h30. Meu pai trouxe *waffles* congeladas e bacon de verdade. Ele encheu a geladeira com um monte de merda que minha mãe nunca permitiria. Como quatro *waffles* e três tiras de bacon. Ele come o mesmo. Ficarei gordo em três meses. Sinceramente, não me importo.

De manhã, saímos ao mesmo tempo, para o trabalho e para a escola. A casa da Hannah fica mais perto daqui. Aqui fica perto de tudo. Não há porteiros me olhando e me julgando quando saio. À noite, é possível ver estrelas infinitas do deque do terceiro andar, porque o céu não é poluído com luzes de segurança de condomínios. E ninguém nos conhece por aqui. Ninguém liga. Não tenho a menor ideia de por que ficamos tanto tempo naquela outra casa depois do *Liga das Babás*. É como se ninguém houvesse pensado sobre quão libertador seria dar o fora de lá e recomeçar. Ou talvez alguns de nós não queriam isso.

✳ ✳ ✳

Quando Hannah entra no carro, damos um beijo de bom dia. Ela cheira a frutas vermelhas. Isso me faz sorrir como louco.

Ela escreve num novo caderninho, um sem as marcas d'água. Quando comprei esse caderninho para ela, no caminho de volta de Virgínia, a caminho de casa, ela me pediu desculpas por ter escondido de mim como um segredo a história da família dela. Eu não sabia o que dizer, então só dei um abraço nela.

Todos nós temos segredos, Hannah.

Perdi seis dias na escola, mas não tenho tanta coisa para recuperar. Hoje mais tarde, meu pai virá para uma reunião final com meu orientador, o Sr. Fletcher, e eu vou entrar na universidade. O primeiro passo que estou dando é voltar às aulas normais. Melhor segunda-feira que já tive.

Mas na Educação Especial, sinto estar deixando uma família inteira para trás. Fletcher anuncia a todos que tenho algo a dizer, então me sento na minha mesa e falo:

– Estou indo embora hoje.

– Pensei que tinha saído semana passada – diz o garoto Kelly.

– Isso mesmo – diz Jenny.

Taylor está balançando para frente e para trás.

– Não digo que estou deixando o Pântano Azul. Digo, esta sala. Vou frequentar outras aulas – falo.

– Passou da hora, merda – fala Deirdre.

Jenny parece que vai ter um ataque.

– Ainda vou passar aqui pra falar "oi", né?

– Traga cupcakes – diz a Karen. – É o mínimo que pode fazer.

– Isso mesmo – alguém concorda.

– Então vai, Gerald – diz Jenny.

Percebo que o pé da Deirdre sai do descanso, então ajoelho e o coloco de volta. Quando me levanto, não há mais nada a dizer. Pego minha mochila e vou até a porta.

– Gosto de cupcakes de chocolate, Gerald – Sr. Fletcher diz.

Aceno com a cabeça e fecho a porta atrás de mim. Quando saio, estou morrendo de medo. Minha primeira aula é de Artes Literárias e tenho que falar sobre *Romeu e Julieta*, e não tenho certeza se consigo ser alguém que eles querem que eu seja. Mas vou tentar.

✳ ✳ ✳

– Está tudo bem? – Hannah me pergunta no almoço.

– Sim – falo, mas estou sorrindo como um louco, e ela sorri de volta, e é muito difícil não pedi-la em casamento, bem ali. *Devagar. Devagar. Devagar.*

– O Cagão tem namorada! Você sabe o que fazer com ela? – Esse é o Nichols. Nós o ignoramos e continuamos a sorrir um para o outro.

– Quero uma revanche no pingue-pongue – ela diz.

– Pra quê? Você está jogando contra dois caras que ocuparam o terceiro andar inteiro com uma mesa de pingue-pongue.

– Porque é divertido – ela fala. – Nem tudo é sobre ganhar, sabia? – Ela está comendo um sanduíche que compramos no mercadinho a caminho da escola. – Estava distraída ontem à noite. Acho que estava preocupada em impressionar o seu pai.

Vamos de carro para a casa nova e jogamos duas partidas de pingue-pongue. E então quebramos a regra número cinco. E depois a levo até o deque.

Penso, *Exijo que nos casemos.* Planejo pensar a respeito disso por um bom tempo antes de fazer a pergunta. Mas é bom ter um objetivo e trabalhar na direção dele. Se penso a respeito, a Babá me ensinou isso com todos aqueles quadros estúpidos dela. E a Hannah me ensinou isso com o caderninho dela.

Ter uma lista de exigências nunca é uma coisa ruim.

61

O CENTRO CEP ESTÁ lotado às quartas-feiras por causa da Noite do Dólar. Hannah e eu chegamos direto da escola, queremos recompensar a Beth o quanto antes por ter sido tão legal com o fato de termos sumido por mais de uma semana. Contamos a ela o que fizemos depois da bronca que nos deu, dizendo que vai nos demitir se fizermos isso de novo. Para a nossa sorte, há uma multidão de caixas para se escolher no Centro CEP. Nós não somos neurocirurgiões altamente treinados.

– Parece uma aventura – diz Beth enquanto me passa os potes grandes de ketchup pelo balcão. Hannah organiza os condimentos e depois se afasta para embrulhar a primeira leva de cachorros-quentes.

Ela está no caixa seis. Eu ainda estou no caixa sete. Falei para meu pai que ia voltar tarde para casa. Ele está ansioso desde que minha mãe voltou do México e não nos encontrou. Ela faz desde ameaças, dizendo que vai tirar cada centavo dele, até gravar uma mensagem de voz chorando por dez minutos, e percebo que agora ele é capaz, as mudanças de humor. A instabilidade que ela trabalhou tanto para fingir que não existia.

– Gerald saltou de um trapézio – Hannah conta à Beth. – Ficamos num chalé.

– Um chalé? – diz Beth. – Que chique.

Não contamos a ela que é só um jargão de circo para casas pré-fabricadas.

– Nadamos pelados no rio – conto.

– Nem tanto – diz Hannah. – Foi mais uma missão de resgate.

Beth balança os ombros, e a cabeça como se estivesse pensando, *Esses adolescentes desmiolados.*

A noite passa como uma névoa de produtos de um dólar, reclamações sobre produtos de um dólar, e o queijo derretido está acabando. Acabou, tipo, três vezes. Cervejas. Muita cerveja. Beth me colocou para tirar os chopes agora, e tiro os da Hannah também porque ela não parece ter 18 anos, mesmo com aquela linha extra de delineador preto no olho que começou a passar.

Beth nos libera durante o segundo tempo. Hannah pega seu caderninho novo e começa a escrever na área de fumantes. Eu fico lá, parado, com minhas mãos nos bolsos, sentindo frio. O Natal está chegando. Meu pai e eu decidimos não montar árvore de Natal no nosso novo tapete. Hannah diz que vai levar uma árvore pequena de qualquer forma, porque todo mundo deveria ter uma árvore de Natal.

– Sobre o que está escrevendo?

– Coisas – ela diz.

– Que bom – falo. Digo isso porque gosto quando ela escreve no seu caderninho.

Me encosto na parede congelante de tijolos, respiro fundo e solto o ar esfumaçado pelo beco. Dia B é mais quente, Lisi está vestida em seu macacão e está para saltar alto do trapézio, eu estou dentro da arena assistindo. Hannah está ao meu lado. Segurando minha mão. Quebrando a regra número cinco. Posso ver daqui, então não preciso entrar. Agora, o Dia B é como um show.

– Temos mais quanto tempo? – Hannah pergunta.

Balanço os ombros.

– Quanto tempo quisermos, acho. Mas o intervalo começa logo. Então...

Ela passa a mão pelo meu pescoço e me beija, eu passo a mão pela cintura dela e a beijo. Quando isso acontece, nos tornamos uma pessoa só, um calor só.

Depois, a porta se abre, e é alguém fumando. Exceto que não é qualquer fumante, é a moça do hóquei.

– Gerald! – Hannah não me larga ainda, e eu não solto dela também. – Olha só você – diz a moça do hóquei.

– Já é o fim do segundo tempo? – pergunto.

– Nada. Estamos perdendo tão feio que saí antes da correria.

Ela acende um cigarro.

– Sou a Hannah – ela fala.

Balanço a cabeça e falo:

– Minha namorada. – Como se não fosse óbvio.

– Que ótimo – diz a moça do hóquei.

Fica um pouco estranho o momento entre nós três. Hannah dá uma risadinha.

– Queria te agradecer por vir falar comigo aquela noite – falo.

– De nada – diz a moça do hóquei.

– Realmente me ajudou – falo, lembrando da minha choradeira no ombro dela.

– Fico feliz em poder ter ajudado.

– Melhor nós voltarmos lá para dentro – Hannah fala.

– A correria vai começar – explico.

A moça do hóquei assente e depois, quando estou passando pela porta, ela pisca para mim.

– Quem é ela? – Hannah pergunta conforme andamos de volta ao estande cinco.

– É só uma torcedora que conheci uma vez.

– Ah – ela fala.

Ouço minha própria voz dizendo isso, e gosto. *Só uma torcedora que conheci uma vez.*

Só uma torcedora.

Enquanto vendo mais pedidos de *nuggets* e batatas fritas, tiro mais dez cervejas e vendo chocolate quente para mais duas crianças, é assim que os vejo.

Torcedores que nunca saberão a verdade. Torcedores que nem se importam de verdade. Torcedores que, há uma década, simplesmente não têm nada melhor para fazer nas noites de sexta-feira.

Olho para Hannah no caixa seis. Nunca a vi tão bonita. Quando ela olha pra mim, é o oposto de uma torcedora. Ela consegue enxergar *dentro de mim*. Ela me faz enxergar *o futuro*. Consigo me ver na minha formatura ano que vem – tinta de guerra e tudo, empurrando a Deirdre para cima daquela rampa que eles vão ter que construir. Consigo me ver em dez anos, casado com a Hannah, talvez um bebê ou dois, se ela quiser alguns. Terei um trabalho que não será contando cachorros-quentes. Não precisarei ver minha mãe nem a Tasha, se eu não quiser.

É como no Dia B, mas melhor.

É real.

Vou tomar sorvete de morango de verdade.

Estarei em outro lugar. Meu próprio Marrocos, ou Índia. Minha própria Escócia.

Serei apenas outro humano num planeta cheio de humanos, porém mais bem equipado, porque tenho exigências.

Para minha família.

Para minha vida.

Para o mundo.

Para mim mesmo.

Que compo-r-tamento plausível.

Que compo-r-tamento plausível.

AGRADECIMENTOS

Um obrigada enorme aos suspeitos de sempre à família e amigos que me apoiaram, fantástico Michael Bourret, Andrea Spooner, um gênio. Deirdre Jones, Megan Tingley, Victoria Stapleton, e toda a equipe da Little, Brown por me fazerem sentir como uma heroína.

Um obrigada especial para Heather Brewer, Andrew Smith, Sra. J. Henry, Beth Kephart e Ellen Hopkins, que escreveram livros lindos e são amigos lindos.

A cada fã, bibliotecário(a), professor(a), livreiro(a) e blogueiro(a) que apoiou meu trabalho. Seu apoio significa o mundo para mim, e minha gratidão é do tamanho de uma galáxia.

Leia também:

Os dois mundos de Astrid Jones

Tradução:
Santiago Nazarian

Todo mundo vê formigas

Tradução:
Marcelo Salles

A história do futuro de Glory O'Brien

Tradução:
Eric Novello

Este livro foi composto com tipografia Bembo Std e impresso
em papel Off White 70 g/m² na Formato Artes Gráficas.